ALAIN ROTA

MICHEL FLORO

LES SOLEILS DE ZARBULA

Alain Rota

Michel Floro

Les Soleils de Zarbula

Illustrations originales des
Archives Départementales des Hautes-Alpes

EDITIONS DE HAUTE-PROVENCE

BP 41, 44 allée des Fontainiers
04002 DIGNE LES BAINS
ISBN 2-909800-69-5

NOS TITRES PAR COLLECTION

* COLLECTION **les Gens d'Ici** dirigée par Jean-Louis Giard

LE JOUR DU COCHON par *JEAN-LOUIS GIARD* **(Document-Terre)**
PUISATIER ET SOURCIER par *JEAN-LOUIS BRIANÇON* **(Témoignage)**
PAROLES D'UNE PASTRESSE par *LAURE FAUDON* **(Document-Terre)**
ENTRE HOMMES ET LOUPS par *RENÉ BURLE* **(Environnement)**
POUR L'AMOUR DES CHAUVES-SOURIS par *F. ENGLEBERT* **(Environnement)**
L'AUTRE CHASSE par *JEAN-PHILIPPE FAUDON* **(Document-Terre)**
LA BÊTE NOIRE par *GILBERT VALET* et *BRUNO CARGNELUTTI* **(Environnement)**
SAINT-JEAN DE MARSEILLE par *ROSE DE GÉNNARO* **(Témoignage)**
LA FEMME BOULISTE par *YVETTE MONT-LOUIS* **(Témoignage)**
PAROLES DE HÉRISSON par *JEAN-FRANÇOIS NOBLET* **(Environnement)**

* COLLECTION **Il Était Autres Fois**

UN INSTITUTEUR DES BASSES-ALPES par *GERMAIN LAGIER*
HISTOIRE DU PAYS DE SEYNE par *JACQUES DELMAS*
UBAYE par *ALAIN JEAN*
LA DILIGENCE DU QUEYRAS par *RAYMONDE MEYER-MOYNE*
LA POSTE DANS LES BASSES-ALPES par *ÉMILE LAUGA*

* COLLECTION **...Raconte la Provence...**

CHRISTIANE MARÉCHAL RACONTE LA PROVENCE INSOLITE
FRANÇOISE DELESTY RACONTE LA TERRE DES SANTONS
LINE DELIÈRE RACONTE LES LÉGENDES DU SISTERONNAIS
HENRI JULIEN RACONTE LES LÉGENDES DE PROVENCE

* COLLECTION **SAVEURS PROVENÇALES**

L'ÉPICIER PROVENÇAL par *PAUL KERUEL*
MA CUISINE DE HAUTE-PROVENCE par *GÉRALD JOURDAN*
UNE VIE D'OLIVIER par *CHRISTOPHE CASTIGLIONE*

* COLLECTION **Les GRANDS CLASSIQUES de Provence**

JEAN des FIGUES par *PAUL ARÈNE*

* COLLECTION **Les Dits d'Ici**

LES DITS D'ICI DE HAUTE-PROVENCE par *PIERRE BONNET*
LES RUBANS DE NINETTE par *HENRI JULIEN*

* COLLECTION **UN LIVRE - UNE CASSETTE**

LE POUVOIR DES MOTS sorcellerie en Haute-Provence
LES VOYAGES D'ALEXANDRA DAVID NÉEL par *JEAN FLÉCHET*

* HORS COLLECTION

OVNIS EN PROVENCE par *HENRI JULIEN* et *MICHEL FIGUET*
VINON, NAISSANCE D'UN AÉRODROME par *JEAN-MARIE BEYNET*
MAIS OÙ SONT LES NEIGES D'ANTAN par *PAUL CÈZE*
OÙ SOUFFLE LA LOMBARDE par *JEAN PROAL*
LA SORCELLERIE EN HAUTE-PROVENCE par *ÉMILE LAUGA*
LA TÊTE PLEINE D'IMAGES par *GEORGES RÉGNIER*
LES BONNES DAMES D'AVIGNON par *JEAN LAMBORELLE*
LE MESSIE DE CASTELLANE par *GÉRARD COULANGE*
L'AFFAIRE CÉLINE par *GÉRARD COULANGE*
LES PONTS DES MÉES par *MICHEL PERSON*
LE RETOUR DU GAVOT par *ALBERT SIX*
MALÉFICE par *ALBERT SIX*
AU JARDIN DES NOMS DE FAMILLE par *ALAIN GUILLERMOU*
VIVE ZÉNON par *ALAIN FRAUD*
LE CAILLOU par *SAGAULT*
LES MONTAGNES DE DIGNE par *JEAN TEYSSIER*
BEAU DE ROCHAS par *GÉRARD PERRIN-GOURON*
DIGNE OMBRE ET SOLEIL par *CLAUDE BRAUN* et *PIERRE LAROCHE*
BALTHAZAR L'ÂNE TESTARD par *VICTOR BÉRENGUIER*
LES STRUCTURES TERRITORIALES par *PHILIPPE NUCHO*
LES COMPAGNONS DE LA FORGE par *CLAUDE COURCHAY* et *MAXIME JULIEN*

A PARAÎTRE AU COURS DU PREMIER SEMESTRE 1994

* COLLECTION *les Gens d'Ici* dirigée par Jean-Louis Giard

LES PETITES MAMETS par *MARIE-HÉLÈNE LE COSSEC* (Témoignage)
Neuf femmes d'une vallée de Haute-Provence, nées avec le siècle,
se racontent à une femme d'aujourd'hui.

OBSERVER LES OISEAUX EN HAUTE-PROVENCE par *JEAN-CLAUDE GÉNIN* (Guide Nature)
Le premier guide ornithologique départemental en 130 fiches détaillées et illustrées par l'auteur
et réalisées à partir de 15 années d'observation sur le terrain.

* COLLECTION **Il Était Autres Fois**

LES VOYAGEURS DE LA CLARÉE par *RENÉ SIESTRUNC*
La plus célèbre vallée du Briançonnais vue par les nombreux voyageurs qui l'ont aimée
au cours des deux précédents siècles et par un contemporain qui a fini par y poser son sac et son cœur.

LE BRIANÇONNAIS ET LA RÉVOLUTION par JEAN-CLAUDE WIDMANN

ZARBULA LE CADRENIER par MICHEL FLORO et ALAIN ROTA

* COLLECTION **...Raconte la Provence...**

JEAN-PATRICE LENNON RACONTE LES VILLAGES DE HAUTE-PROVENCE
CHRISTIANE MARÉCHAL RACONTE LES VILLAGES DU VAR

* COLLECTION *SAVEURS PROVENÇALES*

LA CUISINE HISTORIQUE DE PROVENCE par *CHRISTIANE MARÉCHAL*
LE MARCHÉ PROVENÇAL par *PAUL KERUEL*

* COLLECTION **Les GRANDS CLASSIQUES de Provence**

LA CHÈVRE D'OR par *PAUL ARÈNE*

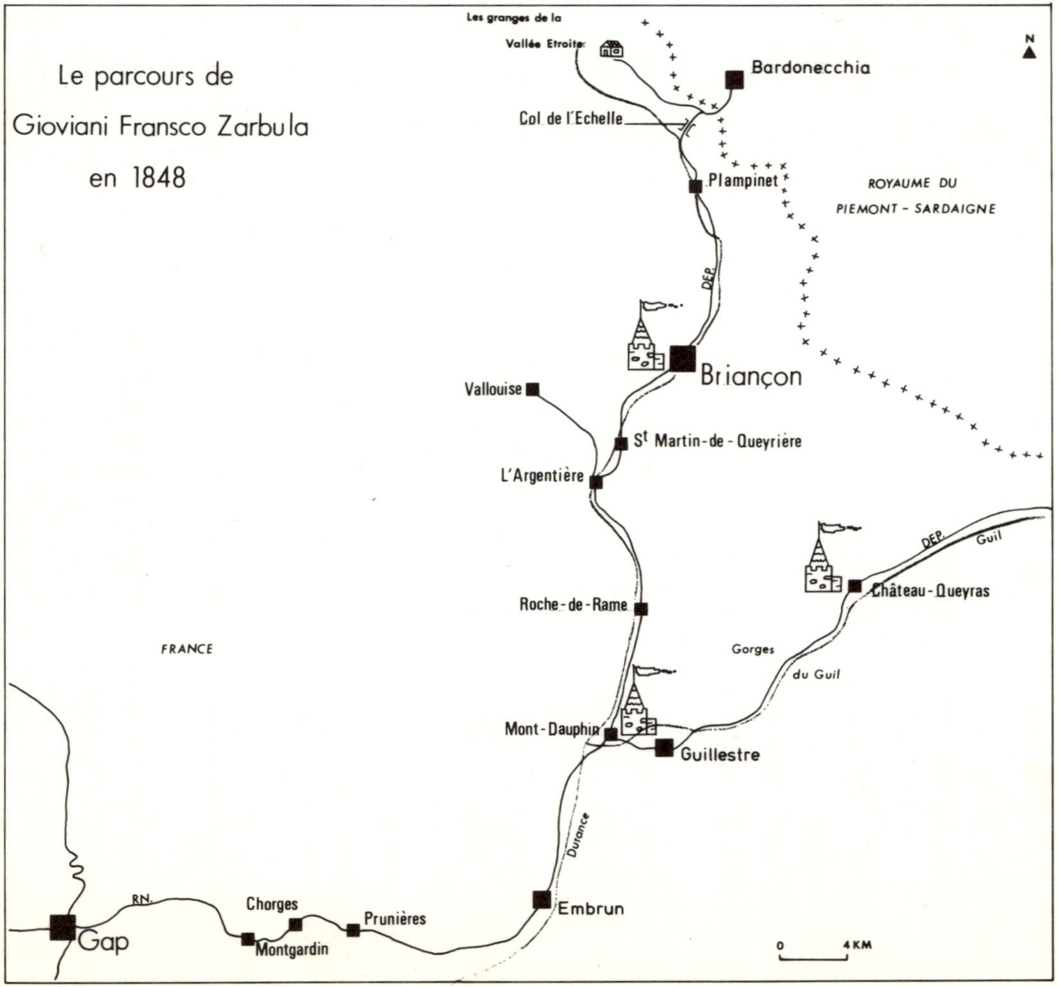
Le parcours de
Gioviani Fransco Zarbula
en 1848
Les granges de la
Vallée Etroite
Bardonecchia
Col de l'Echelle
Plampinet
ROYAUME DU
PIEMONT - SARDAIGNE
DEP.
Briançon
Vallouise
St Martin-de-Queyrière
L'Argentière
Roche-de-Rame
Château-Queyras
Guil
Gorges
du Guil
FRANCE
Mont-Dauphin
Guillestre
Durance
Embrun
RN.
Chorges
Prunières
Gap
Montgardin
0
4 KM
N

CHAPITRE 1

Vallouise ronronnait comme un chat gris au coin du feu, les yeux à demi-fermés. Tapi dans un vallon, au confluent de la Gyr et du torrent de l'Onde, le bourg attendait que l'hiver s'empare définitivement de lui.

La nature devenait inquiète. Le Pelvoux à la haute et solide stature conférait à toute la vallée un aspect hiératique. Il appelait les nuages qui, sûrs de leur force, descendaient du Dôme des Ecrins vers leur lieu de sacrifice.

On aurait pu penser que les fumées hésitaient à sortir des cheminées de pierres beiges et s'élevaient presque à regret dans ce ciel irrité. Même les maisons semblaient vouloir se rapprocher de l'église dont le clocher plaidait la clémence des cieux.

Les parties hautes de chaque demeure, en bardeaux de mélèze, s'accrochaient de toutes leurs forces aux solides assises de pierre du premier étage. Les toits d'ardoise, les voûtes donnant accès aux intérieurs, les galeries balcon en arcades se préparaient à un nouvel assaut de l'hiver.

Les rochers, posés là, entre les maisons, au détour d'une rue, rappelaient la puissance et les lois de la montagne. Le village attendait, humble et discret. Les faisceaux de foin s'entassaient dans les granges.

Juste au-dessous, sur les "*baoudi*" protégeant les ruelles, mûrissaient les récoltes, séchaient les fromages et le bois.

Et là, entre la chaleur des étables et des granges, les hommes interrogeaient le ciel d'un air sombre.

D'une fenêtre de sa vaste demeure, dont le style annonçait l'Italie, Emilie marquise de Bardonnèche, s'immergeait doucement dans ce paysage alangui et résigné. Son regard s'attardait sur la rue qui descendait en pente douce vers l'église et sur les passants bravant le froid.

Emilie de Bardonnèche allait avoir 40 ans et la simple évocation de cet anniversaire ravivait une mélancolie que la venue de maître Charvier, son notaire, annoncée pour l'après-midi, ne parvenait pas à atténuer.

Elle appartenait à une famille qui, depuis près de quatre siècles, possédait dans les vallées de la Vallouise et du Valgaudemar quelques centaines d'hectares arrachés à la montagne et la visite mensuelle de l'homme de loi était le seul rite auquel elle acceptait de se soumettre.

- Après tout, soupirait-elle en lissant ses longs cheveux noirs comme pour se prouver que le temps n'avait pas de prise sur elle, je n'avais qu'à me choisir un mari et je serais aujourd'hui débarrassée de cette obligation fastidieuse...

Cette idée la faisait sourire et elle pensait à ces tentatives dérisoires pour lui trouver un brillant parti alors qu'elle n'était qu'une jeune pensionnaire des Ursulines de Gap et que ses parents, sentant l'âge venir, brûlaient d'assurer la pérénnité de leurs propriétés par un mariage équilibré. Elle avait dû fortement résister pour éloigner les prétendants certains avec regrets, et d'autres, plus nombreux, avec soulagement. Et puis l'hiver 1827, les efforts conjugués de la grippe et du choléra ayant eu raison de la santé chancelante de ses parents, elle s'était retrouvée à dix-neuf ans orpheline et célibataire. Elle assumait, depuis, l'héritage familial en prenant soin de ne pas écorner un patrimoine que la Révolution et l'Empire avaient largement bouleversé, ne laissant aux Bardonnèche que les propriétés de Vallouise, la Salle, Puy-St-André et quelques fermes le long de la vallée de la Durance.

Emilie de Bardonnèche rêvait ainsi dans Vallouise enneigée lorsqu'on lui annonça le notaire. Elle le fit entrer.

- Vous n'avez pas, j'espère, de fâcheuses nouvelles à m'apprendre, dit-elle d'un ton faussement enjoué. Vous savez que mon immense fortune est entre vos mains.

Elle rit.

- Point de fâcheuses nouvelles, mais des informations que je vous livrerais volontiers si toutefois vous m'y invitez.

Elle tapota de la main le canapé sur lequel elle était assise, indiquant une place au notaire qui s'empressa de s'exécuter.

- Alors maître cette révolution que vous m'annoncez depuis l'été ?

- On y vient Emilie, on y vient...

Le notaire fermait presque les yeux comme s'il se préparait à livrer un douloureux secret.

- Vous savez, je ne comprends pas l'esprit de revanche qui anime nombre de propriétaires fonciers et je trouve bien cynique les baux de courte durée qui ren-dent dépendants fermiers et métayers. Un coup la charité, un coup la répression... Mais je ne dis pas cela pour vous Emilie, je connais votre réputation et je sais que vous ne partagez pas leur attitude. Ils ne comprennent pas, ces idiots, qu'il faut que chacun puisse vivre de son travail car c'est là le meilleur rempart contre les désordres, contre cette violence qui peut à tout moment balayer le bien pour apporter le mal...

Emilie l'interrompit de peur qu'il ne se lance dans un de ces récits apocalyptiques qu'il lui assenait à chacune de ses visites.

- Cette idée va vous courroucer, mais vous me rappelez mon père... Il a empoisonné mon enfance avec le récit des jacqueries et des exactions de la Révolution. Et j'ai fini par croire que la générosité qu'il affichait dissimulait en fait la peur de tout perdre...

Le notaire souffla, laissant percer une petite amertume.

- La comparaison avec votre père me gêne c'est vrai, mais vous savez que cela n'a rien à voir avec ses idées.

Il lui prit la main et elle le laissa faire, tout en reculant légèrement.

- Vous devenez audacieux. Et je ne parle pas que de vos discours, car les discours... Vous vous souvenez de, Baynaud, le préfet, dont nous avons souvent ri ensemble... Il était très assidu. Il m'expliquait pendant des heures qu'il était venu dans les Hautes-Alpes pour continuer l'oeuvre d'aménagement de Ladoucette. Il rêvait d'ouvrir de nouvelles routes, de jeter des ponts sur la Durance et de forcer définitivement la vallée du Guil... Il était très éloquent, Baynaud, quand il me parlait du voile funeste du célibat, ce sont ses propres termes, tout en lorgnant vers mes propriétés. En voilà un qui avait compris toutes les subtilités du code civil de Napoléon !

- Là, vous exagérez ma chère Emilie. Je n'ai pas, moi, la prétention de vous séduire. Vous avez choisi de vivre comme vous l'entendez et je respecte ce choix.

C'est à votre raison et non à votre coeur que je parle.

Pour couper court Emilie répliqua vivement, en retirant sa main.

- Votre formule est plaisante, mais convenez qu'elle est un peu trop galvaudée.

Maître Charvier était rouge de confusion et balbutia.

- Je me suis sans doute mal exprimé Emilie, je voulais simplement vous mettre en garde. La situation risque de tourner à la confusion. La tension monte à Paris. Je reçois, vous le savez, le journal "le National" et il ne se passe pas une journée où l'on ne réclame une nouvelle loi électorale. Je sais, Paris c'est loin mais ici aussi les gens grondent car la famine menace en maints endroits. Je le tiens d'un colporteur que je vois régulièrement, un piémontais du nom de Picca. Son nom ne doit pas vous être inconnu car il est originaire du même village que le maçon qui a peint votre cadran et qui doit très prochainement, je l'espère, venir en réaliser un sur ma maison du plateau du Rouet. Je vais lui écrire et monsieur Picca sera mon messager.

- Je constate avec plaisir, persifla Emilie amusée par le trouble de maître Charvier, que l'imminence des périls n'a point entamé votre goût pour les belles choses... Ne protestez pas, vous savez ce que je pense de ce cadranier. Et j'aimerais moi aussi lui confier le soin de raviver les couleurs de mon cadran que les intempéries de l'hiver dernier ont fait souffrir. Votre commande et la présence de ce monsieur Picca sont deux opportunités que je souhaite saisir...

Le notaire s'était rassuré. Il observait la marquise. Il aurait voulu, à cet instant, l'embrasser dans le cou mais il n'était pas homme à de telles audaces. Il enrageait en pensant à toutes ces années perdues, et se consola aussitôt à l'idée que le patrimoine confié par Emilie valait bien quelques sacrifices. Et pour se venger de son impertinence, il susurra :

- Même par-delà la frontière ce cadranier fait des miracles, on dirait, ma chère amie, que vous reprenez vous aussi des couleurs.

- Je sens comme une pointe de dépit dans votre manière de prononcer le mot frontière et cela m'étonne. Ne m'avez-vous pas, depuis plus de...

Elle fit mine de réfléchir.

- ...Disons quinze ans, expliqué qu'il n'y avait de part et d'autre des Alpes qu'un seul peuple, soudé par le souvenir des Escartons...

Maître Charvier l'interrompit presque joyeusement.

- Je vois que vous avez parfaitement retenu mes leçons d'histoire, mais passons à l'arithmétique. J'ai apporté les livres de comptes. Nous en étions restés, la dernière fois, aux additions, je souhaite aborder aujourd'hui les soustractions. Voyez-vous il faut refaire deux toitures pour lesquelles on me conseille d'abandonner les tavaillons de mélèze pour des lauzes, à cause de la neige.

- Je vous fais confiance. Commandez-les et j'espère que la prochaine fois nous pourrons étudier les multiplications... A moins que vos amis républicains ne m'imposent d'apprendre d'abord les divisions...

Ils riaient, retrouvant une complicité que la maladresse de Charvier avait un instant assombrie. Puis le notaire se leva pour prendre congé, il voulait être rentré à Château-Queyras avant la nuit.

- J'enverrai quelqu'un chercher la lettre que vous souhaitez confier à mon colporteur d'ici un ou deux jours. Je vous ferai, à cette occasion, parvenir les devis des travaux, ajouta-t-il en s'inclinant.

Emilie le regarda sortir avec un sourire en pensant que tout à l'heure il était prêt à glisser avec elle sur le canapé. Tandis que la voiture du notaire, dans un craquement épouvantable, s'arrachait aux ornières de la rue elle avait ouvert le livre de comptes avant de le refermer aussitôt.

L'arrivée prochaine du cadranier la faisait basculer quelques années auparavant...

C'était en 1840. Emilie avait acheté, près du centre de Vallouise, la maison où elle vivait aujourd'hui, une vaste bâtisse entourée d'un jardin et dont la façade était agrémentée d'un balcon soutenu par quatre colonnes.

Sur les conseils de Maître Charvier elle avait fait appel pour des travaux de rénovation, à Gianni Quaranta un maître-maçon piémontais dont l'habileté était reconnue dans le pays. Elle se montra attentive à ses recommandations, aménageant comme il le lui suggérait le deuxième niveau de la maison afin d'y construire des chambres et conservant en l'état, pour y entreposer des fourrages, le troisième niveau.

Lors d'une de ses conversations avec Gianni, Emilie lui fit remarquer combien il était dommage que le souci de bénéficier d'un maximum d'ensoleillement ait poussé les habitations à ne s'ouvrir que vers le sud.

Gianni ne lui répondit pas tout de suite, puis un après-midi, il lâcha :

- J'en connais un qui capture le soleil autrement qu'en saisissant quelques rayons dans une pièce.

Il poursuivit en précisant qu'un de ses amis piémontais peignait des cadrans et que c'était pour lui l'occasion de se jouer de cet astre essentiel. Séduite par l'idée de personnaliser ainsi sa maison, Emilie demanda à Gianni de lui présenter le cadranier.

Elle rencontra Giovanni Francesco Zarbula en juin 1840. Il revenait de Saint-Véran où il avait peint, cette année-là, quatre cadrans. Et pour répondre à l'invitation de Gianni Quaranta il avait accepté de quitter plus tôt le Queyras où des amis très chers l'attendaient pourtant.

Emilie de Bardonnèche, avait été surprise de découvrir un homme ressemblant si peu à l'idée qu'elle se faisait d'un maçon cadranier.

Giovanni Francesco Zarbula avait plutôt l'air d'un artiste avec son long manteau et ce drôle de mulet chargé de pots de couleurs et de cartons à dessins. Mais ce qui avait le plus impressionné Emilie c'étaient les deux gros livres de cuir fauve que Giovanni, lui avait tendu. Elle le revoyait encore nettement aujourd'hui lorsqu'il s'était approché pour la saluer. Elle se souvenait surtout de son regard et de l'attitude appliquée qu'il avait eu tout au long de la visite. Elle avait profité de sa concentration pour l'observer avec attention, presque avec impudeur... Il avait franchi sans se baisser d'un pouce la porte étroite et chancelante, ouverte sur les escaliers extérieurs qui barraient la façade sud. Elle put estimer ainsi, qu'il ne devait pas dépasser un mètre soixante-dix. Emilie fut immédiatement charmée par la régularité de ses traits, même si le visage émacié, sculpté par la montagne le voyage et le labeur laissait apparaître un nez un peu long à son goût. Elle se sentait rassurée par ce corps mince et musclé, cette odeur mêlée de tabac, de plantes sauvages et de bois mouillé. Son regard s'attarda longuement sur les boucles sombres du ca-dranier qui lui tournait le dos.

Giovanni resta quinze jours à Vallouise. Emilie en conservait intact le souvenir.

Pendant son séjour il avait élu domicile à l'auberge des Arcades et se rendait, dès le lever du soleil, auprès d'elle. Il avait choisi de peindre le cadran près de l'arête de la façade exposée au midi, juste au-dessus de l'escalier, afin que le visiteur gravissant les marches puisse contempler son œuvre.

Emilie respectait les silences de Giovanni lorsqu'il calculait l'emplacement du plateau et passait de longues minutes à observer la trajectoire des rayons qui se jouaient des branches de tilleul.

Lorsque vint le moment de dresser l'échafaudage et de préparer les enduits Giovanni Francesco devint plus prolixe. Il lui demanda de choisir dans ses cartons les couleurs du cadre car il voulait que celles-ci fussent en harmonie avec les tons du balcon en mélèze. Puis il lui proposa le dessin. Une poule à l'allure guerrière décochait une flèche à un lion rieur qui préférait tirer la langue plutôt que de broyer l'imprudente d'un coup de patte.

Emilie fut surprise par cette proposition que Giovanni Francesco commenta en riant.

- Il n'a plus l'air terrifiant le lion de l'église de Saint-Véran figé dans la pierre. Par contre, le mien, dans cent ans, il continuera à tirer 1a langue à la bêtise guerrière...

Lorsqu'il eut fini de peindre son cadre aux couleurs vives, Emilie choisit une devise qui disait la fuite du temps : "In lucem omnia vana. Vita fugit sicut umbra" (A 1a lumière tout est vain. La vie s'enfuit comme l'ombre.)

Il traça la phrase sans rien dire, juste au-dessous des chiffres, puis il ajouta, plus bas, comme pour en atténuer la sentence: "Caelum regula. Forte tua." (Le ciel est la règle. Par hasard la tienne).

Emilie de Bardonnèche interprèta cette incursion de Giovanni dans sa prérogative de commanditaire comme une invitation au dialogue.

Elle eut alors envie de le connaître davantage, de lui parler et de l'entendre parler. Mais elle dut accepter à regret le rô1e dévolu aux femmes de son âge et de sa condition en ne lui concédant qu'une bienveillante protection. Elle facilita ainsi, à plusieurs reprises, des commandes à l'intention du cadranier avant de perdre le fil de ses voyages dans le Queyras...

Aujourd'hui, ces souvenirs la réchauffaient alors que le soleil disparaissait derrière les rochers et que l'ombre gagnait la rue. Elle avait décidé de revoir Giovanni et cette idée la guiderait au seuil de l'année.

- Après tout, lorsque l'on va avoir quarante ans, pensait la Marquise de Bardonnèche, on a bien le droit de faire un clin d'oei1 au temps...

Elle jeta une poignée de genêts dans le feu qui claqua rageusement dégageant un parfum de colline aride. Elle se dirigea vers un petit bureau dans le tiroir duquel elle prit une feuille et une enveloppe.

Comme la lumière déclinait, elle s'approcha de la fenêtre, se saisit d'une plume et la trempa, d'une main tremblante, dans de l'encre violette.

Elle imagina le col de l'Echelle enneigé, et se mit à écrire.

Vallouise le 22 janvier 1848

Mon cher Giovanni Francesco...

CHAPITRE 2

Le vent s'était levé projetant avec force la neige en rafales. La brume, comme surgie du sol, gommait le paysage.

Dans cet univers peu engageant, un homme avançait, courbé, s'enfonçant à chaque pas, le visage giflé par les flocons virevoltants.

Il se retournait souvent vers sa mule, l'air inquiet. Mais l'animal semblait serein, s'appliquant à suivre les traces de son maître.

L'homme s'essuya le visage. Les traits tendus, les yeux à demi-fermés par la tourmente. La barbe mal rasée retenait de minuscules gouttes de glace. Il avait un air sauvage, effrayant même.

La mule s'arrêta soudain tirant son maître en arrière. Il se retourna en disant :

- Tu as raison, ma fille, il serait imprudent de poursuivre.

Il apercevait pourtant, vers le nord, entre les silhouettes agitées des pins et des mélèzes, une zone plus claire que les autres laissant deviner le sommet du col. L'homme pensa à Maria si proche, à son village où devaient flamber les bûches dans chaque foyer, à une bonne soupe brûlante. Mais il ne sentit qu'un frisson le parcourir. Grelottant, il parla à sa mule en phrases hachées.

- Allez au travail !... Presque arrivés... Là-bas... Au sec...

Puis, saisissant sa hache il se dirigea vers un bosquet de pins et entreprit d'abattre le plus solide. L'exercice le réchauffa. Sa bête, pendant ce temps, avait gratté la neige de son sabot et broutait quelques minuscules arbustes. Dans un craquement étouffé le tronc, enfin, bascula lentement puis s'abattit. Il reposait maintenant sur un amas de branchages. L'homme tailla dans cet entrelacs de rameaux, un espace abrité, une sorte de tunnel. Ensuite, il déchargea sa mule et la frictionna. Elle se laissait faire continuant à renifler le sol en quête de quelque maigre pitance. L'homme était en sueur, ses vêtements mouillés s'alourdissaient mais il ne tremblait plus. Il se mit à casser, tout autour de lui, les branches mortes des sapins. Il extirpa ensuite de sa balle une caisse de bois plate qui contenait des partitions musicales. Il la vida puis la tailla en fines bûchettes. Il froissa les partitions, disposa le bois sec avec précau-tion et battit le briquet d'un geste précis.

En quelques instants une flamme claire et timide s'éleva puis prit de l'ampleur. La mule se retourna vers la source de lumière et de chaleur.

- Tiens, ma fille, remercie Verdi, sa partition nous réchauffe...

Le ciel se dégagea. Il floconnait encore mais une étoile trouait le ciel.

L'homme alimenta le feu et se mit à songer à une histoire d'ours qu'un forestier de Plampinet venait de lui raconter.

- Méfie-toi l'ami, tous les ours n'habitent pas Orcières. Cette année il en rôde un par ici... Un animal énorme, pas craintif pour deux sous mais rusé comme un renard. La semaine dernière il est entré chez Isambert, pendant qu'ils étaient tous au travail, et la bête a enlevé leur fils de huit mois suspendu dans son berceau. Mais c'est pas tout, deux jours après il a dévoré deux brebis au père Lorent. Moi-même j'ai vu des traces gigantesques du côté des chalets des Thures.

L'homme frissonna : les chalets des Thures n'étaient pas loin. Il regarda sa mule qui ne bronchait pas et son attitude le rassura un peu. La tempête se calma, les flocons moins denses ralentissaient leur chute...

Des flocons identiques à ceux qui s'étaient déposés sur la veste en drap gris d'un gaillard qui le serrait énergiquement dans ses bras...

Il y avait très longtemps de cela... trente ans au moins. Il revit sa mère sur le pas d'une porte étroite et basse... Il l'aimait cette mère. Il ne voulait pas la lâcher. Il voulait garder sa chaleur empreinte de quiétude et de douceur... Un peu comme ce foyer qui l'hypnotisait.

Puis tout s'estompa et il en fut soulagé. Il aurait voulu devenir brouillard pour tout effacer, les objets et les formes.

\- Mais peut-on effacer les êtres qui hantent le passé ? murmura-t-il en frissonnant à nouveau.

L'homme qui l'avait recueilli, un colporteur fleuriste sans enfant retiré à Bardonecchia, lui avait dit en l'embrassant.

\- Mon enfant n'aie pas peur, tu verras... Tu seras bien... Tu oublieras. Je vais t'appeler Luigi... Comme moi.

Et ce fut presque vrai. A part l'oubli qui ne vint jamais. Une nouvelle vie s'ouvrit, pleine de surprises et peuplée de personnages extraordinaires. Il n'était pas rare de voir arriver un soir un colporteur qui avait encore sur lui l'odeur des épices lointaines, chargé d'objets inconnus et d'histoires merveilleuses.

Sa nouvelle existence lui permit, richesse suprême, d'apprendre à lire. Et Luigi fils dévorait tout ce qui pouvait être lu. Son père adoptif développa chez lui les qualités indispensables au métier de colporteur. Il le rendit rusé lui apprit à observer les autres, en fit un homme capable d'affronter les situations les plus critiques... Luigi père était un homme respecté à Bardonecchia. Il avait acquis une petite fortune par son travail et cette aisance lui laissait du temps pour mener une autre vie. Car Luigi père était carbonaro. Fervent républicain, il avait participé au soulèvement du Piémont en 1821.

Luigi fils commença donc par assister à des chambrées tardives et discrètes auxquelles il ne comprenait rien. Mais au fil du temps, les mots prirent un sens et les idées neuves qui prônaient l'unité d'une Italie républicaine le subjuguèrent. Au cours de ces réunions il se lia d'une amitié indéfectible avec des gens exceptionnels tels que Barberonne, un piémontais maintenant installé à Gap ou Dalmas, des Guibertes, un compagnon qui venait souvent les voir ou bien encore l'inoubliable Tonino.

Tonino avait un neveu de son âge Giovanni Francesco. Luigi l'aimait comme un frère et avait passé une partie de son enfance. Giovanni était un artiste qui disait souvent comme pour s'excuser :

- J'ai assez de mes oiseaux pour m'occuper l'esprit... Mais bien entendu si vous avez besoin de moi je serai là.

Et puis il y avait aussi Maria, la nièce de Tonino, la soeur de Giovanni. Il en était tombé follement amou-reux, alors qu'ils étaient encore enfants. Depuis, leurs sentiments avaient évolué et ils vivaient maintenant une sorte de passion entrecoupée de vide, le vide de ses absences...

Il tâta la poche intérieure de sa veste pour s'assurer que 1a lettre de la Marquise était toujours là. Soudain une sombre pensée traversa son esprit. Gianni Quaranta, rencontré en Vallouise peu de temps auparavant, lui avait dit en riant :

- Ah ! tu sais, Giovanni perd la tête depuis quelque temps. Il voit des ombres, il croit qu'il est suivi... Et puis il dessine de ces choses... Des oiseaux qu'on n'a même jamais vu par ici... Un toucan t'en as déjà vu toi ? A force de travailler la nuit, et de dormir le jour... Ah ! ce pauvre Giovanni !

La neige s'était arrêtée de tomber. Il se détendit et relança le feu. Une odeur forte de résine se dégagea.

- Ici au moins la police ne viendra pas me chercher.

Luigi colportait des livres et en profitait pour acheminer des informations. En ce début d'année 1848, les idées nouvelles se répandaient en Europe plus vite que ne le souhaitaient les gouvernants et le colportage de littérature était un métier qui procurait bien des ennuis.

Luigi sortit de son abri. Le vent et la neige avaient cessé. Le ciel était dégagé. Il fit quelques mètres et aperçut en bas, au fond de la vallée, les lumières du Mélezet. Un peu plus loin scintillait Bardonecchia... Il retourna vers sa balle et vérifia que les almanachs et les ouvrages qu'il transportait n'avaient pas trop souffert de la tempête. Il entrouvrit, tour à tour, "Le Médecin des pauvres", "Le Trésor du Laboureur", il vérifia l'état de "La Bibliothèque Bleue" et souleva "Les Oeuvres de Rabelais". Tous ces livres cachaient des textes interdits qu'il ramenait chez lui en Piémont.

Sur une grosse chemise, il avait écrit : "Idées socialistes" et "Notes sur Paris". Ses "bons cousins" carbonaro, de la "vente" de Turin, les attendaient avec impatience...

Il laisserait quelques ouvrages à Maria pour qu'elle les diffuse. Il avisa un paquet. C'était un foulard parisien à la mode, dans lequel il avait enveloppé pour elle "Les contes de Perrault". Puis il se mit à grignoter un morceau de pain ramolli par l'humidité. A nouveau il chargea le feu. Il avait hâte que l'aube arrive pour pouvoir repartir et aller serrer Maria dans ses bras.

Il choisit un texte et commença à lire à la lueur des flammes.

"Supposons que la France perde subitement ses cinquante premiers physiciens..."

CHAPITRE 3

Février 1848

Giovanni Francesco Zarbula descendait lentement la rue centrale de Bardonecchia. Il écoutait crisser chacun de ses pas.

Toute la nuit la tempête, orchestrée par un vent glacial et violent, s'était acharnée sur le Piémont. Le vieux bourg avait du mal à respirer, englouti sous une épaisse couche de neige et chaque être, chaque objet, tentait d'émerger pour se réchauffer aux faibles rayons du soleil.

Il passa devant une importante bâtisse au toit de lauzes sous lequel courait un balcon de bois donnant dans une grange. La maison, malgré sa solidité, vibrait du bruit des ciseaux taillant la pierre brute. Juste en face la fontaine laissait filtrer un mince filet d'eau glacée dont le bruit, timide, adoucissait les sons métalliques. C'était la maison du Masten, l'homme le plus puissant, et le plus riche de Bardonecchia, à la fois craint et haï.

Les ombres annoncaient la dixième heure du jour. Giovanni venait de passer la nuit à dessiner des oiseaux, à peindre des formes, à composer des couleurs. Le menton enfoui dans la paume de ses mains, il avait cherché comment traquer le temps, comment le réduire, à travers de courtes phrases aux multiples sens, qui s'adresseraient du haut de leur plateau au passant, au voyageur, au colporteur à 1'homme égaré. Dès qu'une idée germait dans sa tête, il la dessinait sur de grandes feuilles de papier qu'il conservait précautionneusement dans un classeur de cuir fauve. Il ne se séparait d'ailleurs jamais, de cette chemise volumineuse, que son oncle lui avait confiée solennellement et dans laquelle il conser-vait les dessins qu'il présentait à ses commanditaires. Son imagination et son habileté lui avaient permis d'établir une réputation au-delà des frontières de son pays, dans le Briançonnais, le Queyras, et la Vallouise. Ses pas avaient suivi les cours d'eau de la Guisanne et de la Gyronde, ceux du Guil et de la Clarée et l'avaient conduit tout au long de la haute vallée de la Durance...

Il passa devant l'antre du cordonnier d'où s'échappait une odeur de colle chaude. L'air paraissait presque sucré. En se penchant, il distingua un grand tablier clair qui s'agitait, semblant produire des coups secs et mats. Il songea qu'un jour prochain il faudrait qu'il commande des bottes à Lupi, de belles bottes souples et légères. Il fit un signe au cordonnier. L'autre, absorbé, continua à frapper le cuir. La noirceur de l'échoppe de Lupi avait rallumé le souvenir de sa nuit de travail...

Plus fortes que lui des images l'assaillaient. Et ces visions empruntaient des chemins surprenants. Elles l'investissaient. Et ce matin il avait beaucoup de mal à s'en défaire. Il avait été réveillé à l'aube, intrigué par une sorte de grattement. Il lui avait semblé entendre bouger, s'agiter, murmurer, soupirer, dans la chambre de Maria. A moins que ce ne soit le vent, qui après avoir sauvagement secoué la maison pendant des heures, lui ait soufflé à l'oreille avant de se taire brusquement, “Allez Giovanni, à toi de jouer !" Il s'était alors levé, avait revêtu sa grande cape noire puis, avec mille précautions pour ne pas faire craquer les lattes du plancher et déranger toute la maisonnée, il était descendu dans la cuisine, par l'escalier de bois qui gémissait sous ses pas. I1 avait remué les cendres de la cheminée ravivant le feu qui somnolait. En ouvrant la porte d'entrée pour prendre quelques bûches empilées sous un petit abri, au sec, il avait senti un froid glacé qui après s'être vautré dans la neige des sommets s'infiltrait au plus profond de son corps engourdi. Le ciel laissait poindre quelques étoiles. Un glapissement s'était fait entendre dans le creux d'un vallon, au loin un chien avait hurlé et au fond d'une bergerie quelques bêlements lui avaient répondu... Puis Giovanni avait entendu des frémisse-ments d'ailes, il avait vu des couleurs qui se super-posaient, des formes qui l'entouraient. Alors il s'était mis à dessiner, dessiner encore se laissant porter par des frémissements, des froissements, des frôlements. Il avait senti l'air vibrer. Ses oiseaux battaient des ailes. Ils vivaient sous son crâne comme dans une cage et quand ils en percutaient la paroi il lui semblait voir des éclairs. Les couleurs lui apparaissaient alors, merveilleusement vives, éclairantes et magiques. Ces instants singuliers lui procuraient quelque vanité. Il se sentait un peu différent des autres. Ces visions n'appartenaient qu'à lui, c'était sa richesse, son secret. Et tandis qu'il les représentait, il savourait déjà les réflexions qu'il entendrait quand apparaîtraient sur le plateau de ses cadrans, ces oiseaux fantastiques d'une nuit d'hiver...

- Eh Giovanni pourquoi tu fais pas des oiseaux de par chez nous des tétras par exemple ? lui disait-on souvent.

Dans l'écurie voisine le mulet avait piétiné tapant deux ou trois coups sourds contre le mur. Le bruit s'était répercuté à travers les cloisons et Giovanni s'était aperçu que la matinée était déjà bien avancée en lisant l'ombre du vieux peuplier, de l'autre côté de la rue. Il avait observé avec bonheur un rai de lumière caressant la courbe d'un gobelet. La faim le tenaillait. Il avait tranché une miche de pain dont il avait respiré l'odeur avec délice. Il l'avait dévorée accompagnée d'un morceau de fromage sec qu'il avait fait glisser d'une rasade de vin rouge. Puis, il s'était levé pour observer à travers les carreaux embués, un nuage blanc qui striait le ciel du côté de San Sisto. La rue était déserte. Il avait replacé le pain dans un grand bahut, lavé son verre dans un bac de bois, nettoyé précautionneusement sa table de travail en faisant tomber les miettes dans le creux de sa main. Enfin il avait replacé ses crayons et ses fusains dans leur sac de toile. Sans hésitation il avait jeté au feu les essais qui ne lui convenaient plus. La tête lui tournait. Il avait bourré sa pipe en terre avec un soupir de bien-être puis il avait ouvert la porte pour goûter le calme des lieux...

Il traversait maintenant une placette sombre. Quelques reniflements, quelques soupirs profonds, un meuglement éraillé, le tintement d'un seau qui se renverse chassèrent les images de la nuit. Une eau limpide courait en glougloutant dans des troncs de mélèze creusés au feu et agencés en cascade pour que les bêtes viennent y boire. Giovanni s'arrêta un instant, retenu par ces odeurs qu'il aimait. Les ouvertures basses des maisons grises resserrées autour de la place, enfouies dans le sol exhalaient un fumet réconfortant d'étable et de résine, de feu de bois et de ragoût. Il écouta le son aigre d'une lame qui attaquait l'écorce d'un sapin. “Ce vieux Manzone toujours solide pour scier ses bûches !” Une bourrasque balaya la place. En franchissant une zone d'ombre, Giovanni frissonna comme il avait frissonné cette nuit quand il avait allumé ses bougies aux flammes de l'âtre. Il allait, ainsi après ses longues nuits d'isolement et de travail, à la rencontre du monde. Il souhaitait parler, respirer l'atmosphère imprégnée d'amande et d'anis du café du Giaï. Tout en avançant lentement Giovanni tirait des bouffées sur sa pipe. Il réchauffait ses mains à la chaleur de son fourneau. Il regardait la neige fondre en écoutant le sol ruisseler doucement. Il s'arrêta, observa distraitement les ronds de fumée qui l'entouraient, huma l'air parfumé par le tabac et reprit sa marche nonchalante. Il contourna l'église haute et étroite et déboucha sur une place plus grande que la précédente, qui le conduisit en pente douce jusqu'au café. La chaussée boueuse était glissante. Il inspira une grande bouffée d'air vif purifié par les sommets et filtré par les branches des mélèzes qui cernaient la ville. Le soleil éclatait sur la pointe Gaspard, éclaboussait l'Aiguille Rouge, frôlait le sommet des Guiau et dévalait avec les eaux de la “Valle Stretta” en longeant les rochers du Roucas. Au fur et à mesure qu'il s'approchait la rumeur sourdant de l'auberge s'intensifiait. Avant d'y pénétrer, Giovanni entrechoqua ses bottes noires machinalement.

Une lumière douce et bleue, enfumée, presque opaque flottait dans une odeur de sciure, d'effluves de tabac et d'alcool. Giovanni porta son regard sur un homme accoudé au comptoir. Il l'apercevait de dos. La silhouette familière était plutôt voûtée, plus fatiguée que d'habitude. Il s'approcha. L'homme portait encore sur lui le froid des montagnes. Il se retourna, c'était Luigi.

Ses traits étaient marqués par une nuit sans sommeil mais son visage était encore jeune et ses yeux naturellement cernés de sombre respiraient une passion contenue, une passion que même la fatigue n'arrivait pas à estomper.

Les deux hommes se donnèrent l'accolade.

- Giovanni Francesco ! dit Luigi, j'ai failli ne jamais te revoir. Je me suis fais prendre par la tempête dans le col de l'Echelle !

Il avait parlé d'une voix forte, comme s'il s'adressait à la cantonnade.

- J'avais envie de rentrer vite... Je pensais échapper aux nuages... Et puis côté français on n'aurait pas dit que ça prendrait cette tournure. Mais sur la crête la tempête m'a saisi d'un seul coup. Je sentais Bardonecchia, le Mélezet pas 1oin... Ah ! qu'est-ce-que je vous ai envié d'être bien à l'abri... Heureusement que Verdi m'a sauvé la vie...

- Quoi Verdi ? Qu'est-ce-qu'il foutait là-haut Verdi ? lança Beppo qui sirotait un ballon de Barbera en tendant l'oreille lui aussi.

- Ecoute Beppo... Ecoute comment il m'a sauvé la vie...

Et Luigi raconta tout en buvant son verre lentement. Et les autres s'attablaient, dégustant ses paroles, celles qu'il prononçait et celles qui allaient venir. Car à chaque retour du colporteur les hôtes du café du Giaï ne demandaient rien. Ils attendaient que Luigi raconte sans se faire prier ce qu'une année de voyage dans les états italiens mais aussi en France lui avaient appris. Et cette fois encore cette sorte de coutume fut respectée. Après s'être assuré qu'aucune oreille malveillante ne se dressait, le colporteur attaqua sur un ton plus vif.

- Chez nous ça va bouger hein ! Palerme, Naples, Livourne... Ils l'ont leur constitution, les Siciliens.

- Ah ! ça ils l'ont pas volée rétorqua le vieux Beppo, je suis content pour eux. Jamais de mon temps on n'aurait pensé à une constitution. Même le mot nous faisait peur.

Luigi poursuivit.

- Il y a une semaine, j'ai rencontré un compagnon de

route Giuseppe de La Masa, qui a participé aux événements de janvier à Naples. Il était via Maqueda, quand les Siciliens ont mis les soldats du général De Sauguet en déroute.

Les hommes se rapprochaient peu à peu de lui. Encouragé, il continua.

- Pour revivre cet instant, m'a dit cet homme, je donnerais dix ans de ma vie. Et quand il me parlait de Giuseppe La Masa, quand il évoquait ses yeux clairs, ses cheveux flottant au vent des barricades, sa longue barbe, j'en avais moi-même la chair de poule.

- C'est bien vrai, Luigi, que l'Histoire a l'air de prendre la direction que tu espères, dit Beppo...

- A Naples, pas chez nous... Charles-Albert notre piteux souverain qui tourne au gré des vents, qui avance d'un pas recule de deux, nous la fera suer notre constitution, répondit Luigi.

- La constitution... la constitution... Mais on s'en fout de la constitution. Qu'est-ce-que ça peut nous ap-porter toutes ces couillonnades, en tous cas c'est pas ça qui nous fera manger à notre faim.

- Pietro ! lança quelqu'un, c'est pour nos enfants, notre liberté...

- Liberté ? Mais je suis libre dans la montagne là-haut. Personne tu entends, personne... même pas Charles-Albert ne pourra venir me l'enlever, ma liberté... Quant aux enfants je m'en fous j'en ai pas.

Il s'éloigna en marmonnant :

- Des penseurs... des penseurs inutiles...

Mais Luigi parlait toujours.

- A Turin, Charles-Albert aussi a été sollicité. Mais quand le conseil lui a proposé de réfléchir sur des articles et des statuts il n'a su que répondre quelque chose comme : écrivez ! écrivez vos articles ! Je me réserve le droit de décider... Pourtant le 8 février à Turin le Conseil les a présentés à la population.

Tandis que les conversations reprenaient, il ajouta d'un air soudain soucieux, en regardant Giovanni.

- Giovanni... il y a quand même quelque chose qui m'inquiète... J'ai l'impression que la police m'a repéré et qu'elle me suit à la trace... qu'une sorte d'étau se resserre. Je serais bien resté là-bas mais ça devenait trop risqué... D'ailleurs tu sais si je suis passé par le col de l'Echelle c'est pas un hasard.

Giovanni l'écoutait avec attention, songeant aux incidents qui l'avaient alerté les semaines précédentes et qui prenaient un sens. Il déroula dans sa mémoire ces événements surprenants...

Quelques jours auparavant, alors qu'il s'apprêtait à sortir après une nuit de travail, il avait perçu que quelque chose n'allait pas. Une forme indéfinissable ternissait l'éclat des choses et des êtres. Cette forme l'observait. On aurait dit une ombre qui voletait au ras du sol parmi les troncs squelettiques des peupliers. Il avait voulu se persuader que le soleil réverbérant sa pleine lumière et le vent bousculant les branchages jouaient avec son esprit fatigué par une nuit de veille... Mais son anxiété avait augmenté quand il avait pris conscience que l'air était calme, comme figé. En écoutant Luigi, Giovanni se demanda si cette ombre n'était pas celle de la police de Charles-Albert qui le considérait soit comme un agitateur soit comme un relais par qui on pouvait atteindre Luigi.

Il sursauta. Son ami lui secouait le bras.

- Oh ! Giovanni, tu m'écoutes ? Je voulais savoir si quelqu'un ne t'avait pas posé des questions à mon sujet ces derniers temps ?

- Des questions ? non !... mais il faut que je te dise Luigi...

Mais Luigi, qui fourrageait dans la poche intérieure de sa veste, en ressortit une enveloppe et lui coupa la parole :

- Ah ! J'allais oublier quelque chose de très important.

- Tiens ! J'avais ça à te remettre de la part de la marquise de Bardonnèche et ceci de la part de maître Charvier notaire à Chateau-Queyras.

- Deux lettres ! Christu !

Giovanni les saisit avec précipitation. Ses doigts déchirèrent fébrilement le papier de la première missive.

- La marquise ! prononça-t-il doucement.

La voix de Pietro lança à la cantonnade.

- Voilà que des marquises écrivent à monsieur...

Il fit une révérence malhabile.

Giovanni lui coupa la parole :

- Pietro, va bouffer les poules que j'ai peintes pour la marquise... ça t'occupera... mais attention de ne pas te faire bouffer... mon pauvre Pietro.

- Oh ! Oh ! me faire bouffer par la marquise mais je ne demande que ça moi !

- Pauvre Pietro ! Elle t'avalerait d'un seul coup et finalement elle ne cracherait que deux tout petits noyaux.

A ces mots le sang du berger bouillonna. Il serra les poings de colère pendant que des rires secouaient l'assistance, et il avança de deux pas vers Giovanni. A ce moment là Luigi s'interposa, le tirant par la manche en lui disant la seule chose capable de le calmer sur le champ :

- Allez Pietro viens boire un coup !

En passant près du cadranier il lui jeta :

- Tu es devenu idiot, tu t'acharnes sur ce pauvre Pietro. Mais fous-lui la paix ! La lutte est inégale.

Les deux hommes disparurent vers le comptoir, absorbés par les profondeurs de l'espace sombre et enfumé. Giovanni sortit sur la petite terrasse de l'auberge, descendit les deux marches qui donnaient sur la chaussée et là, seul, il lut.

Vallouise le 22 janvier 1848

Mon cher Giovanni Francesco

Maître Charvier m'a appris que vous alliez sans doute peindre un de ces cadrans dont vous avez le secret, sur la façade de sa maison du plateau du Rouet à Chateau-Queyras.

Il me serait agréable à cette occasion et si vos occupations vous en laissent le loisir, que vous puissiez vous rendre à Vallouise afin que je vous confie moi même un nouveau travail. J'espère que ma lettre vous trouvera dans d'excellentes dispositions. Je forme des voeux dans l'attente de notre prochaine rencontre.

Emilie de Bardonnèche

Quand il eut terminé de lire ces lignes il sut que le notaire allait lui passer commande. Il leva la tête abandonnant un instant les mots pour fixer les choses tout autour de lui mais elles lui semblèrent à nouveau ternes, et sans éclat.

- Ça recommence, murmura-t-il.

Une ombre se dissimulait dans une haie de noisetiers. Il s'élança. A l'endroit où il avait cru voir cet être qui le traquait, il ne vit que le tronc des arbres enfouis dans la neige. Aucun indice ne transpirait. Soudain une idée lui traversa l'esprit, le faisant grelotter.

- Et si ce n'était pas eux ? Si je devais commencer à

payer à partir d'aujourd'hui, à cause de cette vieille histoire ?

Il fut transporté seize ans en arrière. Il revit cette terrible journée de juillet 1832.

Il y avait Augusto son beau-père, le Masten et puis... il y avait Isabella, cette amie d'enfance de sa mère, vision vacillante et lumineuse.

CHAPITRE 4

Eté 1832, Bardonecchia.

Le soleil frappait de toutes ses forces sur les rochers calcaires qui dominent le Mélezet. Juillet était, cette année là, remonté des enfers.

Un attelage et ses quatre passagers, accablés par la chaleur, se dirigeaient vers la gorge de la Vallée Etroite. Tous semblaient attendre l'ombre apaisante des parois abruptes, secoués par les tressautements irréguliers de la voiture. Giovanni Francesco conduisait l'équipage. Il se retourna, laissant faire la jument, les rênes dans une main et regarda le chemin blanc et caillouteux qui se dévidait comme un fil derrière lui. Il observa le Masten, un colosse assis à côté d'elle, frêle, blanche, gracieuse. Elle, c'était Isabella, la trentaine, resplendissante dans les vêtements sombres du deuil de son mari qu'elle portait depuis bientôt huit mois.

Giovanni avait dix-sept ans à cette époque. Frisé, le regard vif et intelligent, il s'était épris d'Isabella avec la force destructrice des premières amours. Isabella représentait, à ses yeux, la beauté et la grâce. Amie de longue date d'Antonella, la mère de Giovanni, elle était venue soulager sa douleur quelque temps au bourg.

Giovanni remarqua que malgré ce chignon strict son visage était lumière éclatante. Il essaya de saisir un instant le palpitement d'une veine qui irisait son cou délicat, un battement du coeur, un mouvement des lèvres. Isabella amorça un geste et il se détourna brutalement. Son regard lui était insoutenable. Il se sentait fouillé, dévoilé, déshabillé par ses yeux dégageant une ironie légère...

A cet instant, la voiture fit une embardée. Il entendit avec irritation cette brute de Masten qui trouvait toujours un mot pour la faire rire... sur son compte. Alors que lui, totalement paralysé, ne pouvait même pas sortir un son de sa gorge. Ou bien sa voix était tellement étouffée qu'elle en devenait fluette, risible et ridicule. Il en avait honte. Il se retourna malgré tout. Il avait besoin de voir ce qui se passait. Il observa Augusto, son beau-père, dont l'oeil s'était fait velours depuis qu'Isabella était arrivée. Il la dévisageait éhontément, il se l'appropriait. Parfois ses mains frôlaient les siennes. Elle les retirait toujours mais sans grande précipitation. Les trois hommes étaient sous le charme. Elle le savait et elle en jubilait.

Le véhicule passa sous les Rochers des Cinq Tours et s'enfonça enfin dans l'ombre fraîche. A cet instant Giovanni scrutant toujours le visage d'Augusto vit ses traits se déformer, se tendre d'un étrange voile qui l'enveloppa. Un frisson impressionnant le parcourut. Il semblait saisi par une peur profonde, irrationnelle. Comme pour se rassurer Augusto dit :

- Ah voilà un peu de fraîcheur !

Il sortit son mouchoir et s'essuya avec application.

En face, le Masten, son ami de toujours, écarta les bras et acquiesça. Il appartenait avec Augusto à la petite bourgeoisie de Bardonecchia. Compagnons de beuverie ils avaient tué le temps ensemble dans leur jeunesse et aujourd'hui ils se plaisaient à gaspiller ostensiblement, toujours ensemble, leur argent sans aucune pudeur. Le Masten tout en s'étirant en profita pour s'appuyer, se coller contre Isabella avec un grand rire rocailleux. Elle le repoussa sans brutalité en disant :

- Allez... vous me donnez chaud, Masten.

Augusto, que le geste du Masten avait enhardi, allongea les jambes enserrant celles de la jeune femme. Comme à son habitude elle se dégagea lentement, avec une sorte de provocation voluptueuse tout en inscrivant sur son visage un sourire nostalgique de femme perdue.

Augusto se sentant observé cria à Giovanni :

- Regarde la route, toi ! Et réveille un peu la jument, grand dadet !

L'animal écumait d'une mousse blanche et épaisse. La voix d'Isabella trancha net :

- Laissez-le, il a de si beaux yeux !

Giovanni crut exploser. Il était écarlate et fit un fulgurant demi-tour se concentrant sur sa conduite.

- T'as le bout des oreilles tout rouge, Giovanni, hurla le Masten dans un rire à s'étrangler. Tu rougis comme un puceau.

- T'as sûrement pas que le bout des oreilles qu'est rouge, reprit Augusto.

Les rires cascadèrent, durs. Ils heurtaient les parois de la gorge au lieu de glisser sur elle.

La voix d'Isabella émergea :

- Il est jeune, il apprendra vite. Au fait savez-vous messieurs, que les femmes aiment les puceaux, surtout quand ils sont jeunes et beaux. En disant cela elle lui caressa le bas de la nuque, d'un geste naturel, presque maternel. Elle s'attarda un instant sur ses boucles brunes.

Pour la première fois Giovanni sut qu'il pouvait aimer mais aussi haïr sans limites. Il se demanda comment sa mère avait pu s'enticher d'un type comme Augusto. Et il ne trouvait aucune raison plausible. Augusto un riche éleveur de Bardonecchia était le second mari d'Antonella. Il ne souhaitait que l'augmentation de son troupeau. Comme il le disait lui même, avec un rire gras :

- Je vis pour mon cheptel, c'est à dire, mes bêtes et mes femmes.

L'attelage poursuivait son chemin. Les chalets de l'alpage se hissèrent au-dessus des vallonnements herbeux. Dans l'air qui s'allégeait on percevait les clarines. La carriole s'arrêta bientôt. Tous descendirent. Pietro, le berger d'Augusto, les regardait appuyé sur son bâton, immobile. Ses deux chiens l'encadraient humant l'air. Augusto et le Masten se dirigèrent vers lui. Giovanni déchargea les vivres destinés au berger. Ensuite tout alla très vite. Isabella suivit Giovanni qui montait un sac volumineux au premier étage de la cabane pastorale. Elle attendit qu'il le pose puis s'approcha de lui et saisissant son visage à deux mains lui dit :

- Ne bouge pas, n'aie pas peur.

Giovanni avait fermé les yeux. Il sentait cette chaleur, cette odeur douce et rassurante, il ruisselait d'efforts et d'émotion. Il se sentit attiré et réalisa que son inaccessible amour était en train de le prendre dans ses bras. Il se libéra et se mit à rendre caresse pour caresse, baiser pour baiser. Isabella le guidait. Il dominait peu à peu cette force qui le paralysait, anéantissant ses inhibitions. Il ne pensait plus, pendant qu'elle l'enveloppait de tout son corps. Le soleil les avait rejoints dans la pièce jusque sur la couche de Pietro... Sur le rebord de la fenêtre ouverte un oiseau gris vint se poser. Il les observait étonné, inquiet, sautillant. Isabella se cambra soudain en gémissant. Elle ployait sous le désir du jeune homme. Elle se laissa envahir par cette force qui grandissait. Elle libéra un cri essayant de l'étouffer aussitôt. A cet instant les escaliers craquèrent brutalement. L'oiseau gris s'envola...

Augusto et le Masten se tenaient maintenant dans l'encadrement de la porte Pietro, derrière eux, se hissait sur la pointe des pieds. Il ne voulait pas en perdre une miette.

Augusto hurla :

- Petit salaud, j'ai envie de te crever la paillasse, tout de suite...

Le Masten renchérit :

- Espèce d'ordure tu vas le payer cher, je t'écraserai.

Giovanni ne répondit pas, il serrait les poings. Il se rendait compte que lui aussi serait capable de tuer.

Pendant que les deux autres vociféraient, il pensa aux bonnes raisons qu'il avait de rayer Augusto de ce monde. Augusto, incapable de rendre sa mère heureuse et qui venait d'avouer indirectement sa liaison avec Isabella. Quant au Masten il avait beau être une brute épaisse Giovanni 1e sentait vulnérable. Toutes les haines sourdes s'exprimaient enfin dans ce déchaînement verbal. Le regard de Giovanni le rendait-il invincible ? Peut-être, car aucun des deux hommes ne leva le bras en direction de l'adolescent qui les défiait prêt à rendre coup pour coup.

Les deux hommes s'adressaient maintenant à Isabella. Augusto, écumant, lui lança :

- Et toi putain, salope, je te fous dehors... Que t'ailles faire brûler ton cul ailleurs mais plus chez moi.

- Et bien, Augusto, tu pensais que je t'appartenais déjà... T'es même pas capable d'éteindre le feu qui me brûle. Un puceau fait ça mieux que toi.

Elle était blême mais déterminée. Elle se rhabillait lentement, contente de son effet. Elle toisa les deux hommes qui se regardaient. Derrière eux Pietro camoufla un sourire et toussa. Puis un lourd silence s'installa...

De cette altercation Giovanni n'avait jamais parlé à sa mère. Isabella, quant à elle, était partie le lendemain. Antonella n'avait fait aucune remarque. Pourtant, chose étrange ou chargée de sens, elle n'évoqua plus du tout le souvenir de son amie. Ils avaient reçu quelques rares nouvelles, puis plus rien... Isabella n'indiquait jamais son adresse dans le courrier qu'elle envoyait. Au mois de mai de l'année suivante elle annonça son remariage et la naissance d'une fille. Elle était installée dans le sud de la France avec son nouveau mari, un négociant en vins.

Deux ans après cette histoire, en juillet 1834, Augusto disparaissait dans un accident. Les circonstances du drame avaient ému Giovanni, non pas à cause d'une affection soudaine pour son beau-père, mais tout simplement à cause du lieu où il avait péri. L'accident était survenu sous les Rochers des Cinq Tours. Un éclatement de la montagne l'avait englouti d'un seul coup, lui, sa jument et sa carriole, à l'endroit même où Giovanni l'avait vu blêmir en frissonnant le jour où ils étaient montés aux bergeries. Il semblait à Giovanni que son beau-père avait pressenti que là serait sa fin. Le jour de l'accident, Augusto amenait comme chaque semaine des vivres à Pietro dans les pâturages au dessus des mines de Blanchet. Il en profitait aussi pour prendre des nouvelles de son bétail. Il était reparti bien plus tôt que d'habitude. Pietro lui avait lancé :

- Vous partez déjà !

Augusto, en clignant de l'oeil, lui avait répondu :

- J'ai un rendez-vous aujourd'hui.

- Alors, si le devoir vous appelle, allez-y !

C'était plutôt la mort qui l'appelait.

Dans un grondement de tonnerre qui avait retenti jusqu'à Bardonecchia la roche avait tout broyé. Augusto ne s'était sûrement rendu compte de rien.

- Maintenant il ne reste plus que le Masten à vouloir ma peau, avait pensé Giovanni presque soulagé...

CHAPITRE 5

Le choc d'un taret, des cris, des rires et des pleurs, des galoches qui claquent et glissent sur le sol gelé, la voix d'une mère exaspérée... Giovanni rebondit dans le présent. Les images d'Augusto, d'Isabella, du Masten, s'effilochèrent...

Il avait laissé glisser l'enveloppe à terre, il la ramassa, la porta à ses narines. Il tenta de respirer les effluves d'un parfum accroché aux fibres de la feuille. Seule une odeur de tabac et de sueur, celle de Luigi sûrement, vint chatouiller ses narines. Il avait décidé de partir, saisi par l'impatience. On était le 23 février et demain soir il voulait être en France. Il avait donc l'après-midi pour se préparer. Cette lettre bousculait l'avance inéluctable du temps qui rythmait sa vie à Bardonecchia.

Sa décision le libérait peu à peu des craintes qui l'étreignaient, atténuant l'angoisse que l'être informe avait fait surgir. Il se laissa gagner par la perspective des retrouvailles toujours chaleureuses avec Pierre et Madeleine, à "l'Aigle des Alpes", l'auberge de Château Queyras.

- Je leur peindrai le cadran promis depuis tant d'années. J'irai aussi voir Barberonne à Gap. Et puis il faut que je m'éloigne quelque temps, je deviens fou ici... Luigi, avec ses histoires, arrive à me faire perdre la tête... Le plus difficile pour lui était d'annoncer son départ à Antonella, sa mère. Elle essayait toujours de le dissuader et ça le mettait mal à l'aise. "C'est sa vie tragique qui l'a rendue ainsi" pensait Giovanni. Avant d'être veuve une première fois d'un officier de l'armée piémontaise, elle avait eu de lui, à 18 ans, Giovanni. Maria était née deux ans plus tard. Antonella avait vécu les six années de ce premier mariage, un amour intense. Puis le drame... Une journée de 1821, lors d'une manoeuvre en montagne, son mari, Bénito, périt noyé dans un torrent en crue qu'il avait cherché à franchir imprudemment. Du moins c'est ce qu'on lui avait annoncé car elle n'avait jamais eu de détails sur les circonstances de cet accident. Pour la première fois la montagne la frappait brutalement, sauvagement, balayant sa vie. On lui avait appris la nouvelle deux jours plus tard, à Turin où elle séjournait avec ses deux enfants qui avaient trois et cinq ans. Le mois suivant le décès de son mari elle était retournée à Bardonecchia, son berceau familial. Ses soeurs étaient mariées et dispersées aux quatre coins de l'Europe. Seul son frère Tonino, de douze ans son aîné, était resté au pays. Il les avait accueillis avec chaleur, leur offrant une forme de bonheur familial.

Puis elle avait épousé Augusto en 1830. Presque immédiatement après, naissait Angelo et Tonio avait suivi en mars 1833, quelques mois avant la disparition d'Augusto. Après l'accident survenu à son second mari Antonella reprit l'exploitation avec courage. Cependant il avait fallu vendre une partie du troupeau et se séparer de Pietro qui en gardait encore de la rancoeur. Heureusement Tonino était toujours là, pour les soutenir. Original et rêveur, son âme était généreuse. Et toute la famille avait emménagé chez lui. Maçon, Tonino avait appris son art chez un maître compagnon et l'avait transmis à son neveu, un élève doué et attentif à qui il racontait avec passion l'épopée du compagnonnage, les voyages aventureux et les rixes. Giovanni Francesco revivait ces moments privilégiés et ce souvenir le brûlait. Tonino lui parlait à mots couverts des rites et des secrets de l'apprentissage, l'initiant aussi au monde des cadrans. Il lui avait enseigné à apprivoiser le soleil, à mesurer son ombre, à percevoir le temps qui fuit et qui nous enveloppe. Un jour, ils étaient montés jusqu'au col de l'Echelle et Tonino avait montré le paysage abrupt à Giovanni en disant :

- Tu vois, Giovanni Francesco, ces sommets, ces rochers, ces arbres, ces plantes tu les crois dénués d'esprit eh bien ! tu te trompes. Ces choses-là, elles possèdent la sagesse, elles savent compter les heures en allongeant leur ombre. Elles discutent des astres et des saisons, de tous ces grands phénomènes que nous connaissons si mal. Apprends à les aimer, à les regarder et elles te parleront, à toi aussi.

Giovanni Francesco avait répondu :

- Mais ces rochers, ces sommets, ces arbres, ils savent plus de choses que nous, plus de choses que le maître d'école lui même ?

Dans un éclat de rire Tonino l'avait pris par l'épaule et le fixant du regard, heureux du succès de sa leçon puisque les questions de son neveu étaient bonnes, il avait dit :

- Bien sûr Giovanni, tout juste. Nous les hommes on croit savoir mais on ne sait rien. Eux en savent beaucoup mais ne disent rien.

Puis, après un silence que seuls les torrents de montagne emplissaient, Tonino ajouta :

- Mais écoute moi bien ! Si tu veux la véritable

connaissance, écoute les oiseaux ! Si tu les écoutes tu les entendras vraiment, alors tu apprendras.

Et Giovanni Francesco se mit à observer les oiseaux, de tout son être. Il les écoutait, il en inventait déjà dans sa tête.

Tonino était mort d'une pleurésie, en 1842. Mais Giovanni le sentait encore là, pas très loin de lui. Souvent en travaillant il l'interrogeait et le prenait à témoin...

Une plaque de neige sale fit trébucher Giovanni et le ramena à la réalité. Il était devant l'entrée de sa maison. Il poussa la lourde porte cochère en noyer qui grinça. Seule Maria s'affairait en chantonnant. Aussi charmante que sa mère, d'une taille plus élevée, elle avait hérité des yeux gris de son père.

Giovanni dit à Maria :

- Tu sais que Luigi est ici ?

Maria rougit et répondit le regard ailleurs.

- Oui ! Oui ! Je sais. A peine arrivé... déjà reparti...

Elle soupira tandis que son frère poursuivait :

- Maria donne-moi un coup de main pour préparer mon linge s'il-te-plaît, je m'en vais.

Elle changea de ton :

- Ah bon, ça y est, tu as trouvé un chantier ? Tant mieux on va pouvoir dormir la nuit.

- Prépare moi l'essentiel, ne me charge pas trop. Tu mets toujours des choses inutiles !

- Dis Giovanni et si tu les préparais toi tout seul tes affaires ? Et puis c'est Teppa qui les porte !

Teppa, la mule de Giovanni, sa complice des longues marches, le suivait sur la route en portant fidèlement son paquetage depuis près de quinze ans.

Pendant que Maria, de mauvaise grâce, s'affairait, Giovanni était monté dans sa chambre à l'étage pour préparer ses pots de couleur. Il les remplissait d'ocres, de rouges d'oxyde de fer, de laque de garance cramoisie et de poudre de cobalt. Il lui manquait le cadmium, le cinabre et la terre de Sienne. Il irait à Gap se les procurer, ce serait une bonne occasion de séjourner chez son ami Barberonne. Il effectuerait aussi les travaux de maçonnerie que celui-ci lui avait commandés. Quant au blanc de chaux, aux noirs de charbon et d'os calcinés il les élaborerait sur place. Pour le transport il recouvrit méticuleusement chaque pot de terre d'une toile forte, badigeonnée de cire pour la rendre imperméable, qu'il ficela solidement autour du col. Puis il versa dans de petites bouteilles un liant dont lui seul avait le secret. Une forte odeur de résine s'en dégagea balayant les effluves des produits qu'il avait habilement mélangés pour obtenir de ses couleurs la brillance et la résistance au temps. Car le temps s'amusait toujours à effacer son travail... Il enveloppa ensuite délicatement ses pinceaux dans une toile aux teintes délavées. Dans un grand sac en cordage épais il déposa ses outils de maçon, dans un autre, identique, ses instruments de mesure. Enfin, il saisit les deux livres à l'épaisse couverture de cuir qui contenaient le fruit de son imagination. Au dernier moment il empaqueta un miroir dans une peau de mouton. Il l'utilisait pour manipuler le soleil et contraindre quelques uns de ses rayons à frapper là où il l'avait décidé. Ça le détendait, ça l'amusait, c'était sa manière de tromper ses instants de solitude, là-haut dans la montagne...

Il se dirigea ensuite vers l'écurie. Depuis la disparition de son oncle il s'occupait, seul, des bêtes. Et, chaque fois qu'il s'y rendait, l'odeur animale, celle du foin séché, une chaleur douce et accueillante, lui rappelaient les moments heureux qu'il avait vécus, ici, en compagnie de Tonino quand celui-ci lui expliquait patiemment comment soigner les bêtes. Par devoir, par bonté, par simple reconnaissance, pour les remercier de leur travail... En pensant à sa mule il glissa dans une pochette de cuir des onguents pour désinfecter les plaies et aider à la cicatrisation, deux brosses aux poils durs et de la graisse à sabots qui dégageait une odeur écoeurante d'huile de cade. Il rajouta, enfin, quatre grosses mesures de grain dans un sac de toi1e de jute.

- Tiens voilà tes affaires ! dit Maria qui l'avait rejoint à l'écurie avec son bagage.

Elle s'approcha lentement de l'animal qui l'attendait, les oreilles pointées vers elle, la tête tendue en quête de friandises.

- Alors Teppa tu es heureuse ? Tu vas partir à l'aventure avec Giovanni ?

Giovanni se mit à vérifier minutieusement le bât et scruta le cuir du harnais pour y déceler d'éventuels points de cassure. Tout devait être prêt et en parfait état.

- Voilà, demain matin il n'y aura plus qu'à charger ! Je partirai tôt, je dois être au pied du col avant qu'il ne fasse trop chaud et que la neige devienne dangereuse. Je te ramènerai des livres, il paraît que tu aimes lire.

Il avait un air ironique et Maria se renfrogna.

- Oui, tu vois, même les femmes sont capables d'apprendre à lire.

- Ce n'est pas ce que je voulais dire mais fais attention à ce que tu lis et surtout aux risques que tu prends en possédant certains ouvrages...

Il allait raconter son histoire et les craintes qui le tenaillaient quand Antonella revint dans la maison. Il n'était pas encore prêt à affronter son regard et préféra s'esquiver à l'étage pour finir ses préparatifs.

Le soir s'était installé depuis longtemps lorsque Giovanni Francesco redescendit lentement les escaliers à vis qui conduisaient à la cuisine. Chaque fois qu'il prenait la décision de partir il avait un petit serrement au coeur. Il avait autant besoin de cette famille, de ce décor, que de la vie errante qu'il menait quand il partait gagner sa vie parfois très loin. Il mettait à profit ces instants pour s'imprégner de toutes les images familières qui l'aideraient à supporter les moments difficiles. Sa vue plongeait dans la pièce voûtée. Quelques bougies produisaient un éclairage jaune et vacillant. Le feu crépitait et une douce chaleur entraînant avec elle une odeur de légumes, d'herbes sauvages et de lard grillé l'enveloppa délicatement. Son regard balaya la scène. Le couvert était mis. Les assiettes de porcelaine témoignaient d'un luxe ancien. La bouteille de vin sombre projetait son ombre tremblante sur le plateau de la table et remontait jusqu'au large bahut en pin. Pendant quelques instants il s'abandonna à cette vision en clair-obscur. L'agitation qui règnait, ce soir là, dans la cuisine lui laissa penser que Maria avait déjà communiqué la nouvelle du départ à Antonella. Ses deux frères Angelo et Tonio se racontaient de façon volubile l'événement de la journée : leur rencontre avec Luigi. Giovanni vint s'asseoir en tête de table et dit à Antonella :

- Alors tu sais ?

- Oui ! répondit-elle en tournant le dos.

Giovanni continua :

- Je partirai demain matin. Le temps se met au beau. Je passerai par le col de l'Echelle, c'est le plus court.

- Hier Luigi l'a franchi, dit Angelo.

- Il a eu des problèmes, lança Tonio.

Antonella faisait un effort pour dissimuler son angoisse. Elle redoutait ces voyages périlleux ces passages de cols. La montagne lui avait tant pris qu'elle ne voulait plus rien lui donner...

CHAPITRE 6

Cette nuit là, comme toutes les nuits précédant ses départs, Giovanni n'avait pas fermé l'oeil. D'ailleurs personne dans la maison n'avait vraiment dormi. Il avait entendu des craquements, des bruits de corps qui se tournaient et s'agitaient... Quand le coq chanta dans une lointaine basse-cour il se laissa glisser hors de son lit chaud et affronta le froid en frissonnant. Il alluma une bougie. Le ciel était gris comme celui des matins de février. Il enfila ses vêtements, chaussa ses bottes et descendit dans la cuisine. Antonella et Maria l'avaient précédé. Elles préparaient le café et tous trois le burent lentement, en réchauffant leurs doigts autour du bol brûlant. Tonio était allé seller la mule.

- C'est le moment, dit Giovanni !

Il se leva d'un bond et sortit. Il faisait encore nuit. Le froid l'enveloppa d'un bloc. Pendant un instant il pensa rentrer, se blottir, là, près du feu qui commençait à dispenser sa chaleur. Angelo l'appela, penché par la fenêtre de sa chambre, le tirant de sa rêverie et de sa faiblesse passagère.

- Francesco fais attention, garde-toi, on veut te revoir pour te...

Mais le vent avait emporté ses dernières paroles. Un volet avait claqué violemment. Giovanni lui avait répondu par un signe de la main et Angelo s'était de nouveau glissé dans son lit. Giovanni serra sa mère et sa soeur dans ses bras pendant que Tonio chargeait l'animal.

- Sois sage petit frère ! Continuez à lire avec An-gelo et attendez-moi sans bouger, pas de bêtises hein !

Il s'enveloppa dans son long manteau, enroula une écharpe rouge autour de son cou, enfonça son chapeau sur sa tête puis détacha d'un gros anneau de fer la longe qui retenait Teppa et saisit son bâton ferré posé contre le mur. Les rues de Bardonecchia résonnèrent de leurs pas jusqu'à ce que le bruit confus du torrent lointain et le chuchotement irrégulier de la fontaine les aient couverts.

Ils étaient maintenant seuls et se dirigeaient d'un pas alerte, dans l'air vibrant et glacé, vers la rivière de la Vallée Etroite. Ils en remontèrent le cours passant au dessus du Mélezet pour atteindre le Pian del colle où ils firent une brève halte. Le soleil était à peine levé et laissait encore de grandes zones d'ombre sur les pentes. Giovanni s'arrêta choisit un endroit pour faire boire sa bête au torrent de Guiau, et lui souleva les sabots délicatement, l'un après l'autre.

- Allez Teppa, donne ma fille.

La mule, docile, se laissait faire. Giovanni chassa à grand coups de marteau la neige tassée qui s'était accumulée contre la sole risquant de provoquer des lésions. Quand le chemin était enneigé il devait souvent répéter cette opération. Le cri des chocards à bec jaune résonna et se répercuta contre la falaise. Giovanni leva les yeux lentement. Il observa le passage entre les mélèzes et prit quelques points de repère qui lui évite-raient de se fourvoyer vers une barrière de rochers infranchissables. Il devinait, au fur et à mesure que le soleil éclairait la paroi, les fins lacets qui serpentaient. Il connaissait toutes ces difficultés mais gardait toujours une sage prudence dans les passages vertigineux. Le départ du chemin lui parut engageant d'autant qu'on avait dû fréquemment le pratiquer ces derniers temps.

- Allez viens, Teppa, tu vois, là, le dôme de mélèzes et bien il s'appelle comme toi, Teppa !

Ils s'élevèrent tous deux. On n'entendit plus que leur respiration régulière qui dégageait un léger voile de buée. Teppa et Giovanni avaient l'habitude de cet effort difficile mais régulier. Ils avaient appris tous deux à rythmer leurs pas et dans ces moments là ils commu-niquaient, se soutenaient, s'encourageaient. A mi-pente, le sentier accroché à la paroi, la taillait, la découpait, se lovait dans la roche se garant de l'à-pic. Ils cheminaient maintenant plutôt péniblement entre les congères de neige encore figées par le froid de la nuit. Ils s'arrêtèrent pour souffler. A cet instant Giovanni entendit quelques cailloux rouler en contre-bas. A chacune de ses haltes les bruits reprenaient. Tantôt la terre glissait ou bien c'étaient des bruits métalliques, ou encore des effleurements de roches qui, en se répétant, devenaient suspects...

Giovanni tendit une oreille de plus en plus attentive. Il progressait de cinquante mètres puis s'arrêtait et écoutait. A chaque arrêt les sons furtifs se répétaient lui suggérant que quelqu'un le suivait. Giovanni essaya autant qu'il le pouvait de hâter son pas. Il lui fallait viser un épaulement de roches où des pins crochets solidements installés retenaient la terre. Le replat soutenait le sentier qui se propulsait en un grand virage, au-dessus d'une plaque de roches lisses et verticales. Dans chaque zone d'ombre la neige demeurait par plaques.Giovanni et Teppa progressaient avec lenteur et précaution mais d'un pas sûr. La canne ferrée de Giovanni produisait un bruit métallique contre les rochers gris et luisants. Soudain une ombre fondit sur lui, i1 esquissa un mouvement du bras pour se protéger. C'était certainement le soleil qui jouait car l'ombre projetée par une masse noire et qui plongeait à une vitesse hallucinante au fond de la vallée était celle d'un tétras-lyre en chasse.

- Bon sang ! dit-il à Teppa, j'ai eu peur !

Avant d'entamer les derniers lacets du sentier, il jeta un regard vers le vide où l'oiseau s'était évanoui.

- Allez, viens Teppa, on en a presque terminé !

Ils débouchèrent enfin tous deux dans une clairière en pente douce qui s'avançait au milieu des mélèzes. Giovanni Francesco embrassa du regard ce petit vallon qui séparait l'Aiguille Rouge, à l'ouest, des Rochers de la Sueur, à l'est. A ce moment Teppa se figea. Ses oreilles dressées fouillaient le mélezein à la recherche d'un danger qui les guettait. Giovanni s'immobilisa aussi. Il n'entendit plus que les chocs de son coeur et les à-coups de sa respiration encore fumante de froid et d'effort. Tout était silence. Il y avait presque trop de silence... Une branche lâcha un paquet de neige, à quelques mètres un peu au-dessus de lui. Un autre rameau s'agita attirant son attention. Ce fut alors qu'il l'aperçut... Une sorte de gros chat fauve monté sur de hautes pattes infatigables et souples. Une sueur glacée couvrit instantanément son corps et colla sa chemise sur sa peau. Ses jambes le portaient à peine. La gueule d'un loup cervier lui apparut, menaçante et cruelle. Giovanni fut hypnotisé par cette face grimaçante. Il ne vit plus que le pinceau de poils qui ornait les oreilles du lynx, les babines qui se retrous-saient convulsivement, les crocs brillants. Il fut parcouru d'un long frisson. Le corps du felin se ramassait len-tement, ses muscles roulaient. Il se rapprochait à pas mesurés sur le tronc incliné d'un pin crochet foudroyé... La surprise passée Giovanni se ressaisit, lutta contre la terreur qui s'infiltrait en lui. Il n'avait aucune arme et le regretta amèrement.

- Je dois réfléchir, se dit-il, je dois faire comme le soleil... je dois faire réfléchir le soleil... je dois faire réfléchir le soleil dans ses yeux... Oui c'est ça !... Il me faut le miroir.

L'animal continuait sa progression et s'élevait sur le tronc calciné sans lâcher des yeux ni Teppa, ni Giovanni. Avec des gestes précautionneux le cadranier glissa la main dans la poche de son sac. Il en retira le miroir qu'il emportait toujours avec lui pour jouer avec les ombres et la lumière. Il saisit l'objet à pleines mains, le plaqua contre lui et le ramena à hauteur de sa poitrine. Le loup cervier s'était immobilisé, intrigué. Giovanni guettait le soleil. Il le sentit sous un nuage, qui se déplaçait très lentement. Alors, avec soin, il plaça le miroir de façon à capter la source de lumière qui, là-haut, émergeait peu à peu. Teppa piétinait sur place...

Giovanni savait qu'il devait agir. D'un mouvement vif il fit pivoter la glace. Les rayons descendus des Rochers de la Sueur vinrent la percuter et rejaillirent aussitôt en un flot concentré et dense dans l'oei1 du lynx, le frappant de plein fouet. Giovanni avait parfaitement calculé son angle. La bête, surprise et aveuglée, renvoya sa tête de côté, recula, perdit l'équilibre, tomba et s'enfuit. En la suivant du regard Giovanni crut distinguer une forme qui semblait accompagner le lynx. Mais la forme s'effilocha dans la profondeur des bois. Il fut presque certain d'avoir entendu une sorte de sifflement. Tout cela lui parut bien étrange. Il sentit un nouveau frisson le traverser et n'eut qu'une envie, quitter ces lieux...

Il saisit Teppa par la bride, la tira et tous deux s'enfuirent, l'un courant, l'autre trottant. Ils descendirent le vallon sans se retourner vers la Clarée, vers Plampinet, sous les nuages qui s'amoncelaient. Giovanni avait complètement perdu la notion du temps et de l'espace. Il se demanda comment il avait fait pour atteindre la vallée. Mû par son instinct, il s'était laissé descendre vers la Clarée rassurante. Lorsqu'il aperçut les premières maisons de Névache alors soudain il eut faim. Il choisit un coin plat, bien à l'abri, à flanc de coteau là où les champs viennent rencontrer la forêt... Il déchargea Teppa qui s'était mise à brouter par réflexe une herbe terreuse encore étouffée par l'hiver. Il lui donna une ration de grain. Enfin, il se détendit réconforté par la terre chaude. Il observa les habitations, les fumées, les allées et venues des paysans. Il écouta leurs voix, suivit des yeux pendant de longues minutes une caravane de mulets se dirigeant vers le fond de la vallée puis il s' assoupit à l'abri d'un rocher en oubliant sa faim.

Plus tard lorsqu'il reprit sa route, reposé et rassuré, le soleil avait déjà disparu dans la vallée. Seule la Pointe de Pécé reçevait encore quelques éclats lumineux. L'ombre était froide et bleue. Quand il fut en vue de Plampinet, abrité dans un étranglement de la vallée, dominé par la crête de Guiau et les rochers de l'Olive, l'humidité qui montait de la rivière l'enveloppait déjà. De longs pierriers produits par les falaises descendaient en pente douce à travers les mélèzes jusqu'aux premières habitations...

Giovanni respira et s'accorda enfin quelques instants pour admirer ces paysages pétris de splendeurs apaisantes.

CHAPITRE 7

Jacques Dalmas était attablé à l'auberge de Plampinet. Il regardait fumer son plat de pommes de terre. Il n'avait pas vraiment faim. Il leva les yeux vers la route de Névache, d'un air distrait. C'est alors qu'il discerna une ombre massive et sombre, une sorte de centaure agité qui descendait du col avec la brume. Les planches du pont, sur la Clarée, craquèrent. Un homme et sa mule le franchissaient. Il les vit ralentir le pas. L'homme observa un instant le flot de la rivière calmé par l'hiver, puis il se dirigea vers l'auberge déchargea sa bête et la frictionna. Quand sa silhouette noire s'encadra dans l'entrée pour passer la porte, le soir tombait.

Jacques Dalmas venait de reconnaître Giovanni Francesco Zarbula, le neveu de Tonino. Tonino avec qui il avait fait une si longue route. C'était il y a bien longtemps, quand l'apprentissage était un voyage initiatique qui permettait de donner le meilleur de soi.

- Mais maintenant !... soupira-t-il.

- Salut la compagnie ! lança Giovanni en jetant un regard circulaire accompagné d'un large signe de la main.

- Salut ! répondirent distraitement quelques voix.

- Tiens Giovanni Francesco ! Quel bon vent t'a

poussé jusque chez nous ! dit l'aubergiste.

- Le travail Irénée, le travail ! Je vais à Château-Queyras ! Est-ce-que tu peux m' héberger pour la nuit avec ma mule ?

- Bien sûr, surtout qu'il va faire un temps à ne pas mettre un chien dehors, répondit Irénée en essuyant ses verres avec un grand torchon blanc.

A ce moment là, Giovanni entendit une voix cassée par l'âge.

- Et alors, Francesco !... J'ai tellement vieilli pour que tu passes à côté sans me reconnaître ?

Un instant interrogateur, le visage du cadranier s'illumina.

- Christu ! Jacques Dalmas, c'est pas possible !

Il l'embrassa avec émotion.

- Attends-moi Jacques, je reviens tout de suite.

Puis, interpelant Irénée,

- Irénée, prépare-moi, s'il te plaît, un bon repas chaud et un pichet de vin pour deux ! Je vais soigner ma mule, elle en a bien besoin, après on va se boire un bon petit rouge.

Quand Giovanni revint la nuit était installée émaillée de quelques flocons. Irénée alluma les bougies dans la salle obscurcie. Le pichet de vin était posé sur la table. Giovanni s'assit pesamment sur un banc de bois, en face de Dalmas. Il allongea ses jambes sous la table, étendit ses deux bras en tirant bien sur ses muscles, saisit le pichet et servit deux verres de vin, un pour Dalmas un pour lui.

Jacques, il le savait et c'était presque un rituel lors de leurs rencontres, allait lui parler de Tonino. Alors il éleva le verre devant ses yeux, observa les lumières qui dansaient sur le liquide foncé et dit :

- Allez Jacques, je t'écoute.

- Ah Giovani ! ça me fait à la fois du bien et du mal de parler de Tonino. Tu sais depuis ce temps les choses ont bien changé.

Dalmas parlait de sa voix cassée et lente. Chaque mot était chargé de nostalgie, semblait s'arracher au passé.

- Tu sais Giovanni, ce que j'ai aimé n'existe plus et surtout... surtout... n'existera jamais plus et ça me fait mal pour toi, c'est pour toi que je le regrette le plus.

Dehors le vent s'était mis à souffler. Il essayait d'ouvrir la porte, tapait à l'auvent et créait d'étranges silhouettes de flocons neigeux qui venaient gifler les carreaux en rafales.

- Giovanni, reprit-il, écoute bien ce que je vais te raconter. Tu verras un peu quel type c'était ton oncle.

Dalmas but son verre d'un long trait.

- Je me souviens d'une nuit comme celle-ci, le vent soufflait, bousculait tout sur son passage, faisait chanter les feuillages, craquer les branches, hurler les vallons. C'était au temps où nous faisions la route, la vraie.

Dalmas garda le silence un instant. Giovanni crut voir scintiller à la lumière de la bougie une sorte de larme au coin de ses paupières mais il l'oublia car Jacques s'était remis à parler.

- En ce temps là, il faut te dire que nous cherchions tous à réaliser une oeuvre singulière. C'était notre honneur de compagnon. Et on mettait des années à la construire mais c'était notre chef-d'oeuvre. La référence pour toute une vie. D'abord on commençait à le fabriquer dans sa tête ensuite on courait le vaste monde pour voir, observer, comparer, se tromper. On apprenait tu vois ! Et le voyage on le faisait à pied. Ça nous laissait le temps de méditer. La machine ne venait pas troubler, bousculer, et ternir notre cheminement.

Lisant une sorte d'incompréhension dans les yeux de Giovanni, il précisa :

- Oui, la route, le voyage... Ça nous permettait aussi de voyager en nous mêmes ça nous faisait descendre jusqu'aux limites de notre âme.

Dalmas fit encore une pause et but lentement.

- Ton oncle, oui, le Tonin, j'y viens... Je reviens à mon histoire. Note bien que ce que je t'ai dit jusqu'à maintenant c'est pour que tu comprennes mieux qui il était. C'était donc la nuit, une nuit rude, elle nous avait rattrapés en route. Nous traversions une montagne, j'ai oublié son nom. En tous cas, les nuages poussés par le vent s'entassaient, l'orage se préparait. Nous hâtions le pas. Tonin me dit : "Tu vois Jacques, un jour j'aurai des enfants, j'en veux pour leur transmettre ce que j'ai appris. Peut-être qu'ils ne seront pas de moi mais ça ne fait rien." Et tu sais, Giovanni, cet enfant qui n'était pas de lui, à qui il a pu, bonheur suprême, transmettre son savoir, c'était toi.

Pour contenir son émotion Giovanni but une bonne rasade de vin et fit claquer sa langue, Dalmas poursuivit :

- Ton oncle a rajouté, écoute bien Giovanni, "Seulement, avant, je dois réaliser mon chef d'oeuvre." Juste à ce moment on a entendu craquer des branchages. "C'est le vent !" me dit Tonin. Mais on s'est retrouvé nez à nez avec trois hommes, jaillis des fourrés, qui se sont mis en travers du chemin. J'ai tout de suite reconnu des déserteurs de l'armée sarde. Ils dirent à Tonino : "Toi le piémontais t'es du pays, alors tire-toi, on a des choses à dire à ton copain le français." Alors il se retourne vers moi... "Ce sont tes amis Jacques... Ils ont l'air drôlement sympathiques, ils doivent en avoir des choses intéressantes à te dire. Finalement je vais rester avec vous...” Je regardais les hommes, ils avaient des visages terribles comme ravagés de cicatrices, le poil noir, hirsutes. Je n’en connaissais aucun. Et Tonin continue... “Vous avez l’air tellement futés que votre conversation sera passionnante et dans ces lieux si retirés quand on rencontre des gens comme vous on profite de l’aubaine.” “Mais on dirait que tu essaies de faire de l’esprit piémontais !” répond le plus jeune en calant ses mains dans son ceinturon. Je me disais en moi même : “arrête Tonino !... arrête !... on va dérouiller encore plus que prévu.” Mais Tonino continuait sa provocation et moi je sentais que mes jambes flageolaient de plus en plus. “Je ne fais pas d’esprit, jeune homme, je suis maçon, je construis des maisons. Si je pouvais en fabriquer de l’esprit je vous en donnerais un peu à chacun...” Pendant ce temps, le plus jeune tirait lentement un couteau coincé dans sa ceinture. Pour nous impressionner, il le leva brutalement au-dessus de sa tête en grimaçant un mauvais sourire. Il semblait être le chef. Il fit un signe de tête à ses deux compagnons qui s’approchèrent prêts à bondir au signal...

A ce moment de l’histoire, Dalmas leva le doigt.

- Ah, j’avais oublié de te dire, Giovanni Francesco, que l’orage était là, sur nous. Il s’était mis à pleuvoir et plusieurs éclairs avaient zébré le ciel. L’autre jeune idiot, pour faire durer le plaisir, pour jouir de notre peur, se balladait son grand couteau la pointe en l’air, le brandissant toujours plus haut.

Là, Dalmas arrêta une nouvelle fois son récit et se servit un verre. Pas par soif, simplement pour faire durer le plaisir.

- Devine ce qui s’est passé ?

Mais avant que la réponse n’arrive, il enchaîna :

- D’ailleurs, je suis sûr que l’autre a senti ce qui allait

se passer... mais trop tard. Je l'ai entendu hurler et se tordre avant de comprendre. Il a fait le paratonnerre cet imbécile, qu'est ce qu'il pouvait faire d'autre ? Il a pris la foudre de plein fouet. Il s'est illuminé, il s'est tordu, il est tombé, calciné. On aurait dit que le diable avait sauté sur ses copains, ils ont détalé comme des lièvres. Moi depuis je suis resté un peu sourd. Au fait... ton oncle il entendait bien lui ?

- Oui ! Il entendait bien, répondit Giovanni en souriant. Jacques tu n'as pas changé, tu as toujours autant d'imagination hein !

- Mais c'est vrai ! Tant pis si tu ne me crois pas ! Tout ça c'est pour te dire que ton oncle, eh bien ! il n'aurait jamais laissé tomber quelqu'un dans la difficulté. Il partait toujours flamberge au vent dès qu'il y avait provocation. Ah ! le Tonin c'était quelqu'un ! Il disait: “Le ciel nous protège moi et les miens”. Et c'était vrai. Tiens, là, c'est la foudre qui l'a sauvé... qui nous a sauvés. Un jour je lui ai confié un document qui soit disant portait le malheur et bien il ne lui est jamais rien arrivé... jusqu'au moment de sa mort bien sûr...! mais ça...

Giovanni devint songeur. Il pensait au soleil qui, lui, le protégeait. C'était bien grâce aux rayons du soleil qu'il avait pu se sortir des griffes du lynx. Et si toutes ces histoires étaient vraies ? Mais avec l'âge ce brave Jacques ne radotait-t-il pas un peu..? Et pourtant il y avait tout de même des choses qu'on avait du mal à expliquer. Giovanni sentait que si ça continuait il deviendrait presque... superstitieux. Tout de même,... pensa-t-il,... je n'en suis pas encore là ! Il fit tourner lentement son verre entre ses doigts. Le silence s'était installé dans l'auberge. Il vit tout ce qui l'entourait dans un halo scintillant de formes floues. Il entendait des voix qui venaient de la table voisine. Deux hommes débattaient vivement. Un certain Hippolyte, fabriquant de peignes à sérans refusait obstinément de payer la taxe d'affouage, au maire du village.

- Dis moi Hippolyte, à d'autres hé ! Sûr que t'as pas ramassé de bois cette année ? Sûr ! Tu sais plus où le fourrer ton bois, tant tu en as ! Et l'an dernier ? Et il y a deux ans ? Tu t'en es pas privé du ramassage. Tu allais même la nuit faire des fagots ! 0ù tu l'aurais mis le bois cette année t'as plus de place chez toi tellement y en a ! Tu comprends c'est trop facile de dire cette année j'ai rien ramassé alors je ne paie pas la taxe !

- Mais oh! ça te regarde le bois que j'ai chez moi ? T'es venu compter les bûches ? Je ramasse ce que je veux, quand je veux, surtout quand j'ai le droit, c'est le même droit que les autres, c'est pas une faveur. Au lieu de chercher à savoir ce que j'ai pris, occupe-toi un peu du pont sur la Clarée.

- Si tu veux rien entendre, si tu veux pas payer, espèce de "miau", moi, j'écris au préfet et je lui raconte tout. Je lui dis même que t'en vends du bois.

- Prouve-le !...

Pendant que Giovanni écoutait, amusé, la discussion qui s'envenimait, Jacques s'était levé, lui avait tapé sur l'épaule, en lui disant :

- Allez Giovanni, je vais dormir ! A mon âge on a besoin de se reposer et demain j'ai du pain sur la planche.

- J'y vais aussi, dit Giovanni.

Dehors quelques flocons éparpillés voletaient dans la nuit. La chute de neige avait ralenti. Le vent avait décidé de chasser les nuages vers d'autres lieux.

Demain il ferait beau. Pour l'instant Giovanni pensait qu'il valait mieux être ici qu'au col de l'Echelle ou dans le vallon des Thures.

CHAPITRE 8

Tôt ce matin du 22 février 1848, Giovanni harnacha et chargea Teppa. Il observa une lueur qui arrivait de l'est effaçant les étoiles. Un vent frais et piquant finit de le réveiller complètement. Dans la salle de l'auberge Dalmas était assis à la même place que la veille. Comme s'il n'avait pas bougé. Il déjeunait sans appétit. Montrant son assiette à Giovanni il lui dit :

- Allez viens, tu m'accompagnes ?

Giovanni s'assit et grignota du bout des lèvres une tranche de pain noir et un morceau de tomme.

- Quels sont tes projets Jacques ?

- Ah ça... me parler de projets, à mon âge. Je n'ai qu'une idée en tête, tenir ce que j'ai promis, c'est-à-dire ne pas aller "fumer les mauves" avant d'avoir terminé la toiture que j'ai en chantier. Question de réputation.

Giovanni se leva.

- Mais tu n'as rien mangé, tu pars déjà ?

Sans répondre il serra Jacques dans ses bras. "Une illusion dans un manteau" se dit-il. Puis il alla payer Irénée.

- A bientôt Jacques, prends soin de toi !

- A bientôt Giovanni ! Dis si tu passes par les

Guibertes, viens me voir mais ne tarde pas. Tu sais je risque fort d'être appelé dans peu de temps aux côtés de ton oncle. Si tu veux me donner pour lui une dernière commission, dépêche-toi !

- D'accord Jacques, je ne tarderai pas trop.

Giovanni détacha sa mule, la tira et tous deux reprirent leur chemin, vers Briançon. Le ciel continuait à bleuir lentement. La route était rendue glissante par la couche de neige tombée dans la nuit. De nombreuses traces la sillonnaient déjà. Il n'était pas le plus matinal... Peu après son départ, dans une longue ligne droite qui descendait en faux plat vers Val-des-Prés, il rattrapa une caravane de mulets chargés de clous, fabriqués à Névache. En cet endroit la Clarée murmurait doucement et le chemin entaillait une forêt dense de sapins où l'odeur de résine l'emportait sur celle des bêtes. Les muletiers avançaient en silence, le visage figé, fermé. Ils donnaient l'impression d'une armée battant en retraite.

- Salut ! cria Giovanni.

Un murmure lui répondit. Il hâta le pas et bientôt la file silencieuse, ne fut plus qu'un point. La Clarée accompagnait sa marche. Il l'entendait, douce et feutrée, se glisser entre les roches de son lit en suivant le fil d'une pente apaisée. Au sortir d'un bois de pins il aperçut les toits fumants de Val-des-Prés. L'odeur des étables et celle du feu dans l'âtre lui parvinrent nettement. Il connaissait bien le village car il y avait peint, cinq ans auparavant, un cadran chez Joseph Buoux un ancien fermier de la Marquise de Bardonnèche. Il se souvenait parfaitement de ce travail. Une fois de plus, dans ses dialogues cosmiques, il avait attrapé le soleil puis l'avait forcé à livrer ses heures. Il avait mis tout son talent dans cette réalisation. L'astre ne lui en avait pas tenu rigueur, il s'était certainement senti honoré. Giovanni était fier de son oeuvre, ce qui ne l'empêchait pas d'en rire quand il pensait au choix de la maxime. Joseph Buoux voulait à tout prix une phrase qui mette en évidence sa personne sans l'avouer ouvertement. Leurs discussions avaient été serrées. Connaissant son amour modéré pour le travail et 1a réputation qu'il s'était taillée au village à ce sujet, Giovanni lui avait proposé "Travaillez car le temps s'enfuit." Bien entendu Buoux avait refusé.

- Tu rigoles, Giovanni, à moi tu proposes ça ? Non, tu aurais pas plutôt : "Fuyez, car c'est le temps du travail !"

Ils avaient ri, bu un verre de génépy puis il lui avait montré : "O soleil tu parais, tu souris, tu consoles la terre."

- Ça fait trop sérieux, avait trouvé Buoux qui s'était amusé ensuite à transformer les phrases. Il avait traduit : "L'heure va naître, elle est, elle est passée." par "l'heure va naître et le lait est passé... comme un fromage" en disant : on peut aussi s'amuser non ?

Ils avaient philosophé sur : "Et le riche et le pauvre, et le faible et le fort vont tous également des douleurs à la mort".

- Ah écoute ça, lui avait dit Joseph, je change un seul mot, je mets "inégalement" à la place "d'éga-lement", ça fait : "Et le riche et le pauvre et le faible et le fort vont tous très inégalement des douleurs à la mort."

- T'as pas vraiment tort, si les extrêmes se ressemblent l'intervalle qui les sépare c'est lui qui importe. Et c'est lui qui nous différencie.

- Bon assez rigolé, avait fini par dire le fermier, tu vas m'inscrire celle-là : "Sans le soleil je ne suis rien et toi sans Dieu tu ne peux rien." En voilà une que le Marcel va se prendre dans les dents !

Il évoquait ainsi son voisin avec qui il était en froid, à

cause de ses provocations incessantes. Pour Joseph, en effet, il n'y avait pas de plus grand plaisir que celui de faire la sieste au soleil, de lézarder quand il fallait partir au travail. Ça, les autres ne le supportaient pas et Marcel en particulier. Et chaque fois qu'il le pouvait, il l'asticotait:

- Oh Buoux ! tu ne vas pas te tuer au travail c'est le soleil qui va te dessécher ! Qu'est ce que tu ferais sans le soleil ? Rien, comme d'habitude.

Ce genre de phrases se perdait d'ordinaire dans une cascade de rires mais ces derniers temps elles parvenaient à gâcher la sieste de Buoux. Alors il avait décidé de répliquer. Avec cette maxime offerte aux yeux de tous il répondait à tous, il prenait une revanche grandiose.

- Si moi sans le soleil je ne suis rien, l'autre, cette grenouille de bénitier de Marcel, sans Dieu il ne peut rien.

Buoux savait que Marcel était incapable de prendre une décision sans se poser la question : "Et Dieu dans tout ça...?" sans passer des heures en prière à l'église.

Pour Giovanni, la maxime signifiait autre chose. Du soleil rayonnait la lumière de la connaissance et Buoux en avait besoin. Dieu c'était l'esprit, la force spirituelle des autres, de l'humanité.

Et Giovanni riait du décalage entre ce que pensait dire Buoux et ce que le texte disait vraiment pour son auteur :

- Sans connaissance tu n'es rien mon pauvre Buoux et sans les autres tu ne peux rien non plus. Si tu ne connais rien, tu ne peux rien et si tu existes c'est par les autres, donc c'est aussi un peu grâce à Marcel. En réalité tu es en train de le remercier.

Emergeant de ces souvenirs, Giovanni se retrouva soudainement près de la fontaine où Teppa l'avait conduit. Le grand bac de bois chantonnait et Teppa se désaltérait avec plaisir. Quand sa mule eut bu tout son saoul, il se dirigea vers la maison du brave Buoux, qu'il ne manquait jamais de saluer.

- Oh Francesco, cria une voix du fond du jardin. Je t'ai vu arriver depuis la corne du bois. Je savais que tu viendrais me voir.

L'homme petit, rond et jovial mais rouge de couperose était en train de bâter son âne.

- Salut Buoux tu t'en vas ?

- Je vais à Briançon et ça tombe bien, on va pouvoir faire la route ensemble.

- Qu'est ce qu'il transporte ton âne ?

- Des déchets de soie. Je vais à l'usine de la schappe.

Et chemin faisant Joseph expliqua :

- Je récupère un peu partout les tombées de soie et je les vends à Briançon, un bon prix, pour le schappage. Ah ! l'usine marche bien.

- Le schappage tu dis, qu'est ce que c'est ?

- C'est le Mathieu de St Véran qui a trouvé le procédé. On plonge les déchets quelques jours dans l'eau chaude ensuite on les peigne, on les tisse. Avec du vieux on fait du neuf.

- Ingénieux. Il a trouvé le filon.

- Le vrai filon, c'est le banquier qui l'a trouvé ! répondit Buoux. Tiens tu vas comprendre. Cette année, l'entreprise vient de changer de nom. Elle s'appelle Arduin, c'est le nom du banquier, l'autre nom c'est Chancel. Plus de Mathieu. Pfuitt ! envolé, il est reparti dans ses montagnes. Mais tu sais moi, les uns ou les autres, du moment qu'ils paient... !

Giovanni resta silencieux et Joseph rajouta :

- Ils ont même gagné assez d'argent pour racheter le couvent où ils s'étaient installés à Briançon et ils ont ouvert un autre atelier à Sainte Catherine.

Joseph parla ainsi tout le long du trajet, dissertant sur les nouvelles industries.

Quand ils arrivèrent à Briançon, le soleil baignait encore les larges murs de la ville.

CHAPITRE 9

A Briançon, Giovanni avait mal dormi mais le ronflement de Joseph, dans la chambre contiguë à la sienne, n'y était pour rien. Il avait rêvé. Dans son rêve Tonino était revenu pour lui dire qu'il était temps de s'arrêter, qu'il lui fallait penser à s'établir chez lui à Bardonecchia. Giovanni s'était retourné ainsi, pendant plusieurs heures, cherchant des explications, échafaudant des réponses, suppliant aussi la fatigue de la veille d'apaiser son esprit. Et puis le jour, enfin, était arrivé...

Montant de la rue, des cris le tirèrent du lit. Il se leva, s'enveloppa dans son manteau et se pencha à la fenêtre. L'auberge qu'ils avaient choisie hier soir, Joseph et lui, était située en face des remparts, près de la porte Pignerol, à quelques mètres d'une des vingt et une fontaines qui alimentaient Briançon en eau. C'est précisement de la fontaine que venaient les cris. Giovanni distingua, au milieu d'un attroupement, deux silhouettes qui se faisaient face fermement. Il pensa à une de ces nombreuses querelles dont la rue était le théâtre quotidien et qui faisaient la joie des passants. En général les insultes précédaient les coups de quelques minutes et c'était l'occasion pour les badauds d'évaluer, à travers les réparties des adversaires, l'intensité du combat qui allait suivre. En l'espèce ils ne semblaient pas devoir être déçus car chaque insulte était ponctuée de rires et de clameurs indiquant que le public se préparait à vivre de grands moments. De sa place Giovanni ne percevait rien des mots échangés mais il dominait l'arène, mieux que quiquonque.

Deux femmes se défiaient. Elles avaient posé par terre les seaux qu'elles venaient de remplir et il pensa que c'était 1à l'objet de leur querelle. La plus petite, qui portait une grossière robe de lin et sage précaution un bonnet, empoigna la chevelure de la plus grande qui se tordit sous l'attaque, bousculant les seaux au passage. Celle-ci agrippa son adversaire par un pan de tissu la déséquilibrant à son tour et toutes deux roulèrent à terre. Le cercle se resserra et Giovanni ne parvint plus à suivre le combat. Il apercevait tantôt le bonnet, tantôt la chevelure, ce qui lui donnait à penser que malgré la différence de taille la lutte était équilibrée. Cela, en revanche, ne plaisait vraisemblablement pas au public. La fatigue aidant, les gestes devenaient moins précis. Par trois fois, les seaux ratèrent leurs cibles pour atteindre des quidams... Les spectateurs devinrent, enchaînement classique, acteurs. On se mit donc à s'empoigner un peu partout et la confusion devant la fontaine fut à son comble lorsqu'une voiture voulut passer malgré l'attrou-pement. Le cocher eut à peine le temps de faire claquer son fouet pour stimuler ses chevaux qu'il fut éjecté de son siège par deux gaillards menaçants. Les bêtes affolées par le brouhaha et privées de pilote firent un écart, imprimant à la voiture un mouvement de balancement qui n'eut pas l'heur de plaire à ses occupants... C'est peu dire que leurs protestations indignées ne furent pas entendues : à leur tour ils furent aspirés par la rue. Il y avait maintenant une quarantaine de personnes qui se colletaient, se dévisageaient, s'insul-taient autour de la fontaine. Pendant ce temps, les deux protagonistes de l'histoire avaient conclu une trêve tacite pour ramasser leurs seaux et les remplir. L'arrivée de deux gendarmes que Giovanni avait vu déboucher en courant à l'angle de la Grand-Rue ramena un peu de calme...

Il délaissa à regret le spectacle de la rue qui l'avait à la fois détendu et attristé. Combien de fois n'y avait il eu au cours de tels affrontements de véritables drames ? Briançon située au carrefour de cinq vallées était une cité fréquentée par des gens dissemblables et les mélanges pouvaient être détonnants. La présence d'une garnison avec tout ce que cela implique n'arrangeait pas les choses. Depuis près de deux siècles la ville vivait dans le souvenir des terribles incendies qui par deux fois l'avaient détruite, en 1624 et en 1692, et cette crainte semblait se muer en une autre plus diffuse, née du développement des échanges des hommes et des marchandises, la crainte de l'étranger... Familier de cette région depuis déjà quinze années, Giovanni avait pu constater la progression de ce mal, consternant pour lui qui se sentait d'abord un enfant libre des Alpes... Lors d'un de ses séjours à Briançon, point de passage obligé lorsqu'il faisait route vers le Queyras, il avait dû affronter, lui le fils d'une des "vallées cédées" que l'on proclamait partie intégrante du "Grand Escarton", la suspicion des autorités. C'était en 1835. Les déserteurs sardes qui avaient afflué sur la frontière au mois d'août, étaient accusés des pires crimes : fermes incendiées, auberges pillées, femmes et enfants massacrés. La rumeur s'était enflée et les autorités loin de ramener à la raison les populations affolées en avaient profité pour ajouter davantage de contrôles désignant implicitement les étrangers comme dangereux. Et Giovanni avait dû, cette année 1à, subir l'humiliation des interrogatoires par les gendarmes, les fouilles de son bagage et même une fois, à Brunissard où il était venu peindre un cadran, la honte de l'expulsion entre deux uniformes... Bien sûr comme tous les habitants des "vallées cédées", faisant eux aussi de longs voyages dans le Briançonnais, la Vallouise et le Queyras, il avait bien ri au récit, enjolivé par tous les colporteurs, de ces deux officiers sardes, arrêtés par erreur et dont les protestations avaient atteint jusqu'à l'Ambassade de Fance à Turin et le Ministère de l'Intérieur lui-même... Tout au moins cet épisode avait-il permis un assouplissement des dispositifs de contrôle. Des instructions avaient été données afin que les ressortisants des "vallées cédées", puisqu'il était convenu de les nommer ainsi, ne fussent plus inquiétés. Giovanni avait néanmoins plusieurs fois mesuré la fragilité de ces bonnes intentions, lorsque au hasard de ses conver-sations à l'auberge, il avait entendu des allusions appuyées aux "mendiants sardes". Il en avait tiré la conclusion que la tolérance, est un luxe réservé à ceux qui n'ont pas faim... Dans les campagnes, la chasse aux vagabonds, l'expulsion des réfugiés secourus n'appa-raissaient pas comme injuste. Et si nombre de ses commanditaires, telle la Marquise de Bardonnèche, désapprouvait ces mesures l'immense majorité des habitants se sentait rassurée à l'idée que l'on ouvrait des registres spéciaux pour les réfugiés afin de consigner leurs faits et gestes...

L'évocation des registres lui rappella qu'il lui fallait se rendre à l'Hôtel de Ville afin d'y retirer le passeport qui lui permettrait de parcourir sans être inquiété, le département des Hautes-Alpes. Il fit une toilette rapide, s'habilla et descendit dans la salle commune de l'auberge. Il salua deux hommes attablés et avisa l'aubergiste :

- Je partirai tout à l'heure. Je vous laisse encore Teppa, je dois d'abord accomplir quelques démarches. Joseph est-il levé ?

- Ça m'étonnerait ! Avec ce qu'il a bu hier soir votre ami risque de dormir encore un peu, cela vaut peut-être mieux pour son commerce. Il faudra avoir les idées claires pour aller chez Chancel, hein !

L'aubergiste n'ignorait rien des activités de Joseph car celui-ci, fidèle à ses habitudes, avait vidé la veille une bonne demi-douzaine de bouteilles en compagnie des autres clients. Il avait raconté par le détail à chaque tablée les raisons de sa présence à Briançon. Giovanni s'était amusé, comme toujours, de ses réparties veillant cependant à ce qu'elles ne provoquent rien de plus que des réactions agacées. En effet un incident les avait déjà opposés à l'un des nombreux rouliers fréquentant l'auberge et il ne voulait pas que cela se reproduise. Habitués à la route, sûrs d'eux, les rouliers tenaient des propos définitifs sur la qualité des repas qu'ils offraient, n'acceptant la contradiction que si elle venait de plus forts en gueule qu'eux. Joseph pensait être dans cette catégorie et cette erreur d'appréciation avait déjà failli, lors de leur arrivée, leur causer quelques ennuis...

Lorsqu'ils avaient vu le drôle d'équipage que formaient Joseph, Giovanni, la mule et l'âne certains rouliers n'avaient pu retenir un sourire moqueur. L'un d'entre eux qui revenait de soigner son cheval à l'écurie fit mine de barrer le passage à Joseph qui regimba. Appréhendant la bagarre que celui-ci ne manquerait pas de déclencher, Giovanni écarta son compagnon de voyage et topa l'homme :

- Nous voudrions passer, l'ami, notre route a été longue et nos bêtes sont fatiguées !

L'autre bien entendu n'avait pas bougé encouragé par

les regards de ses camarades. De son côté, Giovanni pour mieux montrer sa détermination n'avait pas reculé et fixait le roulier dans les yeux, tandis que Joseph s'était rapproché de nouveau. Ce fut la fille de l'aubergiste, une jolie brune d'une vingtaine d'années, qui mit fin à l'incident en s'interposant.

- Vous n'allez pas vous battre tout de même, il y a assez de place pour tout le monde.

L'alerte, néanmoins, avait été chaude et Giovanni était resté sur le qui-vive pendant tout le repas. Le règlement de police, qui impose la fermeture des établissements à vingt-deux heures, était venu à son aide avant que Joseph n'ait eu le temps de provoquer une nouvelle rixe entre rouliers et colporteurs....

Maintenant Joseph dormait et Giovanni regrettait de ne pouvoir le saluer puisque leurs routes se séparaient à Briançon... Lorsqu'il se réveillerait pour se rendre à l'usine de la Schappe Giovanni serait sans doute déjà à Saint Blaise. Le cadranier descendit dans l'écurie nourrir Teppa, et croisa dans l'escalier la brunette de la veille. Elle lui sourit et il lui rendit un salut cordial. Il aurait aimé la remercier pour son intervention de la veille mais il lui fallait songer à aller chercher son passeport. Il sortit.

- En dix ans, la ville a changé, pensa-t-il.

Et il avait pu constater les effets de ce changement lorsque la cité avait basculé du rocher vers la plaine ne laissant sous la surveillance étroite de la forteresse que quelques îlots enchevêtrés. Convaincu par Tonino de l'inutilité de la frontière entre le Piémont et la France il s'était souvent demandé à quoi pouvaient servir ces remparts que Vauban avait eu tant de mal à reconstruire... Tout en montant vers l'Hôtel de Ville il remarqua qu'il n'y avait finalement que la neige qui restait fidèle aux paysages décrits par son oncle...

Arrivé dans le vestibule il se dirigea vers le bureau qui délivrait le précieux document. Il accomplissait cette démarche depuis une bonne douzaine d'années et l'habitude avait pris le pas sur l'inquiétude des premiers temps. On le connaissait désormais et c'est souvent avec le sourire que les fonctionnaires l'accueillaient. Briançon était une petite ville qui ne s'était pas laissé tourner la tête par ses fonctions de sous-préfecture. Certains de ses amis, en particulier Luigi Picca le colporteur, l'avaient mis en garde contre certains employés zélés pour qui le service de l'Etat impliquait invariablement une indif-férence hautaine face aux demandes les plus humbles. Signe des temps ou hasard malencontreux, c'était un de ces nouveaux fonctionnaires qui lui faisait face dans une pièce sombre, derrière un bureau sur lequel s'amon-celaient des liasses de formulaires. Giovanni exposa consciencieusement le but de sa visite et indiqua dans quelles localités il comptait travailler. L'employé leva le nez et lui posa alors une question qui aurait pu paraître saugrenue si le ton sur lequel elle était posée avait été moins impérieux.

- Avez-vous eu, l'année dernière, un contact quelquonque avec certains de vos compatriotes, disons... défavorables au roi Charles-Albert ?

Giovanni interloqué répondit :

- Je fais quelques fois la route avec des compatriotes italiens mais je ne connais pas les sentiments politiques de la plupart d'entre eux.

L'employé poursuivit, sans répondre à Giovanni.

- Nous avons des instructions précises de la sous-préfecture concernant les étrangers. Il est hors de question que nous laissions se développer, sur notre sol, des entreprises visant à renverser sa majesté Charles-Albert ou un autre souverain de la péninsule. Je tiens, Monsieur, à vous mettre en garde contre toute tentation et mes propos ont valeur d'avertissement.

Giovanni chercha à esquiver le débat car il n'avait pas l'intention de livrer à un sujet de Louis Philippe les réflexions que lui inspiraient toute monarchie :

- Je suis un artisan, je peins des cadrans pour toutes sortes de gens et je n'ai à connaître d'eux que leurs goûts. Le passeport me permettra de travailler dans une région que j'aime et que je parcours depuis bientôt quinze ans, c'est tout.

- Soit, répondit l'homme, mais je tenais à vous mettre en garde, dans votre intérêt. Il est très facile d'oublier la loi et je dois dire que certains de vos compatriotes ont offensé la France en abusant de son hospitalité.

Il se saisit ensuite, visiblement satisfait de sa formule, des récépissés que lui tendait Giovanni et commença à compléter un des formulaires qui se trouvait sur le bureau. Giovanni en connaissait par coeur le contenu. C'était une grande feuille de papier à en-tête de la Police Générale du Royaume de France qui invitait les autorités civiles et militaires à laisser passer et librement circuler son titulaire. Une fois le document signé par le maire, il remercierait l'employé et plierait la feuille bien soigneusement pour la ranger dans la poche de sa veste. Il serait alors tranquille pour une année encore. Les minutes nécessaires à l'achèvement de ces formalités lui parurent plus longues que d'habitude. Il en retira l'impression que la méfiance était redevenue la règle de conduite des autorités de ce pays.

“Briançon” dessin de Lord Morison
-Views in the Departement of Isère and Hight Alps- 1840
Série Z Guillemin. Archives Départementales des Hautes-Alpes.

CHAPITRE 10

De Briançon à l'Argentière, les flancs de la vallée sont percés de mines à ciel ouvert. Là, depuis des temps immémoriaux, la Durance semble avoir enfanté dans la douceur de sa pente une multitude de filons de charbon et de plomb argentifère enchevêtrés. C'est dans ce décor que Giovanni et sa mule pénètrèrent, tard dans la matinée. Ils avançaient avec appréhension, dans une zone que Giovanni trouvait de plus en plus agitée. Entre les hautes vallées alpines et ce vaste sillon ouvert en direc-tion du sud le monde avait changé.

Giovanni croisait sans cesse des rouliers. Il entendait résonner, bien avant de les voir, leurs souliers ferrés et le pas de leurs chevaux. Il discernait de loin leurs blouses bleues, leurs bonnets de coton blanc, leurs pipes courtes qui ne les quittaient jamais. Sans vergogne ils occupaient la route. Giovanni avait l'impression qu'ils se l'appropriaient, l'habitaient, qu'ils y étaient chez eux. Leurs bêtes transportaient le charbon, la laine, le chanvre, les cotonnades, les déchets de soie, des instruments aratoires fabriqués dans la région et, bien sûr, les ciseaux à ressort produits par les taillanderies reputées de Remollon qui s'exportaient dans toute la France. Quand

Giovanni voyait les charges de bois il pensait aux forêts gémissantes, aux coupes systématiques, inutiles, qui ne servaient que des intérêts particuliers, des désirs maladifs d'argent venant d'esprits inconscients des destructions provoquées...

Il évoluait donc dans ce milieu d'hommes volubiles qui insultaient le monde entier quand ils n'houspillaient pas leurs lourds chevaux. Ils étaient pour lui sans dignité. Au début, comme toujours, il leur lançait un salut poli mais les réponses ne venant jamais il s'était lassé. Il avait même l'impression de ne plus exister, de perdre toute consistance au fil du trajet.

- J'ai toujours le même sentiment, se disait-il, plus je rencontre de gens et plus je me sens seul. Je ne m'y habituerai jamais.

Alors il lui restait Teppa pour parler.

- Qu'en penses-tu, Teppa ?

Et l'animal rabattait ses oreilles, courbait l'échine et Giovanni l'approuvait.

Sur les longues portions de ligne droite qui s'enchaînaient jusqu'à Prelles, tous ceux qui pratiquaient la route utilisaient la bienveillante topographie du terrain pour accélérer l'allure. Il fit comme eux et croisa au pied de Puy-Saint-André la diligence lancée avec fracas qui reliait Gap à Briançon. Sa mule serrée contre lui il s'était prudemment poussé vers le bas-côté. Il eut simplement le temps d'entrevoir les têtes désarticulées de passagers hagards baignés d'une poussière blanche.

- Quel monde fou !

Il n'eût aucune envie de s'attarder. Et ils hâtèrent le pas vers l'Argentière. Il passa à l'ombre de la Roche-Baron et s'engagea dans Saint-Martin de Queyrières, accroché à la paroi surplombant la Durance. A la sortie du village il avisa un groupe de femmes qui lavaient en riant.

Des enfants jouaient avec l'eau savonneuse des bassins et couraient en criant. Les coups portés sur le linge humide se répondaient et les éclaboussures provoquaient la gaîté des lavandières. Les gouttes d'eau scintillaient sur la pierre grise des lavoirs. Soudain les gestes se figèrent, les rires se turent. Giovanni resta interdit devant ce changement brutal d'attitude. Avant qu'il ait ouvert la bouche elles avaient toutes abandonné leur linge, leurs battoirs et leurs savons. Seul un petit gars reniflant restait là, pétrifié, devant lui. Son regard apeuré allait de la route à Giovanni. Puis, tout à coup, l'enfant se décida. Il prit le cadranier par la main et le tira de toutes ses forces pour l'écarter de la route. Un bruit sourd et saccadé, celui des sabots d'un cheval lancé au grand galop, retentit à l'entrée du village comme un roulement sauvage, accompagnant un cavalier irréel. Et Giovanni sentit une grande ombre noire flottant dans une vaste pelerine qui le frôla. Un chapeau à larges bords camouflait son visage. Dans un souffle l'apparition avait filé, absorbée par un nuage de terre pulvérisée. Il ressentait la même impression qu'à Bardonecchia. Et si cette ombre était celle qui le traquait ? Jamais ils n'étaient passés aussi près l'un de l'autre. Mais l'inconnu avec son cheval, Giovanni avec sa mule, la poursuite était inégale. L'homme n'était déjà plus qu'un point à l'horizon. Giovanni s'aperçut que l'enfant tremblait. Il vit passer dans ses yeux toute la détresse d'une vie sans espérance. Alors, sans lâcher sa main, il fouilla dans les fontes accrochées au bât de sa mule et en sortit une esquisse d'oiseau qu'il lui offrit.

- Tu as eu peur, petit, mais il ne faut pas. Cet homme me ressemble. Pourquoi as-tu eu peur de lui et non de moi ?

L'enfant répondit :

- Monsieur, vous venez de voir passer le fantôme de Saint Martin. Il vient souvent ici. On raconte qu'un jour le diable l'a convaincu de reprendre au pauvre la moitié du manteau qu'il lui avait donné. Depuis il est damné et il est condamné à faire le tour de la terre à cheval, au grand galop, sans jamais se reposer. Malheur à celui qui voit ses yeux car lui aussi sera damné.

- Mais tu y crois toi ?

- Ben, des fois je me dis que pour faire le tour de la terre à cheval c'est pas possible, il va trop vite, il doit tricher. Il y a des moments où il passe plus souvent que la diligence qui va de Gap à Briançon...

- Mon petit gars, tu as été très courageux, je me souviendrai de toi et de Saint-Martin.

Giovanni l'embrassa, fit boire sa mule et repartit. Il entendit les portes s'entrebailler peu à peu et le silence devint chuchotement. Il ne s'attarda pas...

Il cheminait désirant rallier l'Argentière le plus tôt possible. Il se remémorait la haute stature de Jean Morel qui lui ouvrait toujours si généreusement les bras quand il s'arrêtait chez lui au village. Jean Morel était tailleur, il possédait un petit négoce dans le textile, plus rentable que "l'argent plombé des mines, et moins inhumain" comme il l'avait dit un jour à Giovanni. Ils s'étaient rencontrés cinq ans auparavant dans la descente vertigineuse de la Bessée du Milieu, là où la vallée de la Durance s'est fracturée édifiant une marche gigantesque et redoutée des voyageurs. Giovanni l'avait aperçu ce jour là, une froide matinée d'avril, qui essayait, tout en pestant, de rassembler ses balles de laines éparpillées dont certaines avaient rebondi jusqu'au fond du ravin. Ses bêtes s'énervaient et la situation prenait un mauvais tour. L'homme grand, d'aspect bourru, lui avait demandé de l'aide et Giovanni s'y était prêté de bonne grâce. En échange, l'autre lui avait proposé de l'héberger pour la soirée. De nombreux points les rapprochaient. Ils étaient devenus amis et se revoyaient depuis avec plaisir chaque fois que les pas de Giovanni le conduisaient vers L'Argentières.

Ce jour-là Jean Morel, fidèle à cette amitié, accueillit Giovanni avec chaleur un peu surpris tout de même de le rencontrer si tôt dans l'année. Comme à l'accoutumée ils partagèrent un excellent repas et Jean invita le cadranier à la veillée.

- Assieds-toi ! Là, près du feu. Installe-toi, ça va pas tarder à commencer !

Giovanni se laissa tomber sur un banc de bois dans un craquement sec. Il prit le verre que lui tendait son hôte. Le repas offert par Morel avait éte copieux. D'ailleurs Morel ne lésinait jamais sur la nourriture qu'il proposait à ses hôtes. Giovanni en était repu. Une douce fatigue l'engourdissait. La veillée pouvait commencer, une veillee "laborieuse".

Des gens arrivaient d'un peu partout. Comme une mécanique bien huilée chacun se dirigeait vers sa tâche après un bref salut. Les jeunes et les plus âgés se mirent à trier la laine. Ils ôtaient les lambeaux de paille, les débris divers entremêlés. Leurs doigts vifs semblaient mener une vie indépendante, ils tâtaient méthodiquement les paquets de laine rejetant avec autorité tout ce qui accrochait la sensibilité du toucher. Les tas se faisaient et se défaisaient. Puis le brouhaha s'arrêta net. La voix profonde du patron occupa peu à peu l'espace sombre de la salle. Dans le léger tintement des verres et le gloussement discret d'une bouteille les doigts ralentirent leur cadence, eux aussi écoutaient... Les femmes au rouet chuchotaient et filaient en douceur. A l'étable les hommes battaient la laine en tendant l'oreille. Seul le soupir des bêtes au repos ponctuait les paroles du maître des lieux. Le "vieijor" plaquait sur les murs des ombres immobiles...

- “Il y a bien longtemps, vers le clos de la Rama, juste au-dessus de Saint Martin de Queyrières, vivait une pauvre famille avec une ribambelle d’enfants. Un jour vint où les parents voyant qu’ils ne pouvaient plus les nourrir décidèrent de les abandonner dans les bois du Testasson qui à l’époque étaient bien plus touffus qu’aujourd’hui. Les enfants se mirent à jouer, le père s’esquiva et le soir venu ils cherchèrent alors à rentrer seuls. Mais ils se perdirent et les loups ou peut-être les ours les dévorèrent tous, sauf Jean.

Il avait douze ans à cette époque. Il avait longtemps marché suivant toujours le Nord, se repérant aux montagnes, au soleil, buvant aux sources, mangeant des baies et des racines. Enfin, après plusieurs jours de marche, il se retrouva sur un chemin étroit qui s’enfonçait entre deux haies de sapins, inconnu de lui. A peine avait-il fait dix pas qu’il entendit des clochettes tinter et qu’il vit apparaître un carrosse tiré par six chevaux blancs. A l’intérieur, il y avait une femme étrange d’une beauté extraordinaire.

Jean la vit se pencher vers lui, il entendit une voix envoûtante dire :

- Monte, mon enfant, comment t’appelles tu ?

- Jean ! souffla-t-il, à la fois admiratif et terrorisé.

- Et bien Jean, là où je t’emmène tu ne manqueras de rien mais il faudra accepter quelques sacrifices, tu ne seras pas toujours heureux !

Mais à ce moment là Jean aurait tout accepté, il était heureux, il murmura un “oui” de bonheur et s’endormit dans les bras de la dame.

Au début sa nouvelle vie était un paradis. Une chose pourtant lui pesait : la dame n’avait pas voulu lui dire son nom. Elle s’occupait de lui avec des attentions simplement maternelles mais Jean, à son âge, n’en demandait pas plus. Il ne lui connaissait aucune relation bien que la dame parte parfois il ne savait où. Un jour pourtant elle lui annonça deux choses.

- Tu sais, je vais partir et le temps des épreuves, lui, va venir.

En effet, dès la première nuit où il se retrouva seul il entendit des coups sourds frappés à la porte. Il ouvrit, et se retrouva nez à nez avec trois hommes masqués qui lui sautèrent dessus, le ligotèrent et jouèrent avec lui comme avec une balle. Le supplice dura jusqu'à minuit. Mais quand les douze coups sonnèrent, les trois hommes disparurent. Jean resta étendu sur le sol, meurtri, douloureux, désespéré. La dame arriva avec l'aube. Sans rien dire elle se pencha sur lui, l'embrassa comme elle ne l'avait jamais fait, osa des caresses, lui rendant un espoir fou en même temps qu'elles ravivaient ses douleurs. Elle le déshabilla, pansa ses blessures avec un mouchoir blanc faisant preuve d'une sorte de volupté qui fit naître en lui un véritable désir. Il s'endormit dans ses bras. Mais à son réveil, il ne trouva qu'un mot et son repas préparé. Sur le mot la dame avait écrit :

"Tes épreuves vont continuer Jean, aie du courage, il est trop tard pour revenir en arrière."

Le soir même, vers onze heures, Jean entendit des coups sourds contre le battant de la porte en chêne. Il n'avait même pas mis le loquet. Les trois individus de la veille entrèrent avec fracas le saisirent et lui dirent :

- Ce soir on va t'embrocher.

Mais auparavant ils jouèrent avec lui comme avec un sac de farine. Jean souffrit mille maux jusqu'au moment où il fut pris d'une véritable terreur. L'un de ses tortionnaires s'approchait muni d'une longue broche. Ses complices saisirent Jean. A cet instant la pendule égrena les premiers coups de minuit. Il s'évanouit. Il dut dormir longtemps faisant un rêve agité. A son réveil son corps meurtri le torturait encore mais sa plus vilaine blessure avait été pansée, cette fois-ci avec un mouchoir rouge. Il se traîna jusqu'à un pichet d'eau, but et s'évanouit à nouveau. Jean resta longtemps prostré dans la maison utilisant, pour soulager ses blessures, les pommades et onguents que la dame avait laissés...

Peu à peu il se rétablit. Il puisait sa force dans le désir de la revoir un jour. Les premiers temps, il attendit son retour. Il vivait aisément car elle lui avait laissé tout ce qu'elle possédait et la dame était riche. Mais au bout d'une année à languir, il se mit à interroger tous les passants qu'il guettait à la croisée des chemins. Il attendit là encore un an, avant de rencontrer un vieil homme qui l'accosta.

- C'est toi Jean ? J'ai un message pour toi !

Son coeur bondit. Le vieillard tendit un morceau de papier sur lequel la dame l'invitait à son mariage prochain. Suivait un plan détaillé du lieu où devait se dérouler la cérémonie. Jean partit sur le champ, emportant les mouchoirs rouge et blanc qui avaient pansé ses blessures, et qu'il gardait avec ferveur. Il marcha de longs jours sans presque s'arrêter, buvant aux sources, évitant les endroits habités, ne vivant que sur les provisions qu'il avait eu la prudence d'emporter. Le septième jour il reconnut, ou plutôt il sentit, que c'était là. Une immense bâtisse s'élevait, blottie au coeur d'une clairière de chênes centenaires. Il observa les lieux et repéra une fenêtre à laquelle étaient accrochés deux petits mouchoirs identiques au sien. Il s'approcha prudemment de la maison, agrippa une racine de lierre et grimpa. Parvenu sur le rebord, il donna une poussée à la croisée qui pivota sans bruit. Il se glissa dans la pièce, déposa ses deux mouchoirs sur une table basse, bien en évidence, se cacha derrière d'épais rideaux de velours grenat et attendit. Quand la dame entra, elle aperçut les deux mouchoirs et s'écria :

- Jean tu es là ?

Ils se jetèrent dans les bras l'un de l'autre et elle lui dit :

- Je t'attendais.

Il basculèrent sur le lit et Jean apprit beaucoup cette nuit là car la dame était experte dans les choses de l'amour. Ils s'enfuirent au petit matin par le même chemin qu'il avait pris quelques heures auparavant.

A cet instant un des hommes qui battait la laine s'écria :

- Mais, dis-moi Jean, cette dame comment elle s'appelle ? Le gars il s'appelle Jean comme toi mais la dame, tu nous l'as pas dit !

- La dame, ah ! la dame, elle s'appelle Marianne !... Comme toi !

Il désigna une petite vieille qui dénouait des fils avec ses doigts déformés par l'âge. Elle sursauta. Et il rajouta:

- Parce que la Marianne de l'histoire elle te ressemble un peu. Elle a recueilli un pauvre garçon comme tu l'as fait, toi aussi. Elle en a fait un homme libre et c'est pour toi que j'ai raconté cette histoire ce soir... Pour que chacun ici sache ce que je te dois...

Le changement de tonalité avait fait émerger Giovanni de son rêve, d'une sorte de torpeur. Il se leva, souhaita la bonne nuit et gagna l'étage, où il se laissa tomber sur la paillasse que ses hôtes lui avaient réservée. Le rythme des rouets, le bruit sourd des voix, le tintement des verres l'aspirèrent dans un trou béant et sombre, lui apportant un sommeil réparateur.

CHAPITRE 11

Des voix confuses, le frottement du métal sur le sol gelé intriguèrent Giovanni. Le soleil qui jouait encore avec la tête de Lauzière laissait planer une ombre froide sur la vallée de l'Argentière. Tout en boutonnant son col de chemise, il s'approcha de la fenêtre embuée. Il hasarda un oeil dans le matin fumant de la respiration des vivants.

Un groupe d'hommes, les uns portant leur traîneau sur les épaules, les autres le tirant comme un jouet, s'éloignait vers les mines de plomb à ciel ouvert, plus haut, vers les roches beiges qui surveillaient la vallée. Beaucoup espéraient trouver la veine riche en argent qui ferait leur fortune. Mais, depuis tant d'années, l'argent avait le goût salé de la sueur...

Giovanni Francesco suivit des yeux ces silhouettes courbées, ces corps à peine chauds, contractés, repliés sur eux-mêmes. Ils cherchaient à offrir le moins de prise à la bise, aiguisée comme un rasoir par les sommets glacés. Il ne put s'empêcher de frissonner. Lentement il s'éloigna de la fenêtre, se retourna, vérifiant qu'il n'avait rien oublié puis descendit dans la salle à manger qui tintait du cliquetis des casseroles. Il aurait bien eu envie de prendre un café là tout de suite.

- Non ! D'abord Teppa, je déjeunerai après !

Il sortit. A peine avait-il fait un pas au dehors qu'il sentit, comme les mineurs tout à l'heure, la morsure du vent de février. Il se recroquevilla et hâta le pas vers l'écurie. Une douce chaleur animale l'accueillit. Jean était en train de nourrir ses bêtes. Teppa avait lié connaissance avec son voisin de stalle, leurs museaux se frô1aient, se sentaient, se reniflaient.

- Que peuvent-ils bien se dire, tu le sais toi ? s'exclama Jean.

Il lui montra le foin, le grain, les seaux. Giovanni s'activa et bientôt on n'entendit plus que le bruit lent des dents qui broyaient, le froissement du foin séché, 1a paille foulée et des sabots qui frappaient le sol par à-coups.

Les deux hommes pouvaient aller déjeuner.

- Ah! Francesco, dit Jean, je vais te présenter un compagnon de route. C'est un instituteur qui va à Mont-Dauphin. Vous pourrez faire un bout de chemin ensemble.

L'instituteur que lui présenta Jean, était un homme à l'air austère. Les traits du visage paraissaient figés, sa forme était anguleuse, son teint clair, presque diaphane.

- “Cet homme n'a pas une goutte de sang dans les veines” pensa Giovanni.

Mince, le cheveux ras, il se tenait raide dans son col empesé, le cou tendu, emprisonné dans une cravate sombre.

Les deux hommes se serrèrent la main. Les yeux de Giovanni perçurent le regard myope de l'instituteur. Il n'avait pas plus que la trentaine.

- Je m'appelle Sauveur Barbe, je suis instituteur, je regagne ma nouvelle école à Mont-Dauphin. C'est une école de soixante-cinq élèves, dit-il fièrement.

- Giovanni Francesco Zarbula, voyageur pié-montais. Pour vivre, je peins des cadrans.

Barbe reprit :

- J'étais instituteur ambulant, mais je n'aimais pas le voyage.

- Tu sais, Sauveur, je pense que nous faisons le même métier !

Devant le visage étonné de Sauveur, Giovanni poursuivit :

- Oui, je veux dire par là que nous enseignons chacun à notre manière. Nous apportons tous les deux une connaissance aux autres.

L'autre bafouilla une sorte de "oui ! bien sûr !" peu convaincu. Visiblement il aurait souhaité répondre quelque chose mais ne se borna qu'à croiser et décroiser les doigts en allant s'asseoir à côté de Jean.

- Alors, Sauveur, lui lança ce dernier accompagnant son propos d'une claque sur les épaules, ça y est, tu as fini de te promener dans nos montagnes ?

Barbe murmura un second "oui" et ajouta :

- Finis les routes, les chemins, la neige, le froid, le soleil, la solitude. Je vais enfin pouvoir faire un travail d'enseignement tel que je le conçois en transmettant des idées morales, des valeurs, à une époque où tout s'en va à vau-l'eau.

Il s'essuya les lèvres. Giovanni demanda, un brin provocateur :

- Mais toi, qu'as tu appris, que sais-tu faire ?

Barbe se rengorgea :

- J'ai passé mon brevet d'instruction publique élémentaire à Gap et on m'a interrogé sur le catéchisme, l'histoire sainte, la lecture, l'écriture, je veux dire la calligraphie, la grammaire, le calcul, les mesures, l'histoire, la géographie. J'ai même eu les félicitations du principal du collège de Gap qui présidait la commission d'examen.

- Et qu'enseignes-tu dans tes leçons ?

- J'enseigne aux enfants à respecter les traditions, à conserver ce qui est, à se débrouiller seuls, à ne compter que sur eux-mêmes. Car après tout, si le pauvre est pauvre il ne doit s'en prendre qu'à lui même. L'instruction que je leur donnerai leur servira à sortir de la boue. Voyez, moi qui suis un fils de...

Mais Giovanni l'interrompit.

- Donc si j'ai bien compris, pour toi, c'est chacun pour soi. A l'occasion en écrasant un peu le voisin, en se méfiant de tout changement comme de la peste.

Le silence régnait dans la pièce et Giovanni Francesco poursuivit.

- Moi, qui suis piémontais, j'instruis aussi les gens de ton pays puisque maintenant la frontière passe sur les crêtes au dessus de la vallée étroite, au Mont Genèvre et je ne sais trop où. Et puisque tu sais lire, tu as dû les remarquer mes cadrans quand tu étais instituteur ambulant. Sur celui de Pierre-Belle, à Saint-Véran, je suis persuadé que tu as appris ce qu'était un gobe- mouches, ou un toucan. C'est un enseignement comme un autre non ?

- Mais non, c'est complètement différent, jeta Sauveur Barbe. A quoi ça sert pour un paysan des Alpes de connaître un gobe-mouches, de se remplir le crâne d'inutilités ? Nous on travaille sur de l'utile, on a un programme et dans tous les coins de France on apprend la même chose.

- Sûr qu'ils sont différents nos enseignements. Moi, le mien, c'est une part de rêve que je donne. Mon enseignement il se modifie avec le temps et avec les personnes. Quand tu observes un cadran c'est toi qui t'instruis tout seul. Les cadrans te renvoient l'image que tu as dans ta tête. Ils t'aident à réfléchir et parfois il t'indiquent le temps quand le temps le permet, bien entendu...

- Ah ça c'est bien vrai ! intervint Jean. Tenez, je vais encore vous raconter une histoire. Tu viens de me faire penser à quelque chose. Un jour de 1841, j'étais justement à Belle-Pierre, un peu avant Saint-Véran. Je venais chercher de la laine chez le Mathieu. J'avais attaché ma mule juste en face de ton cadran. Tu l'avais peint l'année précédente. D'ailleurs je tiens à te dire que les deux oiseaux sont une merveille. Moi, en tous cas, je n'en avais jamais vu de pareils.

- J'ai regardé l'ombre. Le soleil indiquait trois heures. J'ai fixé le toucan et le gobe-mouches, en me disant que des pays qui ont des oiseaux pareils doivent être très loin de nous et puis j'ai lu : "Je mesure le temps image mobile de l'immobile éternité. "Je ne sais pas ce que j'avais ce jour là dans la tête mais je me suis dit : Bien sûr, il a raison ce cadran. Le temps ça bouge bon sang, c'est fugitif, ça ne revient jamais alors que l'éternité elle est vraiment immobile, elle est là dans cette montagne qui nous observe, immuable, dans l'Aigue Blanche qui ne s'arrêtera jamais de bouillonner, dans ce rocher solide, inébranlable. Cinq ans plus tard, jour pour jour, j'étais au même endroit J'ai regardé le cadran il indiquait trois heures, comme cinq ans auparavant. Je me suis dit que le temps n'avait pas bougé il était resté immobile. Pourtant oui, une chose avait changé... Le rocher, image immobile de l'éternité, était devenu mobile, tiens... il s'était éboulé dans l'Aigue Blanche éternelle qui en avait profité pour sortir de son lit. Du coup la route était impraticable et moi j'étais bloqué, proprement figé, comme l'éternité...

- Ah ! Jean tu me fais plaisir, tu me réconfortes, s'exclama Giovanni heureux de voir la mine déconfite de Sauveur. Tu as raison. Moi aussi je ressens parfois que l'éternité file à la vitesse de l'éclair alors que le temps se fige. J'aime bien observer les rivières, tu sais pourquoi ?

Eh bien, quand je regarde le calme des contre courants tapis derrière un rocher, narguant la fureur des flots rugissants, alors je vois nettement le temps qui se fige et fait hurler l'éternité...

- Mais où allons nous avec des discours pareils ! Et puis, dis moi Giovanni, tu serais plutôt du genre prétentieux. Tes formules sont plaisantes mais un peu creuses. Chacun son métier, je ne conteste pas ta manière de peindre tes cadrans ! Moi, le principal du collège de Gap m'a félicité pour mes idées, alors tu vois... Nous, les instituteurs, si on nous écoute dans les villages, c'est qu'on a fait nos preuves. On a été formé à l'école Normale pour ça. On a même passé un examen !

- Mais je suis un homme libre ! Et toi tu ne sais ni écouter ni entendre des paroles d'hommes libres parce que tu n'es pas libéré. Qu'est ce que tu diras à Mont-Dauphin ? Tu diras exactement ce que le Maire et le Curé voudront que tu dises... Pas un mot de plus, pas un mot de moins, pas un mot plus haut. Et le pire c'est que tu auras l'impression que ça vient de toi. Et ton examen, tu sais à quoi il sert ? Eh bien à vérifier qu'un jour tu ne vas pas te mettre à faire des choses qui n'ont pas été prévues.

- Dis moi Barbe, intervint Jean, tu ne voudrais pas faire comme ton collègue de la Pisse, qu'on voit de temps en temps chez nous et qui a une fâcheuse tendance à prophétiser. Là-haut, sous prétexte qu'il a réussi à un examen, on ne fait plus rien sans lui demander son avis. Il a plus de pouvoir que le Maire et le Curé réunis. Il ne connaît rien à l'agriculture, il dit n'importe quoi et pourtant tout le monde l'écoute. C'est la magie de l'examen ça !

Soudain un rayon de soleil vint caresser les bois de la Pignée qui faisaient face au cadranier. Giovanni prit cela pour un signal. Il se leva.

- Bon, votre compagnie est bien agréable, mais on parle, on parle et la route elle... m'attend. Allez je vais bâter ma mule.

Jean renchérit :

C'est vrai l'heure passe, je vais t'accompagner Giovanni, attends !

Il le suivit à l'écurie. Les préparatifs furent réalisés en un tour de main. Jean se retourna et lui tendit une main largement ouverte :

- Voila cadranier, tu ne seras pas en retard.

Les deux hommes se saluèrent chaleureusement. Giovanni promit de repasser bientôt :

- J'ai hâte de t'entendre à nouveau Jean. Ah ! tes veillées, elles sont inoubliables... J'allais oublier Barbe, tu lui diras que je ne peux pas l'attendre, mes peintures risquent de sécher...

Ils rirent et Jean lui adressa un clin d'oeil.

Il lui fallut moins d'une heure pour arriver à la Roche de Rame, après une interminable ligne droite poussiéreuse. Une activité industrieuse s'y déployait. Au torrent des Bouchouses où il faisait boire sa mule, les coups sourds des martinets qui s'abattaient, le ronflement des trompes à vent qui attisaient les forges et le chuintement des polissoirs lui parvenaient. Il pensa aux forges de Vulcain et à Luigi qui lui disait souvent :

- La taillanderie est une industrie prospère elle nourrit bien mieux les hommes que les pauvres cultures de certaines vallées perdues dans la haute montagne.

La mule, désaltérée, se mit à jouer avec l'eau. Elle éclaboussa Giovanni, souffla, renifla, se détendit.

- Hola, ma chère Teppa je vois que tu n'as plus soif. Allons-y, la journée n'est pas encore finie.

Et tous deux repartirent. Ils dépassèrent les "travails" en mélèze installés à l'entrée du village qui servaient à immobiliser les chevaux ou les bovins pour des opérations délicates. A cet endroit, la roche, au pied de laquelle serpentait la route, projetait une ombre glacée. Le lac irradiait des teintes froides suintant l'angoisse. La route se dégagea enfin de cet appareil rocheux et s'étala à nouveau au soleil, courant dans les champs. A Prareboul Giovanni admira trois chevaux qui s'ébattaient dans un pré.

Brusquement un tremblement le saisit. Ce cheval encore écumant... cette crinière longue qui lui tombait devant les yeux... ces trois basanes... il ne pouvait pas se tromper. Il reconnut la monture du cavalier pressé de la veille, de cette ombre qu'aujourd'hui il suivait et qu'il allait enfin saisir. Il voulait savoir, il allait savoir...

Il avisa une solide auberge qui jouxtait les champs. Un énorme chiffre soixante-neuf était peint sur la porte. Il attacha fébrilement Teppa et entra presque violemment. Deux ouvriers des taillanderies accoudés au comptoir se retournèrent aussi brutalement qu'il était entré. L'un d'eux marmonna, en s'adressant avec un accent étranger à son compagnon :

- Ivan... ils sont devenus fous !

L'autre, un mastodonte, finit son verre sans répondre. Giovanni se ressaisit.

- Désolé, mais je dois à tout prix parler au propriétaire de ce cheval là, celui qui est au pré, dans l'enclos.

- C'est moi, dit la patronne, une femme rondelette et brune, le col de la chemise largement ouvert et qui n'arrêtait pas de sourire en papillotant.

- C'est vous ? répéta Giovanni, abassourdi, en laissant glisser son regard sur la poitrine ferme et bien dessinée de la dame.

- Et oui, mon beau, dit-elle en s'apercevant que les yeux de Giovanni se posaient sur sa gorge. Qu'est ce qui te chiffonne ? J'en suis propriétaire, il est vrai, depuis... disons... un petit jour. Celui qui me l'a vendu avait l'air aussi excité que toi. Il m'a acheté ma carne à prix d'or et m'a laissé ce beau bai brun en échange. Que veux tu de plus ? Y a des jours comme ça ! Tout va au poil. Je sais... tu vas me dire que le sien ne tient plus debout... mais une bête pareille s'en remettra vite.

Puis, après un court silence, elle poursuivit :

- En tous cas, toi mon bonhomme avec ta mule tu peux t'accrocher, t'es pas prêt de le rattraper. Par contre ma pauvre jument, cet abruti, il va me la crever c'est sûr. Une si brave bête.

Puis en arrangeant son chemisier, elle dit :

- Allez va ! bois un coup de cette gnole maison. Mon mari est bouilleur de cru. Et si je dis qu'il n'est pas là ce soir mon beau, qu'est que tu vas me répondre ? rajouta-t-elle en remplissant d'office le verre.

Gêné, Giovanni engloutit l'alcool. Après la fébrilité c'était l'abattement. La femme reprit, d'une voix sucrée, se rapprochant toujours plus.

- Qu'est ce que tu lui veux à ce cavalier, tu sais il ne me dit rien qui vaille et tu peux me croire, les hommes je les connais...

Les deux ouvriers rirent en sourdine.

- Laisse le tomber, il ne doit pas fréquenter des gens fréquentables. Et toi, mon beau, tu ferais mieux de courir les filles avec ta jolie gueule.

- Vous n'avez pas d'autres choses à me dire à son sujet, insista Giovanni.

- Si, mais faudra que tu restes. Ce que j'ai à te dire ça ne se dit que sur l'oreiller...

Giovanni recula de deux pas, tourna les talons mais la femme changea de ton.

- Dis, rital, quand on boit on paye !

- Ah ! non ! répondit Giovanni, vous me l'avez offert ce coup.

Elle haussa la voix :

- C'est pas celui là que je t'ai offert, c'est l'autre, mais tu as l'air de faire la fine bouche.

Puis regardant les deux ouvriers elle rajouta :

- Et puis j'ai des témoins ici... pas vrai ?

Celui qui avait parlé tout à l'heure répondit, l'air menaçant, avec un accent prononcé :

- Tu comprends pas, l'italien. T'es pas dans ton pays ici. Madame a raison elle t'a rien offert. C'est un débit de boissons pas un hospice. Si t'es pas content rentre chez toi...

Giovanni était pressé, à quoi bon répondre, se dit-il. Il jeta l'argent sur le comptoir et sortit.

La femme le suivit sur le pas de la porte et lui cria.

- Oh ! le rital ! Il avait de gros sourcils et des yeux de couleurs différentes. Il avait le regard mauvais. Méfie toi de lui.

Giovanni poursuivit son chemin, tournant et retournant dans son esprit ces frêles informations, échafaudant toutes les hypothèses. Lorsqu'il aperçut Saint Crépin, solidement assis sur son socle de roches brunes, il sut qu'il n'allait pas tarder à arriver. La citadelle de Mont-Dauphin se profilait dans un halo de couleurs roses, la vallée s'évasait. Une poussière épaisse flottait sur les hauteurs de la forteresse. Le vent s'était mis à souffler sur la ville en chantier depuis déjà dix ans. Ses environs immédiats témoignaient d'ailleurs d'une intense activité de terrassement. Des véhicules tirés par plusieurs chevaux, lourdement chargés de gravats, de madriers, de pierres de la Durance, remontaient le chemin abrupt qui conduisait aux fortifications, croisant avec difficultés d'autres attelages qui descendaient à vides. Giovanni Francesco passa au pied de Mont-Dauphin en effervescence et poursuivit jusqu'à Guillestre. Quand il pénétra dans la bourgade l'ombre venait de reprendre les gorges du Guil. C'était ici qu'il dormirait.

"Montdauphin" dessin de Lord Morison
-Views in the Departement of Isère and Hight Alps- 1840.
Série Z Guillemin. Archives Départementales des Hautes-Alpes

"Montdauphin" dessin de Lord Morison
-Views in the Departement of Isère and Hight Alps- 1840.
Série Z Guillemin. Archives Départementales des Hautes-Alpes

CHAPITRE 12

Giovanni Francesco quitta Guillestre à l'aube. Après avoir remonté la rue principale il sortit du bourg pour s'engager dans la montée qui mène à l'entrée des gorges du Guil. Il profita d'une courbe du chemin qui surplombait la vallée pour jeter un dernier regard sur la citadelle de Mont-Dauphin. Il éprouvait une profonde aversion pour ce type de ville, voulue et dessinée dans un but uniquement militaire. Il la trouvait trop bien agencée, trop arithmétique dans ses proportions, bref pas assez imparfaite pour être humaine. Alors que le froid giflait son visage, il s'arrêta pour vérifier les sangles du chargement de Teppa et aperçut, dominant dans le lointain, la silhouette impressionnante du Pelvoux. Puis il reprit la marche avec plus de difficultés et il sentit que Teppa avait elle aussi le souffle plus court. Il lui donna une bourrade et ralentit le pas. Après tout il n'était pas pressé et l'essentiel pour lui était d'arriver à Château-Queyras avant la nuit. Plusieurs fois il avait accompli ce trajet et il se réjouissait à l'idée que dans quelques heures il allait apercevoir, au creux d'un tournant, le pont qui menait à l'Aigle des Alpes.

La route qui venait tout juste de remplacer l'ancien

sentier rendait les déplacements plus faciles même s'il savait qu'en cette saison il n'y rencontrerait personne, si ce n'est, peut-être, la malle poste assurant la liaison entre Ville Vieille et Mont-Dauphin.

L'impression qui le gagnait aujourd'hui était différente de celle qu'il avait ressentie lors de son premier passage dans les terribles gorges du Guil.

C'était au printemps de 1833. Il venait de quitter Bardonecchia par défi, pour prouver à Antonnella qu'il pouvait vivre ailleurs que dans leur vallée. Il ne supportait plus que sa mère, sourde à ses arguments, reçoive le Masten, ce tailleur d'hommes qui entraînait Augusto pour de longues équipées dans les tavernes de la région tandis qu'elle s'échinait... Il était donc parti, tenaillé par la promesse faite à Tonino de colporter le langage des cadrans. Et lorsqu'il lui venait l'envie, le soir à l'étape, de rebrousser chemin il pensait à l'imposante bâtisse du Masten. Il entendait les sons métalliques que brisaient parfois les halètements sourds et réguliers des coups de marteau. Il revoyait les blocs de calcaire entassés dans la cour et les hommes agenouillés, recouverts d'une pelliculle de poussière blanche qui frappaient inlassablement la pierre vidant peu à peu leur esprit... En prenant la route il échappait au destin qui aurait été le sien s'il était resté là-bas, de l'autre côté du col de l'Echelle. Son premier voyage était d'abord une fugue...

On l'avait mis en garde, à Briançon, contre les dangers du trajet et le soir, à l'auberge, il s'était trouvé quelques clients pour évoquer à demi-mots les détrousseurs qui sévissaient dans ces montagnes. Ils assuraient que les habitants de la vallée du Queyras, lorsqu'ils se rendaient à la foire de Guillestre, faisaient la route à plusieurs dizaines pour éviter les mauvais coups...

Il avait pris la décision, sur les conseils d'un

colporteur, de partir avec peu de chargement. Le chemin à l'époque, empruntait une voie escarpée et il dut veiller à ce que Teppa, dont c'était aussi le premier voyage, le suive pas à pas pour éviter les éboulis. Il devinait en contre-bas, le torrent qui se fracassait contre les rochers et franchit en tremblant la première des douze passerelles de bois jetées sur le Guil pour mieux se jouer des escarpements. Le paysage était austère avec ses pentes ravinées où les pierres blanches avaient repoussé les mélèzes et les pins. Lorsqu'il arriva à la chapelue il résolut de s'arrêter tout près du pont de bois que le torrent avait malmené à la fonte des neiges. Le soleil réchauffait les deux bergeries construites sur la rive gauche et plusieurs femmes s'affairaient au bord de l'eau, leurs paniers remplis de draps et de chemises. En les voyant Giovanni décida de prendre un peu de repos dans un pré au bord de la rivière. Lorsqu'il s'approcha il vit qu'un gendarme barrait l'accès du pont tandis que son collègue faisait le tour des bâtiments vraisemblablement accompagné par le propriétaire des lieux. Giovanni arrivé à la hauteur de celui qui était en faction lui présenta son passeport. Le gendarme l'examina sans rien dire puis héla son collègue :

- Germain, il y a là un piémontais, maçon de son état et qui se rend à Abriès.

Le sous-officier se présenta à Giovanni comme étant Germain Thévenot de la brigade de ChâteauQueyras. Il lui posa plusieurs questions et s'enquit de sa destination exacte à Abriès.

Giovanni lui expliqua qu'il avait été en relation, l'année précédente, avec un fermier dont la famille avait autrefois fait hiverner ses troupeaux en Piémont. Ils avaient sympathisé et le fermier lui avait passé commande, pour le printemps suivant, d'un cadran solaire. Il se rendait donc à Abriés pour l'exécuter. Le gendarme parut satisfait de ses explications et sans donner de précisions sur la nature de sa mission restitua le passeport de Giovanni. Celui-ci apprit par le pro-priétaire de la bergerie, un dénommé Etienne Courenc, qu'ils étaient à la recherche de voleurs de bois, à la suite d'une plainte d'un habitant de Ville Vieille. Puis Etienne Courenc invita Giovanni à partager son repas. Il avait besoin de parler et l'arrivée du maçon piémontais rompait la monotonie de sa journée.

Courenc lui apprit qu'une route devait être ouverte pour forcer la vallée du Guil et que le préfet Curel faisait pression sur les maires et leurs administrés pour que 1es travaux commencent. Un projet avait été conçu par l'ingénieur des ponts et chaussées et chaque habitant des communes concernées devait fournir trois journées de travail. Courenc pestait contre cette injonction et prédisait dans les différents villages de belles révoltes lorsqu'il faudrait extraire les rochers à coups de pic. Après tout, l'on n'avait rien demandé, et chacun s'accommodait des passerelles et du sentier.

"Une route" disait-il, est le prétexte pour tous les excès. Un de ses cousins qui habitait Châteauroux, sur la route d'Embrun, lui avait décrit le passage fracassant des diligences. Et même si cela devait faciliter les échanges, il n'en voulait pas dans sa vallée. Giovanni ne pouvait lui répondre sans l'offenser, lui qui venait de découvrir avec un regard émerveillé, 1es voitures à trois compartiments qui pouvaient transporter quinze voyageurs à la vitesse d'un homme à cheval. Il préféra détourner la question ne pouvant avouer que les grosses berlines aux bagages protégés par une bâche de cuir l'avaient beaucoup impressionné au relais de Briançon... Il essaya de relancer la conversation sur la mission des gendarmes mais

Courenc, l'air un tantinet renfrogné, se contenta de dire que les paysans avaient besoin de bois et qu'il fallait maintenir les droits d'usage des forêts. Il reprit ensuite ses récriminations sur la nouvelle route et Giovanni cessa de l'écouter...

Il suivait du regard une des femmes qui tout à l'heure battait le linge près de la rivière. Il l'avait remarquée à cause de sa démarche plus souple que celle de ses compagnes et se demandait comment attirer son attention sans l'effaroucher. Un homme qui voyage seul, même avec un mulet, n'inspire pas confiance et il avait plusieurs fois lu la crainte dans les yeux des femmes croisées au hasard de son chemin. Il profita d'un silence d'Etienne Courenc pour lui dire qu'il souhaitait faire quelques pas au bord de la rivière. Il s'éloigna des bâtiments pour longer le pré où se reposaient les lavandières. En descendant vers le Guil il chercha le regard de la fille. Elle était belle et il avait, lui, toute la vigueur de ses dix-huit ans. Il lui fit un signe auquel elle répondit par un sourire malicieux. Elle profita des quelques minutes de repos que s'offraient ses com-pagnes pour le rejoindre près de la berge.

Ce souvenir l'étreignait encore aujourd'hui et s'il ne se rappelait plus comment ils étaient tombés dans l'herbe, il conservait l'image de son visage contre le sien. Plusieurs fois, en passant près de La Chapelue, il avait guetté les silhouettes s'affairant près de la rivière, mais sans jamais revoir cette jeune fille qui avait pansé la blessure encore vive laissée par Isabella. Et puis le temps avait accompli son oeuvre, estompant le souvenir de ces premières années comme il effaçait les cadrans, ne laissant çà et là, que quelques traces furtives...

Un glissement sur la neige, entre les arbres, attira l'attention de Giovanni. Il lui rappelait que le voyageur affrontant l'hiver à cette altitude devait rester sur ses gardes et ne pas se laisser bercer par les rêveries que suscitaient invariablement les étendues blanches et silencieuses.

Il avisa, sur le côté gauche de la route, une petite maison aux murs de pierres et au toit de chaume. Elle devait sûrement être inhabitée car sa porte était ouverte, à demi-éventrée. Il s'y engouffra espérant trouver là un abri qui lui permettrait de manger au sec. Hélas, le toit avait souffert sous le poids de la neige et la paille laissait s'infiltrer par endroits de minces filets d'eau. Le sol en terre battue était gelé et les pierres, descellées au fil des années, n'offraient que peu de protection contre le froid. Il allait ressortir, dépité de ne pouvoir s'abriter, lorsqu'une sorte de vertige le saisit. Il s'affala sur un banc de bois qui barrait un des murs, le souffle coupé. Le silence, autour de lui, se fit pesant. Il lui fallut quelques minutes avant de comprendre les origines de ce sentiment oppressant qui le paralysait, anéantissant ses forces. Quelqu'un, il en était sûr, le suivait depuis son départ de Bardonecchia. Et tant qu'il marchait dans la vallée, à la rencontre d'autres voyageurs, cette ombre ne représentait pas un danger imminent. Dans les gorges du Guil la situation était différente et Giovanni venait brusquement de prendre conscience de la fragilité de sa position. Il se redressa et sortit. Saisissant la bride de Teppa pour l'engager à reprendre la route il se ravisa. Cette cabane, ouverte au vent qui balayait les gorges ferait tout de même un abri... A nouveau il s'y réfugia.

Il frictionna vigoureusement sa mule et l'animal reconnaissant s'ébroua. Une sorte de chaleur envahit la pièce et Giovanni, drappé dans son manteau, se mit à ordonner les hypothèses qui le taraudaient depuis quelques jours. L'ombre ne pouvait avoir que deux commanditaires, le Masten, l'homme qu'il haïssait le plus au monde et la police de Charles-Albert dont Luigi lui avait parlé à Bardonecchia. Si c'était la police il n'avait rien d'autre à faire qu'à poursuivre son travail, elle se lasserait vite de cette filature sans intérêt... Quant au Masten... L'idée de l'affronter ne lui faisait pas peur mais il préférait choisir lui même le lieu et le moment.

Quand une heure plus tard il reprit la route, il eut le sentiment que ce paysage d'une extrême rudesse, sculpté par les glaciers, était devenu son allié.

"Les Gorges du Guil à La Chapelue" dessin de Lord Morison
- Views in the Departement of Isère and Hight Alps- 1840
Série Z Guillemin. Archives Départementales des Hautes-Alpes.

“Le Pas de la mort” dessin de Lord Morison
-Views in the Departement of Isère and Hight Alps- 184O
Série Z Guillemin. Archives Départementales des Hautes-Alpes.

CHAPITRE 13

La pente était devenue plus difficile et le froid se faisait plus vif. Des plaques de neige s'accrochaient à la forêt. Giovanni avait du mal à reconnaître sa route. Teppa semblait plus assurée et c'était elle qui maintenant précédait son maître. Depuis qu'ils avaient quitté Mont Dauphin ils n'avaient rencontré personne, ni charretier, ni roulier, ni colporteur. Une ou deux fois, au détour de la route, ils avaient cru entendre la voiture de la poste qui reliait chaque jour Abriès à Mont-Dauphin mais personne n'était venu à leur rencontre...

A l'idée de retrouver son ami Pierre Arnoux, le propriétaire de l'Aigle des Alpes, Giovanni avait pressé le pas. Il souhaitait profiter des quelques rayons que l'hiver concédait à la montagne tout en pensant que le temps viendrait bientôt, où il pourrait les capturer à nouveau.

Aussitôt arrivé, il se rendrait chez Maître Charvier pour discuter avec lui de ses conditions de travail. Luigi lui avait décrit le notaire comme un homme ouvert, acquis au progrès, mais il redoutait quand même ce moment. Les notaires aimaient le papier timbré et les contrats bien rédigés alors que lui, Giovanni Francesco Zarbula maçon piémontais, préférait donner sa parole plutôt que sa signature... L'ouvrage, au moins, lui était assuré et l'occasion s'offrait à lui de passer la fin de l'hiver à l'Aigle des Alpes.

D'autres commandes l'attendaient dans ce Queyras qu'il avait appris à connaître en quinze années de voyage dans des chemins de bout du monde. Comme en Piémont, la misère poussait les hommes loin de chez eux, à suivre le cours des rivières vers des régions plus riches. Et ceux qui restaient, éloignés de toutes communications, acceptaient la domination d'une poignée de propriétaires dépositaires du savoir et de la richesse. Luigi, l'ami le plus cher, lui avait souvent parlé de cette soumission comme étant le premier des maux. Mais il ajoutait aussitôt que la liberté, réclamée de part et d'autre des Alpes, ne servirait à rien si elle s'accommodait de l'asservissement des plus faibles. Il défendait un principe dont Giovanni n'entrevoyait pas bien les conséquences :

- Le travail, disait Luigi sur un ton souvent péremptoire, le travail doit devenir, à la place de la propriété, le fondement de toute Société.

Luigi avait, lui aussi, parcouru les Alpes en tous sens, franchissant les frontières pour se lier avec de nombreux groupes aux habitudes étranges. Il citait souvent ces paysans de la vallée de Névache qui se rassemblaient à la tombée de la nuit pour lire à haute voix des livres interdits par les préfets de Louis-Philippe et que Luigi glissait dans la doublure de son manteau. On y parlait de la grande Révolution, de la conquête napoléonienne et plus souvent de la république sociale qui devait émanciper tous les peuples. Giovanni, malgré l'amitié qui l'unissait à Luigi, n'avait jamais sauf au hasard d'une rencontre, participé à ces rassemblements. Il se sentait mal à l'aise au milieu de ces hommes dont les discours lui paraissaient chargés de haine. Il les comprenait, les admirait aussi lorsqu'ils devaient se jouer des gendarmes mais ne pouvait se résoudre à les rejoindre. Luigi ne le lui avait d'ailleurs jamais reproché car il estimait que l'indépendance de son ami ne l'empêcherait pas, si les circonstances devaient l'y pousser, à être à ses côtés...

A quelques lieues de Château-Queyras, le relief s'adoucissait et la route devenait moins pentue. La forêt était maintenant présente. Mélèzes et pins cembro tapissaient les pentes d'un manteau brun tandis que le soleil avait presque disparu. Les coupes de bois dont Giovanni avait pu voir les origines aux alentours de Plampinet semblaient avoir fait ici moins de dégâts. Le déboisement très sensible à l'adret ne devait rien à l'industrie et tout aux besoins essentiels des hommes, lui avait expliqué Pierre Arnoux. Le mélèze, dont le bois est dur occupait dans la région une place importante.

- Sans lui, pas de granges, pas de maisons, pas même ce plancher, lui avait dit Pierre en riant. Ne plus couper le bois c'est mourir. Passe encore pour le pin cembro qui fait pourtant de si beaux meubles, mais le mélèze, lui, c'est notre bouclier. Regarde ces bardeaux...

Giovanni l'avait approuvé, en se rappelant qu'à Saint-Véran, où il avait décoré l'église, il avait éte frappé par l'omniprésence du bois dans le village. Toitures, fontaines, croix étaient en bois de mélèze. Tout au long des années qui l'avaient vu escalader le moindre chemin il avait pu mesurer l'importance de la forêt. Chacun la revendiquait pour y puiser l'énergie nécessaire à sa survie dans ce pays âpre, inhospitalier et morcelé. Lorsque, poussé par les propriétaires fonciers mais aussi par quelques savants soucieux de ménager cette ressource si difficile à reconstituer, le gouvernement avait voulu en imposer une exploitation plus réglementée, il s'était heurté à l'ensemble des paysans du Queyras.

Giovanni, alors qu'il gravissait le dernier raidillon menant au pont qui borne l'entrée du village, se sentait proche de tous ces gens : des paysans accrochés aux flancs des montagnes, des artisans cloutiers de Plampinet et des colporteurs de Névache. Il voulait le leur dire d'une manière différente à celle de Luigi et il n'avait pas trouvé d'autres moyens, le piémontais, que celui de peindre pour eux le temps qui fuyait : "Et le riche et le pauvre et le faible et le fort vont tous également des douleurs à la mort ."

Teppa s'était ébrouée, elle sentait que la fin du voyage était proche. En arrivant sur 1e pont Giovanni aperçut, à une centaine de mètres en face de lui, le falot que Pierre Arnoux venait de suspendre sur la façade de son auberge. Les lueurs à l'intérieur indiquaient qu'il y avait du monde et il voyait des ombres se projeter dans la rue. Il distinguait maintenant la masse sombre de la citadelle qui veillait sur le petit bourg. Il se souvenait y avoir déjà pénétré aux alentours de 1840, lorsque le beau-frère de Pierre avait participé à des travaux dans la forteresse. Giovanni, insensible aux casemates et aux tours, avait pourtant été impressionné par l'ensemble.

Deux charrettes stationnaient devant l'Aigle des Alpes et il dut les contourner pour accompagner Teppa dans l'étable. Il aperçut alors, sortant du café, la silhouette d'une élégante jeune femme, sans doute la servante de quelque notable. Il la salua d'un geste porté à son chapeau mais, certainement surprise, celle-ci ne répondit pas. C'était la première personne qu'il voyait depuis Mont-Dauphin...

Il abandonna Teppa dans l'écurie et gravit les sept marches qui menaient à l'entrée de l'auberge. Une balustrade en fer forgé courait le long de la facade, penchant dangereusement par endroits.

Lorsqu'il entra dans la vaste salle, Pierre, qui l'avait vu arriver tout à l'heure, jubila :

- Je ne t'attendais pas avant la nuit, Giovanni, tu es donc si pressé de boire !

Puis il lui donna l'accolade avant de l'inviter à s'asseoir à la table de deux paysans qui avaient déjà vidé un pichet. Ceux-ci continuaient à parler sans prêter attention au nouvel arrivant. Giovanni reconnut deux fermiers des Meyries.

Pierre Arnoux interrogea son ami :

- Tu dois être fatigué j'ai préparé ta chambre. Maître Charvier nous a informés de ta venue il y a deux jours. C'est d'ailleurs sa gouvernante que tu viens de voir sortir. Une sacrée belle fille.

Tiens ! pensa Giovanni, Maître Charvier était donc certain que je viendrai et il répondit à Pierre.

- Je suis parti de Bardonecchia il y a huit jours mais nous avons pris notre temps, certains passages sont difficiles. Luigi, qui a déjà fait plusieurs fois ce trajet l'hiver, m'a utilement conseillé. Je boirais bien quelque chose. A moins qu'il ne te soit interdit de servir un étranger...

- Ne plaisante pas avec ça, dit Pierre, mi-sérieux mi-amusé en exhibant deux feuillets imprimés. Regarde ce qu'ils ont inventé à la préfecture de Gap.

Giovanni se saisit du papier. Il s'agissait d'un document de la taille d'une affiche intitulé “Règlement Général de Police” et que les aubergistes étaient invités à placarder sur la façade de leur estaminet.

- Ça commence bien, remarqua-t-il en élevant le ton, ils se sont enfin rendus compte qu'il fallait mettre de l'ordre chez toi.

Et Giovanni poursuivit sa lecture à voix haute, pour le plus grand plaisir des autres clients, des villageois de Château Queyras et des paysans des alentours. Tous tendaient l'oreille et peu à peu les conversations cessèrent.

- L'article deux n'est pas mal du tout : "Tout individu qui, en état de travailler, sera trouvé mendiant ou vagabondant sera arrêté, remis à la gendarmerie et conduit devant le sous-préfet ou Monsieur le Procureur du Roi." C'est vrai qu'il y a du travail pour tout le monde, partout...

La salle éclata de rire.

- Article dix : "Il est enjoint aux aubergistes de tenir leur auberge fermée la nuit, à savoir du 1er octobre au 31 mars à dix heures du soir et du 1er avril au 30 septembre à 11 heures du soir..." Mais je vois quelque chose qui te concerne directement Pierre, là à l'article 18.

Il fit mine de lui tendre le feuillet et continua la lecture.

- "Il est ordonné à tous les cabaretiers de ne servir le vin qu'après l'avoir mesuré avec la mesure légale dûment poinçonnée."

Il se saisit de son verre, le porta à la lumière et poursuivit :

- Voilà une mesure légale, vous pouvez tous constater que c'est vraiment le minimum pour empêcher un homme de crever de soif. Ton préfet, il doit sans doute boire son vin dans une tasse...

Pierre Arnoux, mimant le courroux, lui arracha le règlement des mains.

- Attends, piémontais, il y a aussi des choses pour toi. Tiens l'article 36 par exemple : "défense aux marchands d'étaler et de vendre, aux colporteurs de colporter et d'exposer en vente leurs marchandises dans les rues et places publiques, les dimanches et jours de fête reconnus par la loi".

- En somme, reprit Giovanni, ton roi il se mêle de tout.

- De presque tout, rectifia Pierre. De tout ce qui concerne notre vie quotidienne. Les interdictions sont plus nombreuses que les autorisations. Par contre, il nous laisse tranquille pour ce qui est du prix de la journée de travail, du secours aux pauvres et de l'entretien de nos routes de montagne. Ça c'est vrai il ne s'en mêle pas, on se débrouille comme on peut...

Les clients approuvaient les propos de Pierre Arnoux. Lui seul pouvait, dans le village, les tenir. Pour le maire, pour les gendarmes, c'était "le républicain". Il bénéficiait donc d'une sorte de statut spécial dans la petite communauté et il ne serait venu à l'idée de personne d'entraver son expression. Peut-être en souvenir des Escartons devenus, avec le temps, le symbole des libertés des petites communes du Queyras. Ni le maire Augustin Roux, ni l'adjudant Germain Thévenot, chef de la brigade de Château-Queyras n'auraient poussé à ce que l'on arrête Pierre Arnoux.

Il était donc simplement "surveillé" et son attitude faisait l'objet chaque année, comme deux ou trois autres habitants de la commune, d'un rapport au sous-préfet de Briançon. Celui-ci dressait, à l'intention du Ministère de l'Intérieur, deux tableaux, l'un pour les surveillés politiques, l'autre pour les réfugiés italiens. Et tandis qu'ils parlaient ni Pierre Arnoux ni Giovanni Francesco Zarbula ne se doutaient qu'un fonctionnaire consciencieux de la préfecture de Gap avait, en face de leurs noms, sur deux gros registres porté les mentions : "à surveiller, mais n'est pas un homme d'intrigue" pour Pierre et "cet italien se fait remarquer pour sa bonne conduite et ses habitudes laborieuses, bien qu'il fréquente certains esprits exaltés," pour Giovanni...

La nuit était maintenant tombée et plus que la crainte d'enfreindre le règlement de police c'était elle qui avait chassé les derniers clients de l'Aigle des Alpes et facilité les retrouvailles des deux amis... Dans l'auberge assagie, Pierre et Giovanni s'attablèrent et poursuivirent leur conversation autour de l'excellent repas que Madeleine, la femme de Pierre, leur avait préparé.

Propagandiste, depuis son comptoir, d'une République qu'il désespérait de voir venir, Pierre Arnoux était également devenu un observateur particulièrement aigu de la vie de ce coin de montagne. Pas un paysan, pas un artisan, dans tout le canton d'Abriès qui n'ait franchi le seuil de l'Aigle des Alpes. La bâtisse, l'une des toutes premières que l'on découvrait en arrivant dans le village depuis Guillestre était certes idéalement placée. Mais c'était surtout Pierre qui, par la chaleur de son accueil, avait réussi à drainer vers l'auberge tout ce petit peuple pour lequel les quelques heures passées au café, après la journée de travail, était la seule occasion de se rencontrer. L'écoute patiente que Pierre pensait devoir à ses clients lui avait appris que le malaise grandissait.

- Tu sais, dit-il à Giovanni, les gens ici se plaignent des mauvaises récoltes de pommes de terre et de céréales. Ils n'en peuvent plus. Et la montagne complique leur tâche.

- J'ai rencontré à l'Argentières, il y a quelques jours des bergers, et des tisserands, qui n'avaient pas l'air, eux non plus, d'être bien riches, reprit Giovanni.

- Pas bien riches c'est vrai. Mais quand il faut payer l'impôt on a tous l'air d'être très riches. Le percepteur est tellement content que depuis qu'il s'est installé ici, il y a environ huit ans, il a raté toutes les fêtes du village. Il pourrait donner la main au garde forestier ou aux douaniers d'Abriès. Remarque, de ce côté là, il a dû trouver une épaule rassurante le percepteur : dès que la neige fond il cavale chez le lieutenant des douanes à Saint-Véran...

L'arrivée de Madeleine, interrompit leurs propos. Elle était piémontaise, comme Giovanni, et devant l'opposition de sa famille au mariage Pierre l'avait enlevée. Une expédition punitive des cousins, des petits cultivateurs de la région d'Oulx, s'était d'ailleurs terminée par des horions et quelques bris de clôtures. Depuis elle n'avait pas souvent eu l'occasion de repasser la frontière... La visite de Giovanni à "1'Aigle des Alpes" était toujours une façon pour elle de retrouver son pays. Ils discutaient tous les deux de longues heures ce dont Pierre faisait mine, à chaque fois, de s'offusquer.

- Tiens, Giovanni, voilà ma femme, cela fait à peine deux heures que tu es là et elle veut déjà te voir pour te parler de la Dora Riparia.

Madeleine avait l'air préoccupée. Elle embrassa Giovanni et s'adressa à son mari :

- Nous parlerons plus tard de la Dora Riparia. Il y a plus urgent. Le maire est là, qui demande à te voir.

- Augustin, à cette heure ? C'est pas bon signe. Ils veulent peut-être m'arrêter demain matin, dit-il en riant.

Augustin Roux, son chapeau à la main, entra dans la grande salle de l'auberge. Le parquet crissait sous ses pas. Il s'approcha de la table. Cette démarche devait lui coûter. D'ordinaire il convoquait ses administrés à la mairie. Ses pouvoirs, comme ceux des autres maires du Queyras, allaient bien au-delà de l'administration de la commune. Il jugeait ainsi les différents entre particuliers et édictait des règlements dont le non-respect était sanctionné par des amendes. C'était le personnage le plus important du bourg. Pierre ne reprochait pas à Augustin Roux d'exercer ses pouvoirs car il savait que plusieurs siècles les avaient rendus légitimes mais il lui faisait grief de sa désignation formelle par le préfet, au nom du roi, et pas au nom du peuple. Augustin lisait ces reproches dans les yeux de Pierre en se disant que cela n'avait plus beaucoup d'importance aujourd'hui...

Il s'adressa aux deux amis la voix cassée par l'émotion :

- Une révolution a éclaté à Paris, il y a quelques jours, le 24 ou le 25 février je ne sais pas. Le roi est parti. Le préfet Curel a été limogé et va quitter Gap. Il faut que l'on parle, Pierre.

Pierre était resté de longues secondes impassible. Madeleine, Augustin et Giovanni n'osaient croiser son regard. Puis il s'était levé, comme pour mieux respirer. Tout s'embrouillait maintenant dans sa tête. Augustin répéta, à voix basse :

- La révolution, Pierre, c'est la révolution.

Mais Pierre était ailleurs. Le départ de Louis Philippe, le peuple soulevé, la république enfin ! Il en avait trop rêvé. Il l'avait trop espérée pour ne pas être déçu de l'apprendre là, dans son auberge, comme par hasard, au milieu des siens. Il aurait voulu sentir la poudre, sur les barricades, drapeau rouge déployé mais c'était Augustin Roux qui, en pétrissant nerveusement son chapeau, lui avait appris que la révolution avait eu lieu, loin d'ici et sans lui !

Giovanni vint au secours de son ami dont le silence se prolongeait.

- Comment avez-vous appris la nouvelle, j'arrive aujourd'hui de Mont-Dauphin et personne ne semblait être au courant.

- Elle est parvenue à Gap il y a quelques jours seulement et avec elle l'annonce de la révocation de tous les préfets. Les dépêches sont datées du 24 février mais elles ont été placardées hier sur les murs des mairies de la vallée de la Durance. Moi je n'ai été avisé que tout à l'heure, par une lettre du commissaire de police de Briançon, Cécherin. Il me dit qu'il a écrit au gouvernement provisoire pour l'assurer de son concours et qu'il compte sur moi. Il termine sa lettre par "Vive la République". J'ai immédiatement informé l'adjudant Thévenot puis j'ai rendu visite à Maître Charvier. Arnoux est la troisième personne dans la commune que je mets au courant, ajouta-t-il comme pour s'excuser.

Pierre émergea de son silence :

- La révocation de Curel et de quelques fonc-tionnaires ce n'est pas une révolution, Augustin. Les pétitions pour réclamer une réforme électorale, les banquets de patriotes, tout ça je l'ai lu dans le "National", le journal que maître Charvier reçoit. Mais cela ne nous concerne pas ici. Ce que nous voulons c'est prendre en main notre avenir, Augustin et ceux qui nous en empêchent tu les connais ; demain peut-être ils seront républicains et ils viendront me dire qu'ils l'ont toujours été. Ils finiront même par nous donner des leçons à toi et à moi.

- Ils n'en auront pas le temps, interrompit Augustin, l'ordre ancien est en train de basculer. Je vais démissionner de mes fonctions de maire et je voudrais que tu me remplaces. J'aime ce pays et je ne veux pas que la vengeance accompagne la révolution. Tu viens de le dire, Pierre, et cela m'inquiète, pour toi comme pour beaucoup de gens l'oppresseur c'est le gros propriétaire, le garde-forestier, le gendarme ou le percepteur. Je te propose de prendre ma place car sinon tu vas laisser dévier ta pensée et tu vas te tromper.

- Non, tu es le maire et tu dois le rester. Je ne veux pas être le serviteur d'un gouvernement dont je ne sais rien. Adresse toi plutôt à Charvier, il brûle de rendre service à une grande cause alors, tu penses, l'installation de la république... Et puis Charvier c'est un notaire, un homme de loi, il ne sera pas effrayé par la paperasse.

- Maître Charvier ne peut être maire, Pierre, tu le sais et c'est justement parce qu'il est notaire. Trop de gens lui diraient qu'il agit par esprit de revanche, pour prendre une place que les autorités de naguère n'ont pas voulu lui reconnaître. Toi, tu es incontestable, tu es républicain.

- Reste à ton poste, Augustin. C'est le meilleur service que tu puisses rendre. Nous avons tous besoin d'un peu de temps. D'abord pour savoir ce qui se passe puis pour décider.

Giovanni, qui ne s'était pas jusque là senti le droit d'interrompre l'échange entre les deux hommes, intervint alors. L'annonce de cette révolution le concernait. Avant de quitter Bardonnechia, Luigi lui avait appris qu'en Italie de grands bouleversements se préparaient. La révolte de Naples, en janvier, qui avait abouti à la mise en place d'une constitution n'en avait été que le premier soubressaut. Charles-Albert, le roi du Piémont, devrait lui aussi laisser la parole à son peuple. Ce qui se passait en France pouvait préfigurer ce qui se passerait bientôt chez lui, de l'autre côté du col de l'Echelle.

- Cela fait des années que les gens sont privés de parole alors aujourd'hui ça risque de partir dans tous les sens. On veut tous des choses contradictoires et bien tant pis. Faisons comme si tout était possible.

- Giovanni et Pierre ont raison, risqua Madeleine, Augustin tu dois rester le maire pour transmettre tout ce que l'on dira aux nouvelles autorités. Nous sommes des paysans, les grands discours c'est seulement à la messe, le dimanche, qu'on aime les entendre.

Augustin Roux s'était détendu. C'était sa première révolution et il ne savait pas trop quelle attitude adopter... Il avait offert sa démission par réflexe et si les propos de

Pierre ne l'avaient pas complètement rassuré il en tirait la conclusion qu'il devait conduire les premiers pas de la République dans son village. Dès demain, il réunirait le conseil municipal puis l'ensemble de ses administrés pour les informer et s'assurer de leur calme. Il irait ensuite à Briançon exposer les réactions de ses conci-toyens. Si, malgré tout, des débordements devaient se produire, il aviserait. D'ailleurs, il pouvait compter sur la brigade de gendarmerie... Il prit congé des patrons de l'Aigle des Alpes et de Giovanni.

En rentrant chez lui, par l'unique rue qui traverse le village, il frémit quelques instants à l'idée que la petite garnison, cantonnée dans le fort, pourrait intervenir pour défendre la monarchie. Il se rassura aussitôt en pensant qu'un homme aussi prudent que le commisaire Cécherin n'avait pu faire allegeance au nouveau pouvoir qu'avec la certitude de ne prendre aucun risque. Du coup la citadelle lui parut, malgré son imposante silhouette, presque sécurisante. Demain, c'est sûr, il proposerait qu'on organise une promenade aux lampions devant les remparts. Il s'assurerait ainsi des sentiments républicains des soldats.

Cette pensée le ragaillardit et renforça le sentiment d'optimisme qu'il éprouvait depuis l'entrevue avec l'aubergiste. Thévenot et Charvier l'avaient tour à tour incité à faire cette visite mais c'est sa femme qui lui avait soufflé l'idée de lui proposer le poste de maire. C'était une excellente trouvaille et il la remercierait tout l'heure dans leur chambre sous les couvertures...

Et tandis qu'Augustin Roux, le sourire gourmand, descendait la rue de Château-Queyras, plus haut, dans sa forteresse, le commandant de la garnison, Eugène Cartier, s'interrogeait... C'est dans l'après-midi que le capitaine Tixaire, son second, lui avait annoncé la chute de Louis-

Philippe et l'ordre donné par le gouvernement provisoire de consigner la troupe. Eugène Cartier n'avait montré ni émotion ni regrets : il avait servi sous les ordres du Prince de Joinville -le fils du roi- mais c'était insuffisant pour l'inciter à mettre son épée au service d'une tentative désespérée de restauration de l'ordre. Pour se rassurer sur la pérennité de sa mission il s'était cependant appliqué à inspecter sa forteresse guettant peut-être un signe de fébrilité chez ses hommes. Mais tout semblait calme au château, comme dans le bourg assoupi par l'hiver. Alors il s'était attardé parmi cet enchevêtrement d'ouvrages qui se disputaient le rocher et qui, depuis de longs mois, était son univers. Tourelles, courtines, bastions, magasin d'artillerie, corps de garde, cuisine, il était allé partout... Mais parfois son regard s'évadait vers ce monde immobile qu'une révolution tentait de bouleverser : vers le ravin de Bramousse et ses forêts de mélèzes, vers la Bosse de l'Ange Gardien, vers la Dent du Ratier. Et puis là-bas, par delà le Guil bouillonnant et Ville Vieille endormie, vers le Bric Bouchet...

Il avait ensuite regagné le premier étage du donjon où il logeait. La vaste pièce, tapissée de cartes, était faiblement éclairée et dans son fauteuil, les yeux mi-clos, le commandant Eugène Cartier réfléchissait à l'absurdité de sa situation. Lorsqu'il était arrivé à Château-Queyras, au cours de l'été 1847 il avait tout de suite compris : cette forteresse en travaux depuis bientôt deux siècles ne pouvait avoir d'autre mission que celle d'incarner la primauté du pouvoir central dans une province qui regrettait son autonomie passée... Elle était dominée par le plateau du Randon à l'ouest, celui du Rouet à l'est et de Chaloup au sud. D'éventuels assaillants auraient eu tôt fait de la réduire. Et d'ailleurs comment la forteresse aurait-elle pu avoir la prétention d'arrêter les envahisseurs venus de la plaine du Pô, elle qui barrait la route des gorges du Guil mais laissait sans défense Abriès et Aiguilles exposées, plus à l'est, à toutes les convoitises ?

Eugène Cartier était artilleur mais à Château-Queyras il était devenu terrassier à la demande du Comité des Fortifications inquiet des retards pris par les travaux et peut-être méfiant à l'égard du soumissionnaire qui avait, par deux fois, exigé des majorations sur les devis. L'édification des casemates et le fait de devoir discuter le prix du moindre remblai supplémentaire ne le passionnait pourtant pas. Ainsi, sa frustration de ne plus être tout à fait un soldat avait augmenté au fil de son séjour...

Et ce soir, assis dans son fauteuil, un chat ronronnant sur ses genoux, il avait pris la ferme résolution de ne pas intervenir pour modifier le cours d'événements dont on le forçait à n'être que spectateur...

CHAPITRE 14

A l'Aigle des Alpes, cette nuit, on n'a pas beaucoup dormi. De sa chambre au premier étage, Giovanni a entendu tous les bruits qui trahissent l'inquiétude d'une maison. Le couinement de l'escalier qui mène à la cuisine, les chuchotements, le craquement des lits... Il se réveilla, taraudé par l'idée qu'il lui fallait d'abord finir le cadran. Il chercha des yeux l'échafaudage mais il ne distingua, dans la pénombre, adossé au mur de la chambre, qu'un coffre bancal sur lequel était posé un miroir ébréché. Il fit un demi-tour dans sa couverture, pour mieux se venger de huit jours de voyage et de départs à l'aurore mais ne put se rendormir...

Ainsi la révolution avait eu lieu, ici, en France, avant le printemps mais qu'allait-elle changer pour des hommes comme lui ? L'espoir de Giovanni s'en trouvait écartelé. Hier au soir, lorsque Augustin Roux les avait quittés, Pierre lui avait confié ses craintes. Pour le patron de l'Aigle des Alpes la révolte parisienne, si elle n'était pas suivie par des soulèvements en province, risquait de déboucher sur le simple remplacement des dirigeants d'hier par le même type de gouvernants.

Il fondait sa conviction sur la lecture assidue du “National” et sur les discussions qu'il avait eues avec le notaire, fervent lecteur du journal lui aussi.

- Et maître Charvier, au fait, qu'est-ce-qu'il en pense de la révolution, avait demandé Giovanni à Pierre.

- Oh ! il doit considérer qu'elle ne comporte que peu de risques. La police a pourchassé efficacement toutes les associations ouvrières ou paysannes. Pour moi, en revanche, la République qui va renaître risque d'être rapidement confisquée si nous n'établissons pas immédiatement le suffrage universel.

- Crois-tu que cela sera suffisant. J'en ai tellement vu qui sont encore sous l'influence de leur curé ou de leur propriétaire...

Cette remarque avait laissé Pierre songeur et ils s'étaient quittés la-dessus.

Les bruits du rez-de-chaussée qui parvenaient maintenant jusqu'à la chambre de Giovanni indiquaient que l'auberge était réveillée. Il décida de se lever mais, lorsqu'il descendit dans la salle, seule Madeleine s'affairait au milieu des clients. Pierre, lui dit-elle, s'était rendu à la mairie à la demande d'Augustin Roux.

- Bon, eh bien ! je vais aller voir à quoi ressemble maître Charvier.

Madeleine l'accompagna sur le perron et lui dit :

- Viens, je vais te montrer un racourci.

Elle désigna un ravin profond creusé par le torrent de Souliers. Les roches avaient été arrachées à la montagne par plaques. Le soleil n'y avait pas encore pénétré et Giovanni remarqua quelques sapins qui se crampon-naient au-dessus du vide.

- Tu vas suivre le torrent sur une centaine de mètres, puis tu grimperas vers le Rouet par ces lacets qui partent à droite. Tu verras, c'est une grande maison adossée à la montagne, dans un épais bosquet de mélèzes. Tu ne peux pas te tromper.

Giovanni s'engagea dans l'ombre et escalada gaillardement, pour se réchauffer, l'étroit sentier taillé dans la rive abrupte du torrent. Il aperçut bientôt une vaste demeure qui émergeait d'un bouquet de branches dépouillées par l'hiver. Il remarqua une façade claire, largement ouverte au sud, accaparant la lueur qui jaillissait à l'est des gorges du Guil. La toiture en lauzes grises reflétait une lumière étrange forçant Giovanni à la quitter des yeux. Il pensa que les travaux de terrassement avaient dû être gigantesques pour permettre à une telle bâtisse de prendre place en des lieux aussi escarpés. Car elle était solidement assise et le chemin qui finissait en pente douce, par une allée rectiligne de sapins, lui conférait un caractère majestueux en imposant à toute la vallée.

Giovanni franchit les derniers mètres de l'allée, puis gravit les marches d'une terrasse étroite et s'arrêta quelques instants pour reprendre son souffle. La porte était entrebaîllée. Il allait frapper quand une voix l'interpella.

- Donnez-vous la peine d'entrer, je vous attendais.

Maître Charvier apparut dans l'embrasure lui tendant la main.

- Mme de Bardonèche m'a beaucoup parlé de vous et vous tient en haute estime. Quant à moi je suis ravi de faire votre connaissance.

Giovanni sentit une sorte de honte l'envahir. Il prit conscience que pendant ce voyage il avait tout simplement oublié la Marquise. Son arrivée à "l'Aigle des Alpes", les retrouvailles avec son ami Pierre Arnoux, l'ambiance chaleureuse, l'annonce de la révolution, avaient contribué à effacer momentanément son souvenir... Giovanni entra, poussé par le notaire. Il s'imprégnait des lieux. Il avait pris cette l'habitude d'observer, ce qui le renseignait utilement sur la personnalité de ses commanditaires. Il répondit donc à maître Charvier :

- Madame de Bardonnèche me fait l'honneur d'être mon amie, c'est une personne de grande valeur morale.

Tout en l'écoutant il nota que la maison était tenue avec un soin remarquable. Parfois, lui, le voyageur, admirait ces intérieurs rigoureux et propres. Les planches du parquet étaient glissantes. Les boiseries luisaient. Une agréable odeur de cire émanait des meubles. Soudain il regarda la pointe de ses chaussures boueuses. La terre noire commencait à sécher en prenant une teinte claire. Un grand poêle ronflait au centre de la pièce, cherchant à étouffer une humidité froide, issue des rus environnants, guettant, pour pénétrer dans la vaste demeure, le moindre interstice. Le torrent de Souliers, en contrebas, propageait une rumeur de roches rageu-sement bousculées qui, par instant, couvrait le sifflement des bûches expirantes.

Maître Charvier, en parlant, se mit à préparer méticuleusement sa pipe. Il la cura avec soin et sortit une blague à tabac de la poche de sa veste en velours noir, qui dégageait une odeur douce de bois et de caramel. Il la bourra.

Giovanni quitta des yeux la pointe de ses chaussures et en profita pour observer le notaire. Il avait une chevelure blanche qui tombait sur les épaules. Il se dit que c'était un homme affable mais dont les idées étaient sûrement bien arrêtées. Intelligent, ses yeux le disaient, mais vraisemblablement très pointilleux, rangé, métho-dique, ordonné, précis, bref un client difficile qui ne pardonnerait rien. Il surprit la mobilité des muscles du visage qui tranchait avec la précision du geste trahissant une nervosité cachée ou du moins un certain malaise. Sa peau blanche, parcheminée, lui donnait l'air d'avoir vécu longtemps mais mal. Giovanni pensa que cet homme avait perdu, jusqu'aux chimères qu'il avait poursuivies sa vie durant. Il s'aperçut alors que maître Charvier était voûté, terriblement écrasé. Sa veste bien coupée montrait des traces d'usure aux coudes, indices d'un travail de bureau de lecture et d'écriture assidus.

La présence d'une volumineuse bibliothèque qui couvrait deux longueurs de mur semblait confirmer que le notaire était un érudit. Les livres s'alignaient, soigneusement rangés sur leurs étagères. Le nom d'un auteur attira Giovanni : Bedos de Celle. Maître Charvier connaissait donc "Le Traité de Gnomonique Pratique". Cela le réjouit, ils allaient pouvoir discuter d'un sujet qui lui tenait à coeur. Mais le notaire lui adressait de nouveau la parole en insistant.

- Je vous disais, monsieur Zarbula, répéta Charvier, je vous disais qu'il ne faut pas être gêné, nous avons tous de la boue à nos chaussures. La montée au Plateau du Rouet est magnifique mais difficile et l'on est bien obligé de poser un pied devant l'autre n'est-ce-pas ? Je vous remercie d'avoir bien voulu faire tout ce chemin depuis le Piémont pour satisfaire mes caprices artistiques.

Maître Charvier s'avança, le prit par l'épaule et le conduisit au salon en appelant :

- Justine ! Justine ! apporte-nous deux portos veux-tu !

- Voilà, Maître ! répondit une voix fraîche.

- Au fait aimez-vous les livres, Monsieur Zarbula ? Moi, je ne peux m'en passer.

Charvier le fit asseoir dans un fauteuil dont la mollesse surprit Giovanni au point qu'il perdit l'équilibre et s'affaissa vers l'arrière comme happé par un gigantes-que aimant. Les ressorts gémirent sous son poids. Le notaire fit mine de n'avoir rien remarqué. C'est dans cette position instable que Giovanni entendit le tintement cristallin des verres qui s'entrechoquaient. La frêle silhouette d'une jeune fille s'encadra dans l'embrasure de la porte. Elle eut un temps d'arrêt puis pénétra franchement dans la pièce. Giovanni sentit que le regard du notaire s'enflammait d'une lueur nouvelle.

La jeune fille posa le plateau et se retourna vers Giovanni le toisant d'un regard coupant comme une lame. Son visage ovale était piqué de tâches de rousseur. Un nez effronté, une chevelure lisse tirant sur le roux, des yeux verts, émurent le cadranier qui venait tout juste de se caler confortablement dans le fauteuil. Une chaleur l'envahit, il reconnut la sihouette de la veille, mais surtout... il crut revoir les traits émouvants d'Isabella. Il glissa simplement :

- Ce porto est excellent !

- En effet, je le fais venir de Porto même, en fûts de chêne. Avant de le boire il repose une année entière, à l'abri, dans ma cave.

- Alors, aimez-vous les livres Monsieur Zarbula, vous ne m'avez toujours pas répondu ?

- Oui, maître, je suis un peu comme vous, semble-t-il. Mais j'ai classé les livres en trois catégories. De certains je ne peux me passer. Voyez-vous le "Traité de Gnomonique de Bedos de Celle" m'est indispensable, je le connais bien, très bien, même s'il ne dit pas tout sur la manière de calculer la position des heures. D'autres, en revanche, je les lis pour agrémenter le temps, pour rêver, pour retrouver les sensations que j'ai déjà éprouvées dans mes précédents voyages. Mais je dois vous dire que... j'ai découvert une troisième catégorie d'ouvrages. Ce sont les ouvrages qui me servent à réfléchir sur ce monde qui nous entoure. Il n'y a pas longtemps je pensais trouver toutes les réponses à mes questions dans la nature. Aujourd'hui devant le monde qui bouge si violemment, je ne comprends plus rien, je me demande même si l'idée de nature n'est pas un leurre. En tous cas mes anciens moyens d'explication ne me suffisent plus.

- Oui, je vois, nous pensons tous deux aux événements parisiens, européens même ! Et je vous comprends un peu Monsieur Zarbula. J'ai moi même parcouru un chemin presque identique au vôtre. Cependant une chose les différencie, ils sont inverses. J'ai cru longtemps que les hommes par leur raison-nement, par leur littérature, pouvaient tout expliquer mais j'en suis venu à croire aujourd'hui que beaucoup de réponses sont dans la nature. Et vous savez, la nature de cette nature dont vous parlez, c'est un peu l'âme du bois dont chacun d'entre nous est fait.

Le notaire soupira, visiblement satisfait de ses remarques.

- Mais, venons-en à notre objet. Voilà, je voudrais vous passer commande d'un cadran pour cette maison du Rouet. Vous en avez fait de nombreux. Je les trouve d'une précision et d'un doigté remarquables. Cependant j'ai vu celui de Mme de Bardonnèche et, pardonnez-moi, mais je le trouve, disons, un peu chargé. J'aimerais en ce qui me concerne quelque chose de plus sobre avec un encadrement multiple comme vous savez si bien les réussir. Vous savez, un de ces cadrans qui donnent une impression de profondeur. Je choisirai, pour l'exemple, celui que vous avez peint sur la mairie de Cervières. Quoique les colonnades me paraissent un peu excessives.

- Bien entendu, Maître, il en faut pour tous les goûts. Peut-être seriez-vous plus près de la lune que du soleil. Ou bien pensez-vous que pour découvrir le jour il faut à tout prix connaître la nuit ? Peut-être cherchez-vous un équilibre ? La lune aussi rayonne la nuit. Ou plutôt je devrais dire que si elle ne produit pas les rayons elle-même elle a la sagesse de les réfléchir. Du moins montre-t-elle que le soleil continue à luire même quand la terre est dans l'ombre.

- Oui, vous avez raison, c'est tout ça à la fois, je vais opter pour cette solution. Mais suivez-moi, je souhaiterais examiner avec vous la forme générale et l'emplacement du cadran...

Ils sortirent pour étudier la façade. Maître Charvier pria Giovanni de bien vouloir déjeuner. Le cadranier accepta de bonne grâce au grand dam de Justine qui n'avait pas prévu un couvert de plus. Elle le fit comprendre à sa moue réprobatrice que le notaire essaya d'estomper par quelques traits d'esprit. Le notaire et le cadranier poursuivirent ainsi leur discussion une bonne partie de l'après-midi sur les formes, les couleurs et les tons. Ils parlèrent des maximes.

- Le texte, Monsieur Zarbula, son sens me tient beaucoup à coeur. Mais comme d'une part il n'y a pas de vérité unique et que d'autre part j'aime l'humour, je souhaiterais que nous trouvions deux phrases contradictoires sur ce cadran. Pourriez-vous faire cela ?

- C'est possible maître, pour ne rien vous cacher la contradiction c'est aussi mon petit plaisir.

Ils se mirent donc d'accord sur une maxime à laquelle ils donnèrent un double contenu. D'un côté il y aurait: "Moi c'est le soleil qui me gouverne, vous c'est l'ombre."

Maître Charvier devenait volubile.

- Oui, c'est ça, le soleil fait vivre le cadran mais pour nous la vie n'a de sens que par rapport à l'ombre par rapport à la mort qui nous attend, nous les hommes.

- De l'autre côté, il y aurait la sentence paradoxale : "Toi c'est l'ombre qui te gouverne, nous c'est le soleil", fit remarquer Giovanni.

Et maître Charvier acquiesça.

- Nous y sommes, le cadran ne donne l'heure que par son ombre, l'ombre du style. L'homme, lui, ne peut évoluer, vivre que par et grâce au soleil. Imaginez-vous,

Monsieur Zarbula, un monde sans soleil ?

- C'est vrai, tout est dans tout, l'ombre n'existe que par la lumière, la lumière ne se repère que par rapport à l'ombre. La vie peut être une illumination et faire de l'ombre à la mort.

- Vous ne croyez pas si bien dire, Monsieur Zarbula, depuis que Justine est là, ma vie explose de lumière.

Le notaire souriait à cette évocation, il paraissait avoir rajeuni.

L'après-midi touchant à sa fin, Giovanni aborda la question de sa rémunération, mais le notaire le rassura.

- L'argent n'est pas un problème pour moi, vous fixerez votre prix, vous avez la réputation d'être un homme raisonnable, je fais confiance à votre honnêteté. Je sais que vous avez plus le goût du travail bien fait que celui de l'argent. Mais il faut vivre, bien sûr...

Ils topèrent là. Le soleil déclinant avait disparu depuis longtemps. Giovanni se leva :

- Je vais rentrer avant la nuit. Dès demain je me mettrai au travail.

En sortant, il vit l'Aigle des Alpes qui commençait à s'illuminer quelques centaines de mètres plus bas. Pierre Arnoux était en train d'allumer l'âtre de la vaste salle à manger... Au bout de quelques pas il se retourna avec cette impression coutumière d'être observé. Mais il ne vit rien d'autre que quelques hêtres et de longs mélèzes, gardiens fidèles du Rouet, qui s'agitaient. Un vent vespéral soufflait depuis les gorges, annonçant une nuit glacée.

CHAPITRE 15

Le petit chemin qui descendait du plateau du Rouet vers Château-Queyras était encombré de neige. Giovanni Francesco s'y était engagé à regret, se retournant souvent vers la maison du notaire, dans l'espoir d'apercevoir Justine. Mais les volets de la grande bâtisse étaient maintenant fermés et il en voulait à maître Charvier pour l'intimité qu'il avait dû retrouver auprès de sa gouvernante.

Il s'enfonça jusqu'au mollet, dans la neige mêlée de boue. Ses bottes fatiguées ne le protégeaient plus du froid et il avait hâte de retrouver la chaleur de l'Aigle des Alpes. La nouvelle de la Révolution avait dû probablement se répandre et il imaginait Pierre contenant difficilement la curiosité de ses clients.

Malgré l'heure tardive la rue semblait agitée et Giovanni entrevoyait un attroupement d'hommes et de femmes au pied du chemin qui menait au fort.

Augustin Roux était au milieu d'eux. Un des hommes tenait une torche et semblait vouloir engager les autres à le suivre en direction de la forteresse. Arrivé à leur hauteur, Giovanni reconnut Joseph Marin ami de longue date de Pierre. Joseph haranguait le groupe :

- C'est maintenant qu'il faut demander aux soldats de nous rejoindre. On peut avoir besoin de leurs fusils.

Certains paysans acquiescèrent à ses propos, d'autres paraissaient dubitatifs mais tous avaient l'air joyeux comme s'ils se préparaient à une fête.

Augustin essaya, maladroitement, de calmer leurs ardeurs :

- Les soldats sont avec nous, ils obéiront au pouvoir civil mais jamais aucun d'eux n'acceptera de nous laisser rentrer, comme ça, dans le fort, ce soir.

- Tu as peur, Augustin, voilà la vérité, cria Joseph. Cela fait des années que tu es mort de trouille. Chaque fois que ça cogne tu tournes la tête. Des exemples de ta lâcheté j'en ai des tas. Tu t'es planqué quand les gendarmes ont arrêté ce pauvre Chapin coupable d'avoir coupé un peu de bois. Tu t'es planqué quand on a voulu, l'été dernier, arrêter la voiture du sous-préfet pour l'obliger à nous écouter. On n'en finirait pas de compter les fois où tu t'es planqué. N'oublie pas Augustin que tu es notre maire parce qu'on l'a bien voulu, parce que ton père l'avait été avant toi et que tu connais mieux que nous les règlements. Aujourd'hui tu peux plus te planquer. Tu vas marcher devant nous. Tiens... Prends la torche. On te suit Monsieur le maire... Pour Augustin la journée finissait de façon aussi rude qu'elle avait commencé... Il avait été tiré du lit, à l'aube, par Bellon le percepteur. Celui-ci était effondré et persuadé que le village allait mettre à sac sa perception. Il venait d'apprendre la nou-velle de la Révolution par le brigadier de gendarmerie. Il demandait protection à Augustin. L'entrevue entre le maire en bonnet et chemise de nuit et le percepteur au costume empesé eut pour témoin impromptu Pierre Arnoux qui la relata plus tard à Giovanni. Pierre s'était rendu chez Augustin pour prendre connaissance des dépêches officielles et il avait été surpris d'y trouver le percepteur endimanché. Le tableau ne manquait pas de pittoresque...

D'un côté, assis sur le bord de son lit, mal à l'aise, le premier citoyen de Château-Queyras, de l'autre, se tortillant sur une chaise, le collecteur de l'impôt. L'arrivée de Pierre, à cette heure, les inquiéta tous les deux. Le percepteur partageait avec le préfet Curel la conviction qu'il suffisait de quelques administrateurs consciencieux pour gouverner la France. Il n'imaginait pas une seconde qu'il lui faudrait partager cette mission avec des hommes aussi frustes qu'Augustin Roux et il espérait que l'ordre serait bientôt rétabli. L'irruption de Pierre Arnoux le paniquait. L'aubergiste représentait pour lui la vraie Révolution, celle qui finit dans le bruit des fusillades. Il éprouvait à son encontre un mélange de dédain et de crainte. Cela faisait des années qu'il voulait quitter ce coin perdu où aujourd'hui il se sentait prisonnier. Voilà, enrageait-il, où menait une politique trop libérale, qui, sous pretexte de justice, aidait les pauvres et les ignorants. On augmentait du même coup le nombre des miséreux et des mendiants qui venaient passer leurs journées dans les cafés à s'abreuver de vin et de discours... Mais maintenant il était trop tard et il lui fallait affronter la colère d'Arnoux.

Augustin n'avait pas les mêmes raisons d'être inquiet que le percepteur. Il craignait simplement que Pierre ne se soit ravisé et qu'il ait décidé d'accepter le poste de maire, poussé par Madeleine ou son ami piémontais. Il s'apprêtait à développer des arguments pour justifier son maintien lorsque Pierre les avait rassurés tous les deux.

- Je voudrais voir les dépêches que tu as reçues Augustin car il ne faut pas que l'on raconte n'importe quoi.

- Laisse-moi m'habiller et viens avec moi à la mairie.

Je voulais d'ailleurs aller te chercher avant de réunir le conseil.

Il ajouta, avisant le percepteur qui s'était recroquevillé sur sa chaise :

- Monsieur Bellon vient de m'assurer de son dévouement et je lui ai dit, en notre nom à tous, qu'il était en sécurité à Château-Queyras.

Augustin et Pierre, après avoir pris congé du percepteur, s'étaient ensuite rendus à la mairie. Le vent avait dégagé le ciel et le soleil se levait derrière la crête de la Lauze. La forteresse, immuable sur son rocher, émergeait de la nuit.

Germain Thévenot était déjà là. Lui non plus n'avait pas dû beaucoup dormir. Il était responsable du maintien de l'ordre et avec seulement cinq gendarmes cela risquait d'être difficile si les autorités civiles ne l'appuyaient pas. Il fut donc soulagé de voir Augustin et Pierre côte à côte car cela signifiait qu'il n'y avait pas de cassure dans la petite communauté.

La réunion extraordinaire du conseil municipal, qui eut lieu en présence de Pierre Arnoux et Germain Thévenot, commença par le vote de deux voeux adressés au préfet. L'un pour assurer le gouvernement provisoire du soutien unanime du conseil municipal de Château-Queyras, l'autre pour souhaiter que l'ordre soit maintenu dans le département. Sans le savoir, par pur réflexe, les conseillers municipaux du petit village avaient anticipé sur 1'attitude de leurs collègues du chef lieu...

Pierre Arnoux manifesta son désaccord avec la dernière proposition car il pensait que c'était là un signe de méfiance vis-à-vis des républicains authentiques. Il fut suivi par trois ou quatre autres conseillers. Mais le plus virulent fut sans conteste Joseph Marin. Celui-ci réclama l'autodissolution du conseil et l'organisation d'une assemblée de tous les habitants afin de prendre, disait-il, “de véritables mesures révolutionnaires.” Il proposa ainsi l'arrestation de ceux qu'il appelait les “royalistes patentés” au nombre desquels il rangeait le percepteur. Mais il insista surtout sur la nécessaire révocation des gardes forestiers.

Augustin Roux eut beaucoup de peine à endiguer les effets de tels propos sur les autres élus. Afin de ramener le calme dans son conseil il invoqua la nécessité de se conciler d'abord la force armée qui, de son fort, pouvait mater toute révolte... La suite de la réunion fut d'autant plus tendue qu'un gendarme à cheval venant d'Embrun apportait une lettre officielle contenant des nouvelles alarmantes. Le préfet Curel, y apprenait-on, allait quitter Gap laissant la situation entre les mains de son secrétaire général et de deux avocats de la ville dont l'un était un ancien député. Profitant sans doute, disait la lettre, de la confusion qui régnait, une révolte avait éclaté à la maison centrale d'Embrun et l'on pouvait s'attendre dans les jours prochains à d'autres débordements. Dans de nombreux villages, le capitaine de gendarmerie auteur de la lettre était affirmatif sur ce point, des élus avaient été molestés aux cris de “Vive la République ! Plusieurs maires avaient été contraints de donner leur démission et avaient été remplacés sur le champ par des républicains déclarés.

L'annonce de ces différentes péripéties eut au moins pour effet, de tempérer l'ardeur de Joseph Marin qui ne se sentait peut-être pas prêt à conduire une révolution de cette ampleur...

Au dehors, malgré le froid qui saisissait le village, la convocation du conseil municipal en séance extraordinaire n'était pas passée inaperçue. Peu à peu les habitants de Château-Queyras, délaissant leurs travaux habituels et pressentant que quelque chose de grave était arrivé, s'étaient rassemblés en face de la mairie. Des bruits contradictoires avaient couru depuis le matin. Bien sûr, on parlait, surtout du côté de l'Aigle des Alpes, d'un départ du roi mais certains évoquaient aussi un glissement de terrain du côté de Guillestre. La petite communauté était inquiète et cette peur diffuse la poussait à braver l'hiver...

Aussi, lorsque Germain Thévenot, sur ordre d'Augustin Roux, avait placardé la dépêche officielle sur le fronton il fut applaudi presque avec soulagement. Une Révolution c'est plus facile à maîtriser que les colères du Guil.

Des groupes se formèrent pour commenter la nouvelle. Puis une femme, juchée sur une charrette, profita de cette tribune improvisée pour lancer un retentissant :

-"Vive la République ! A bas les gardes forestiers !"

Elle fut à son tour applaudie. La démission des gardes forestiers apparaissait à chacun comme la première des mesures révolutionnaires. Elle signifiait le retour à la libre utilisation de la forêt... La foule se referma et réclama le maire. Augustin sortit.

- Mes amis, je vous demande de rester calmes. Le roi a abdiqué. La République vient d'être proclamée à Paris.

Quelqu'un lança :

- Pas de discours, Augustin, des actes !

Puis un autre :

- Plus de percepteurs, plus de gardes forestiers, rétablissons le droit de pâturage partout !

Augustin, qui ne maîtrisait plus la situation, demanda à Pierre Arnoux de le rejoindre mais Pierre refusa énergiquement :

- C'est à toi d'assumer les décisions prises par le conseil municipal. Et puisque tu veux maintenir l'ordre, tu n'as qu'à demander aux gendarmes d'intervenir.

Augustin donna l'ordre à Germain Thévenot de déployer ses hommes autour du perron pour contenir les villageois... Il songeait au récit de la prise des Tuileries qu'enfant il lisait dans un gros livre et s'apprêtait, tel le roi Louis, à faire don de sa personne pour sauver l'Etat. Il attendait une balle mais ce qu'il reçut en pleine poitrine, dans un éclat de rire devenu général, ressemblait plutôt à une motte de terre.

- Les gendarmes avec nous, scandait maintenant la petite foule.

Et comme ceux-ci hésitaient à descendre pour rejoindre les paysans ce furent les paysans qui rejoignirent les gendarmes débordés... sur le perron.

Augustin véritablement soulevé par la foule fut emporté vers la salle du conseil. La séance fut immédiatement levée et il décida, pour fêter l'événement et être à la hauteur de son rôle, de sacrifier deux tonneaux de vin. La première journée de la Révolution, à Château-Queyras, commençait donc à ses frais...

Et c'est ainsi que de déclaration en proclamation, Augustin Roux s'était retrouvé une torche à la main sous les remparts...

Giovanni rejoignit le groupe en quelques enjambées, et escalada avec lui le raidillon qui menait à l'entrée de la citadelle.

- La Révolution a changé ces hommes, pensa-t-il. Hier ils n'osaient regarder Augustin dans les yeux et recevaient ses sentences avec humilité en fxant le bout de leurs souliers... Aujourd'hui ils le poussaient devant eux, à l'assaut de la forteresse, ce symbole de l'ordre.

Mais lorsqu'il fut au milieu d'eux, il éprouva cependant quelques doutes sur leur détermination profonde. A l'évidence une journée d'effervescence et de discours avait favorisé un élan révolutionnaire auquel le vin de

Jarjayes n'était pas lui non plus tout à fait étranger...

La sentinelle en faction sur le mur d'enceinte, qui avait vu venir le groupe à la lueur des torches, tira un coup de fusil en l'air. Deux autres soldats sanglés eux aussi dans des uniformes bleus la rejoignirent derrière les remparts. Eugène Cartier, que le sous-officier de garde avait prévenu, observait la scène d'une fenêtre du donjon.

Les premiers rangs des attaquants se jetèrent au sol comme s'ils avaient dû se protéger d'un feu nourri. Visiblement amusé par l'effet de sa première sommation, le soldat récidiva. La seconde salve provoqua l'invasion d'un taillis. Giovanni, qui avait trouvé refuge derrière un muret, reçut alors dans les bras une vigoureuse paysanne à la chevelure claire. Il la connaissait pour l'avoir vue l'été dernier à Saint-Véran, c'était Jeanne Clavier de la ferme de Gaudissard.

- Excuse-moi, piémontais, dit-elle, mais je n'aime pas la mitraille. Mon mari est tellement saoûl que je ne peux pas compter sur lui pour me protéger.

Au troisième coup de feu, Jeanne enfouit sa tête dans le creux de l'épaule de Giovanni, qui pensa à Justine et serra la femme contre lui.

- Il vaut mieux ne pas rester dans le coin, ils sont bien capables de nous tirer dessus maintenant.

C'était la débandade dans les rangs des villageois. Augustin Roux, malgré les exhortations de Joseph Marin, ne chercha pas à parlementer. Il fit constater par les plus téméraires, restés dans la pénombre à une centaine de mètres de la porte d'entrée de la forteresse, que la troupe s'était calfeutrée derrière les remparts... Plus qu'un signe d'hostilité, le maire y vit un aveu de faiblesse :

- En refusant le contact avec nous, les soldats montrent qu'ils ont peur du peuple. Il vaut mieux ne pas les effrayer davantage.

Ce qui restait du groupe initial fut bien entendu d'accord pour lever le siège... Giovanni, que cette tentative avait plus amusé qu'apeuré était redescendu vers le village, Jeanne Clavier toujours appuyée à son bras. Son mari, Lucien, soutenu par deux autres paysans était trop mal en point pour se courroucer du comportement de sa femme : il avait vidé plusieurs pichets de vins et pour lui, la nuit promettait d'être longue.

Le groupe déferla en ordre dispersé dans le village. Certains retournèrent chez eux, d'autres prirent la direction de l'Aigle des Alpes. Pierre Arnoux, qui avait entendu les coups de feu et les clameurs, les attendait mi-sérieux mi-amusé sur la terrasse :

- Alors, Augustin, tu l'as réussie ta prise de la Bastille ?

- Je les ai retenus, ces imbéciles. Si les soldats avaient perdu leur sang froid et tiré au jugé, ç'aurait été un beau carnage.

- Tu as surtout retenu ta culotte lança Joseph Marin, mais on te connaît tu ne seras pas le Bonaparte du Queyras...

Rouge de colère Augustin brandit le poing en direction de Joseph qui n'attendait que cette occasion pour se colleter avec le maire, mais Pierre s'interposa :

- Rentrez, j'ai quelque chose à vous faire entendre.

A son invitation ils entrèrent dans la salle à peine réchauffée par le bois qui se consumait dans la cheminée. Mais tous avaient oublié le froid de février. Giovanni quitta ses compagnons pour descendre à l'étable nourrir Teppa :

- Je t'ai oubliée, ma grande, la Révolution rend ingrat tu sais.

- Et moi, le piémontais, tu ne m'as pas oubliée peut-être ? souffla une voix derrière lui. Jeanne Clavier se tenait dans l'encadrement de la porte, en la voyant Giovanni abandonna Teppa à la botte de foin qu'il avait éparpillée dans son râtelier.

- Tu devrais remonter là-haut, ton mari doit te chercher.

- Dans l'état où il est, il ne risque pas de s'apercevoir que je ne suis pas là. Et puis de toute façon, le Lucien, chaque fois qu'il me couche, il sait que me faire des enfants.

Giovanni pensa à Justine, à l'éclat de ses yeux verts, à ses hanches. Il aurait aimé qu'elle soit là, en face de lui, dans l'étable. Mais c'était Jeanne Clavier, l'oeil brillant, qui s'était approchée pour se plaquer contre lui.

- Tu as dû en voir des femmes toi, piémontais, dis-moi.

Giovanni n'avait pas envie de la repousser. Il lui rendit baisers et caresses resserrant progressivement son étreinte. Puis il se laissa tomber avec elle dans la paille humide. Insensible aux morsures du froid, Jeanne, allongée sur le dos, avait dégrafé son corsage et relevé sa robe. Giovanni se glissa entre ses jambes. Le ventre de la paysanne était chaud et c'est en pensant à une autre qu'il la prit. C'était sa première femme depuis des semaines...

CHAPITRE 16

A l'invitation de Pierre Arnoux, Henri Bonhomme, un paysan de Château-Queyras, lut la lettre de son fils, clerc de notaire à Gap, à la vingtaine de clients qui se trouvaient encore à l'Aigle des Alpes. Il éprouva de la fierté à l'idée de devenir, l'espace de quelques moments volés à cette journée si dense, le messager de la révolution. Il s'éclaircit la voix.

Les autres, que Giovanni et Jeanne avaient rejoints, faisaient cercle autour de lui. Augustin Roux et Joseph Marin, assis côte à côte sur un banc que Madeleine avait approché de la cheminée, avaient conclu une trêve. Le bois crépitait. Tous écoutèrent avec attention, comme lorsque Pierre lisait à haute voix un numéro du "National".

Gap le 28 février 1848.

Mon cher père, ma chère mère,

Je pense que ces quelques lignes vous trouveront en bonne santé ainsi que mes frères et soeurs. L'hiver n'en a pas encore fini avec nous que déjà j'espère vous serrer bientôt contre moi.

En lisant ces phrases Henri Bonhomme avait le timbre rauque et le front chaud. Il inspira avant de poursuivre d'une voix plus haute :

Vous devez maintenant savoir chers parents que de grands bouleversements ont eu lieu dans le pays. J'ai lu, ce matin le journal "La Réforme" que maître Potier, mon patron, reçoit de Paris. Il raconte comment la révolte a éclaté dans la capitale. Des ouvriers et des étudiants qui manifestaient le 23 février devant le ministère des affaires étrangères ont été tués par la troupe. Alors le peuple de Paris s'est soulevé. Il a pris les Tuileries et envahi l'assemblée. L'hôtel de ville a également été occupé et un gouvernement provisoire a été constitué. Le roi est parti. Le gouvernement provisoire a décidé de révoquer tous les préfets et il a fait proclamer la République. Il comprend des hommes remarquables, Lamartine, Ledru-Rollin, Arago, Marie, Crémieux, Louis Blanc, et un ouvrier Albert.

L'énoncé des noms fut ponctué de murmures : aucun de ces hommes n'était connu à Château-Queyras. Seul le nom de Lamartine évoqua quelque chose dans l'esprit de Giovanni...

Le journal décrit l'atmosphère qui règne à Paris et à l'Hôtel de ville comme étant empreinte de joie et d'espoir. Et je n'ai pu m'empêcher de penser que notre réaction à nous était bien timide. Bien sûr Gap avec ses huit mille habitants n'est pas une grande ville mais j'aurais aimé moi aussi constater que le vieux monde s'écroulait. Hélas il ne s'est pas passé grand chose. Avant de partir, nous a dit maître Potier, le préfet Curel va réunir le conseil municipal de Gap pour lui demander que l'ordre soit maintenu. Maître Potier n'est pas inquiet. Il pense qu'une fois finies les promenades aux lampions, le travail et les affaires reprendront comme avant. D'ailleurs il va proposer à ses collègues du conseil municipal de planter un arbre de la liberté que l'évêque bénira... Et chez nous que pense-t-on de tout cela ? Arnoux doit-être content, il l'a, sa république.

Pierre rougit à ce rappel et demanda à Madeleine de remplir à nouveau les verres. Henri Bonhomme poursuivit sa lecture.

Un de mes amis, lui aussi clerc à l'étude, a eu des nouvelles de Lyon. Là-bas il y a eu des mani-festations. Un couvent a même été pillé par les ouvriers tisserands. Je sais mes chers parents que vous désapprouvez les désordres, mais moi, depuis que je suis en ville, je les comprends mieux. Les pauvres, ici, ont toute la journée, sous le nez, le spectacle des riches... Je vais vous quitter sur ces réflexions car la flamme de ma bougie va s'éteindre. Je vous embrasse tous en attendant de vous serrer dans mes bras.

Votre Louis

Henri Bonhomme replia la lettre dans sa poche. Son auditoire était attentif, il ajouta :

- Louis est à la ville maintenant. Un jour il devra aller plus loin, à Grenoble ou ailleurs. Il ne peut plus penser comme nous. Et s'il voit des injustices je comprends que ça le révolte. Nous ici on a les deux pieds dans la boue, ça nous rend plus méfiants pour les idées nouvelles.

- Je pense, au contraire, que ton fils en disant tout cela est fidèle aux siens, reprit Pierre Arnoux, il va falloir nous mettre au travail si nous voulons construire un monde plus juste. A mon avis ce n'est pas la peine d'attendre du gouvernement provisoire des réformes qui dépendent d'abord de nous. La solidarité doit se renforcer et c'est à nous de le décider.

Giovanni, que Jeanne Clavier fixait imprudemment, approuvait les propos de son ami. L'organisation d'un véritable réseau de solidarité pour venir en aide à ceux que le destin frappait à travers la maladie ou l'accident lui apparaissait comme le socle de tout changement. Tonino le lui avait enseigné. Il ne s'exprima pas cependant car il était las. Il avait vécu cette journée en spectateur, ne se sentant pas le droit d'intervenir dans les débats qui avaient animé Château-Queyras. Il en était un peu frustré mais il pensait que c'était mieux ainsi. C'était dans son travail de cadranier qu'il exprimerait sa pensée.

Il voulut les laisser à leurs espérances et prendre congé de l'assemblée. Jeanne Clavier le regardait toujours tandis que son mari était effondré sur son épaule. Son insistance n'était pas passée inaperçue de Madeleine qui, en passant, lui avait soufflé en souriant :

- Tu as encore de la paille sur ton manteau !

Giovanni une bougie à la main regagna l'étage. Il y règnait un froid glacial et il se mit à regretter la chambre de Bardonecchia et sa grande cheminée. Il se sentit soudainement étranger. Enveloppé dans son manteau il s'assit à la table que Madeleine et Pierre lui avaient installée la veille. Ils y avaient disposé ses fusains, ses pinceaux et ses gros livres de dessin. Leur attention le toucha et chassa sa mélancolie. Il se mit au travail.

Il traça plusieurs esquisses qu'il se proposa de montrer dès le lendemain à maître Charvier. Les consignes du notaire étaient précises mais il s'en affranchit allègrement. Il les lui montrerait quand même pour lui prouver que l'imagination ne peut pas toujours être bridée. Peu lui importait que le notaire ne les retienne pas.

Il cherchait aussi à provoquer la réaction de Justine. Elle rirait certainement et c'est en pensant à elle qu'il força le trait. Il épuisa deux bougies à dessiner ainsi alors que le calme était revenu dans la maison.

Il se leva ensuite pour aller chercher dans son sac de cuir un petit livre que Luigi lui avait d'abord présenté comme un précis de géométrie et de dessin, suivi de quelques considérations générales. Giovanni avait été séduit par l'ensemble de l'ouvrage. C'était "le Livre du Compagnonnage" d'Agricol Perdiguier. Luigi le lui avait offert l'année de sa parution, en 1839 et, depuis, il le faisait suivre partout. Paradoxalement il ne l'avait pas lu en entier, préférant le savourer par bribes, dans le désordre des chapitres. Il se reportait bien sûr très fréquemment au début de l'ouvrage qui traitait du dessin linéaire. Mais il lui arrivait le plus souvent, lorsqu'il était seul sur la route, au terme d'une étape, de parcourir un chapitre où l'auteur évoquait ses idées. Luigi, qui fréquentait des associations secrètes mettant en cause plus ouvertement l'ordre établi était très critique à l'égard des différentes sociétés qui se réclamaient du compagnonnage. Mais il avait avoué à son ami avoir découvert, chez Agricol Perdiguier, lui même ancien compagnon, les mêmes réserves.

Le "Livre du Compagnonnage" avait réveillé la curiosité de Giovanni en la débarrassant de toute la nostalgie dont elle avait été jusqu'alors chargée. Il avait compris, des années après la mort de Tonino, le sens de son engagement. Et ceci grâce à Perdiguier qui décrivait avec justesse les interrogations dont de nombreux compagnons étaient porteurs. A quoi cela servait-il de prôner l'amour du travail, le respect de l'autre, la solidarité, la transmission de la connaissance, si l'on acceptait ou, pire, si l'on provoquait, d'incessantes querelles avec d'autres sociétés ? Le compagnonnage, Giovanni en dix années de voyage avait pu le vérifier, était bien le défenseur souvent intransigeant des ouvriers, mais à quel prix ? Ses divisions étaient exploitées par la police qui pourchassait impitoyablement toute coalition ouvrière. Ses rites étaient raillés par les jeunes ouvriers davantage préoccupés par le présent que par les références à une tradition qui n'était pas la leur... Perdiguier, lui aussi, déplorait les rixes entre sociétés rivales qui avaient défrayé la chronique dans de nombreuses villes, sur le tour de France. Il souhaitait une réconciliation de toutes les forces du compagnonnage et Giovanni ne pouvait qu'être séduit par ces propos de tolérance. Et puis, il était maçon et les légendes évoquées dans le livre lui faisaient chaud au coeur. A travers elles, il se sentait l'héritier des bâtisseurs de cathédrales. Peu lui importait donc que Luigi ait raison, lorsqu'il évo quait le déclin de cette forme d'organisation qui niait l'évidence : l'opposition entre les maîtres et les ouvriers. Il se sentait concerné par l'ouvrage comme si les espérances déçues de Perdiguier étaient les siennes. Il savait que la mécanisation croissante des ateliers avait uniformisé les objets et peu à peu fait disparaître les anciens métiers... Si cette perspective était douloureuse pour Giovanni elle était saluée comme porteuse d'espoir par Luigi attentif aux différentes grèves qui éclataient dans les fabriques et qui signifiaient, disait-il, que les ouvriers “avaient enfin abandonné le rêve utopique que leur salut résidait dans l'accession au rôle de patron”.

Les grèves, Giovanni, maçon, tailleur de pierre, refaisant les gestes qu'on lui avait enseignés, en était loin. Et ce soir encore il feuilletait le livre, s'attardant sur une idée ou sur une démonstration. Il revivait à travers ces pages le récit qui avait marqué sa mémoire d'enfant...

Deux hommes à l'habit singulier venaient chercher Tonino et après l'avoir topé, lui bandaient les yeux. Ils le conduisaient ensuite devant une table où un autre homme était allongé. On lui posait des questions dont Giovanni ne percevait pas le sens, on lui mettait un poignard entre les mains, on le soutenait, le tirant vers un étrange catafalque. Giovanni le regardait gravir les sept marches du temple. Des couleurs suspendues formaient l'équerre...

Puis il revint à ses cartons. Il n'avait plus froid et c'était le sommeil qui maintenant l'engourdissait comme lorsqu'il veillait toute la nuit à Bardonecchia. Il abandonna ses pots de couleur pour aller jusqu'à la fenêtre. Il l'ouvrit en faisant claquer les volets. Il respira à pleins poumons l'air froid qui jaillissait des gorges du Guil. La lune éclairait un ciel dégagé. Son regard s'attarda sur le pont, la route et plus loin les versants des montagnes. Le vent faisait craquer la barrière de bois, de l'autre côté de la rue, le long du ravin qui descendait vers le torrent.

Maintenant tout à fait réveillé le cadranier reprit ses dessins. Jeanne avait dû retourner chez elle, quant à Justine... Il chassa de son esprit l'idée qu'elle pouvait s'être glissée sous les draps avec le notaire et s'acharna sur une colonne dont il entailla la pierre à plusieurs endroits... Il froissa ensuite le dessin en imaginant que Charvier devait se contenter de l'observer à la dérobée guettant le moment où, par lassitude ou intérêt, elle accepterait d'être sa maîtresse.

Il voulut chasser ces pensées et son regard s'attarda sur un gros coffre en bois de mélèze installé au chevet de son lit. Pierre, qui réservait cette chambre à des clients de confiance ou à des amis, l'utilisait pour ranger le linge du couple, de grosses chemises et des draps tissés avec du chanvre du Champsaur. Il devait le tenir d'un de ses aïeux car le bois était patiné.

Mais ce qui attira Giovanni ce soir là, ce furent les dessins géométriques, croix, rouelles, rosaces à quatre ou six branches, qui l'ornaient sur les différentes faces et sur les pieds. Des dessins semblables à ceux qu'il avait déjà vus sur de nombreux meubles de la région, exécutés, ou plutôt creusés, au couteau. Des dessins qui le défiaient malgré les années et paraissaient lui dire qu'il n'était pas nécessaire d'avoir appris la géométrie... Giovanni, lui, était fier de ses connaissances. En traçant ses dessins il rendait hommage à Tonino mais aussi aux maîtres de Tonino. La vie est ainsi, chaîne ininterrompue... Les symboles n'appartiennent à personne, pensa-t-il. Ils sont le patrimoine de tous les ouvriers. Peu lui importait la colère de ceux qui s'en estimaient les seuls propriétaires. Il décida, lui qui n'était pas compagnon, de placer sur ses cadrans, en pleine lumière, le compas et l'équerre.

Clin d'oeil à Tonino. Clin d'oeil aux tailleurs de pierre d'Agricol Perdiguier qui, à travers les siècles, s'étaient transmis le secret du temple de Salomon...

CHAPITRE 17

Giovanni Francesco essuya son front perlant de gouttes de sueur. Il venait de mettre une dernière main à l'échafaudage qui allait lui permettre d'exécuter le cadran. En plein sud, vers les dix heures, avec un soleil cherchant à sortir de l'hiver, il sentait son corps réchauffé par l'effort.

Les rayons réverbérant contre la façade ocre de la bâtisse, lui faisaient cligner des paupières, presque douloureusement. Il ne fut pas fâché quand Justine lui apporta une bouteille de vin frais.

- Tenez désaltérez-vous !

C'était la première fois qu'elle lui adressait la parole. Giovanni, en prenant la bouteille, effleura sa main. Elle la retira précipitamment, prit un air renfrogné, le fixa quelques secondes et tourna les talons dans un froissement d'étoffe.

En la regardant s'en aller, le cadranier haussa les épaules. Il remonta sur son échafaudage, s'assit sur une planche et laissa pendre ses jambes. Portant le goulot à ses lèvres, il écouta un meuglement lointain, une clarine agitée frénétiquement puis le grondement du torrent de Souliers réinvestit l'espace. Il but une longue rasade de vin. Désaltéré, il laissa son regard remonter, du bois du Banc des Vaches vert sombre, vers les 2600 mètres enneigés du Pic du Cros en arrière plan. Puis il revint vers Le Rouet inondé de soleil, juste au-dessus de lui.

D'un bond leste, il sauta des planches et vint s'accroupir près d'un rocher, pour commencer à tracer sur une grande feuille de papier blanc, l'esquisse du tableau du cadran. Ensuite il plaça devant lui ses pots de couleurs, ses ocres, ses rouges, ses jaunes. Il commença à les étaler, faisant apparaître un croissant de lune d'où partirait le style, peignant des lignes courbes et parallèles pour supporter les chiffres des heures, réalisant ses encadrements multiples et ses pots fleuris avec application. A l'heure du repas, l'ébauche était prête.

Il la présenta à Maître Charvier, qui, prenant quelques pas de recul, dit d'un air docte :

- C'est très bien, c'est ce que je souhaitais, qu'en penses-tu Justine, ce sera ton cadran vois-tu ?

- Vous me gâtez maître mais je n'aime pas du tout ces pots de fleurs, je les trouve laids et prêts à vous dégringoler dessus au premier coup de vent.

Disant cela elle se tourna vers le cadranier laissant percer un sourire mi-moqueur, mi-provocateur.

- Oui, tu as sans doute raison, je me fie à ton goût, vous enlèverez donc ces pots de fleurs. Le reste ira très bien. Ah ! encore une petite chose, je souhaiterais que la ligne équatoriale subsiste. Voyez-vous c'est pour moi une marque, à la fois, d'équilibre et de rupture entre le bien et le mal, le jour et la nuit, l'aurore et le crépuscule, mettez-la en valeur !

Giovanni Francesco notait les remarques attentivement sans dire un mot, sans marquer aucun signe d'assentiment ou de désaccord. Le soir même il rendit une ultime esquisse que le notaire adopta...

Lorsqu'il reprit son travail, le lendemain, Justine l'observait, assise sur un muret de pierres grises, toutes humides de la rosée du matin.

- Ça t'intéresse les cadrans ?

Elle hocha la tête sans parler et Giovanni se mit à expliquer :

- Tu sais, le premier travail du cadranier c'est la préparation du plateau, dans un cadran c'est primordial. Il doit être bien vertical, sa surface parfaitement lisse, sans aucune aspérité. Tu vois tous ces trous dans le mur, je vais les reboucher. Le soleil, si tu veux qu'il t'indique l'heure, il faut savoir l'accueillir avec les honneurs. Alors d'abord, je dois lutter contre les méfaits du vent, du froid, de la chaleur qui maltraitent la roche. Je répare les dégâts des intempéries, les dégâts du temps en quelque sorte.

- Mais pourquoi c'est si important le plateau ?

- Ah ! mais tout, tout se passe sur le plateau ! Il reçoit les rayons du soleil comme toi des invités à table, il supporte les lignes horaires sur lesquelles les rayons solaires monteront leurs gammes, les gammes du temps. Enfin il supporte les symboles, les images, le message des hommes. Le tableau devient alors la parole du cadran par laquelle le soleil s'adresse aux mortels que nous sommes.

Giovanni Francesco laissa planer un instant de silence. Justine rêvait. Alors il reprit pour lui même peut- être, d'une voix basse :

- Et tu dois savoir, Justine, que ce cadran m'appartient tant qu'il ne parle pas. Mais après, dès que le premier rayon vient se poser, ici, pour la première fois, il n'appartient à plus personne. Même pas à celui qui l'a commandé ! Même plus à moi qui l'ai fait !

- Dis cadranier ! C'est un peu compliqué ce que tu me dis là. Hier c'est bien maître Charvier qui t'a indiqué ce qu'il voulait dessus, c'est lui qui te paye, qui te nourrit, le cadran il restera ici, chez Maître Charvier oui ou non ?

- Bien sûr, Justine et il sera encore ici dans longtemps j'espère. Ni lui, ni toi, ni moi ne seront plus de ce monde que lui parlera encore et toujours. Il appartient au soleil, à la maison peut-être, mais pas à nous les hommes.

Giovanni Francesco avait fini de gâcher son mortier. Il leva la tête. Les névés, sur la crête de la Glaisette, annonçaient maintenant de toute la force de leur éclat qu'il fallait commencer le crépi. Alors Giovanni, soudain, se tut, se hissa sur l'échafaudage et se mit à lisser la façade à l'emplacement prévu. Le soir, quand le soleil fut lentement absorbé par la Souchette, le plateau était dressé et ses limites soigneusement marquées.

La semaine suivante Giovanni se concentra sur un travail de pure gnomonique. Il calcula la latitude du lieu pour obtenir l'inclinaison du style, il rechercha la position du méridien, détermina la ligne équatoriale. Sous l'oeil de plus en plus intrigué de Justine il observa, nota, mesura en silence les ombres qui se contorsionnaient. Il captura les lumières fugitives.

- Vois-tu, Justine, tout ce que je fais, servira à rendre mon cadran juste, il ne mentira pas. Les lignes que je trace sur ce petit espace, si un jour il te prend l'envie de les suivre, elles te conduiront du soleil au centre de la terre. Celle-là, elle s'enfuit vers l'espace infini, là, tu feras un tour du monde complet...

Justine rêvait, songeait à ces domaines irréels, incompréhensibles pour elle. Mais ce qui l'avait étonnée le plus, c'est ce que lui avait dit Giovanni en riant :

- Si tu pars, plein sud, par la porte du salon et si tu files toujours dans cette direction, par là, vers les Sagnes, tu reviendras ici, dans quelques années, par le Serre de Crépaud et tu rentreras par la porte de la cuisine de l'autre côté de la maison !

Quand vint le moment de peindre les oiseaux au bec solide et aux teintes lumineuses, Justine, avec jubilation, l'aida à préparer les couleurs, à les diluer, à piler en fine poussière les ocres.

- Mais où as-tu vu des oiseaux pareils ? demanda-t-elle.

Alors Giovanni lui parla de son enfance avec Tonino peuplée des récits fantastiques de colporteurs venant de terres lointaines.

- Ce sont des oiseaux qui vivent sur d'autres continents. Les lignes que je trace les rejoignent parfois, au delà des mers. Ces oiseaux n'aiment que les grands arbres, des arbres comme on n'en a jamais vu ici. Il faut te dire Justine que dans ces pays il pleut toujours et il fait très chaud. Si tu les entendais crier parfois...

Et Giovanni se boucha les oreilles. Le cri srident des toucans et des gobe-mouches lui transperça les tympans... Il vit des couleurs et commanda brusquement à Justine :

- Rajoute du rouge ici, mets un peu de bleu par là...

Plus les jours passaient et plus Giovanni se perdait lui aussi dans le cosmos dans les espaces insondables des distances et du temps, des distances qui marquent le temps...

Un jour, Justine se rapprocha plus que de coutume et lentement pendant qu'il parlait, elle avait caressé son visage, plongeant ses yeux verts dans les profondeurs de sa pensée. Imperceptiblement, Giovanni avait senti le corps palpitant et chaud de Justine peser contre le sien qui se contractait sous l'effet de la surprise. Justine voulait-elle mieux le comprendre ou s'abandonner au simple plaisir charnel ? Toujours est-il qu'à l'instant où Giovanni ferma les yeux, une langue furtive, douce et parfumée, effleura ses lèvres. Il perçut le souffle des bois, le halètement de la terre au printemps. La main de Justine vint forcer délicatement le col de la chemise de Giovanni et parcourut le haut de son torse, comme un souffle léger. A cet instant, il ouvrit les bras pour la saisir. Son geste avait été brusque. Elle bondit en arrière et s'enfuit en disant :

- Tu es trop pressé cadranier !

Maintenant les repas au Rouet étaient silencieux. Giovanni avait beaucoup discuté avec le notaire au début de son séjour. Ils avaient parlé de gnomonique, des événements politiques qui se déroulaient à Paris et ici dans le monde paysan. Maître Charvier s'offusquait de la tournure qu'avaient pris les événements dans les Hautes-Alpes. Le fait, par exemple, que les habitants de Ribeyret ou ceux de la Beaume-les-Arnauds, se soient livrés à des exactions l'inquiétait. Il pensait que cette révolution allait trop loin. N'avait-on pas vu à Vars dès le 16 mars des manifestants brandissant le drapeau rouge...

Au fil des jours ses préoccupations politiques parurent cependant s'estomper et il se montra enthousiasmé par le travail de Giovanni même s'il devenait soucieux. Et l'origine de ses soucis c'était Justine. A continuer dans cette voie il se disait qu'elle ne pouvait que tomber amoureuse du cadranier. Il le voyait bien, elle était subjuguée par Giovanni, elle l'accom-pagnait là-haut sur les planètes. Bientôt, si ce n'était déjà fait, elle l'accompagnerait dans le lit grinçant du grenier. L'irréparable serait accompli et ça maître Charvier n'en voulait à aucun prix. Ils étaient bien, seuls, au Rouet, si l'un des deux s'envolait dans les astres,la vie deviendrait impossible. Et tout en mangeant maître Charvier réfléchissait au moyen de changer le cours des choses...

Lorsque Giovanni annonça au notaire qu'il devait interrompre son travail, comme prévu, pour se rendre à Gap prochainement afin d'y acheter les couleurs indispensables, Maître Charvier accueillit la nouvelle avec soulagement.

L'occasion se présentait ainsi pour reprendre l'ascendant sur Justine que le cadranier lui ravissait peu à peu. Il eut même l'hypocrisie de demander à Giovanni :

- Vous allez retrouver Madame de Bardonnèche je suppose, elle fait de fréquents voyages à Gap et j'ai appris qu'elle y était actuellement.

Giovanni murmura une phrase inintelligible puis, se reprenant, il répondit :

- Je vais en effet vous trahir, maître, mais c'est pour mon ami Joseph Barberonne. J'ai promis de reprendre pour lui ma truelle de maçon, je pense que j'en aurai pour quatre ou cinq semaines.

Le regard de Justine noircit légèrement tout en se teintant d'une pointe de désespoir et le silence retomba, meublé par le ronflement du poêle...

"Route d'Embrun à Briançon" dessin de Lord Morison
-Views in the Departement of Isère and Hight Alps- 1840
Série Z Guillemin. Archives Départementales des Hautes-Alpes.

CHAPITRE 18

Plus il avançait vers Gap, plus il se rapprochait de son ami Barberonne, plus le coeur de Giovanni palpitait. Il avait presque envie de courir. Depuis une bonne heure il préférait lorgner vers cette drôle de montagne en forme de chapeau, plutôt que vers les longues lignes droites qui taillaient leur chemin dans des champs d'herbes rabougries. Des plaques de vieille neige sale émaillaient ces zones sombres plantées d'arbres squelettiques. La ville apparaissait lentement. Entourée de montagnes chauves, elle laissait monter peu à peu son lourd clocher à plusieurs pentes. Les toits de lauzes posés sur une multitude de murs blancs reflétaient le soleil de mars. Si quelques nuages flânaient vers le col Bayard, le reste du ciel pur participait à la joie de Giovanni.

- En mars l'hiver est moribond, pensa-t-il, même s'il a parfois des soubresaut violents.

Teppa trottinait presque. Ils pénétrèrent dans Gap par la porte Borelle. Le roulement des voitures attelées résonnait. La ville produisait une ombre froide rappelant à Giovanni que l'hiver tenait bon. Ils descendirent la rue de la citadelle. Le cours du Merdarel, égout en plein air, commençait à empuantir.

Giovanni continua par la rue du bordel que le soleil illuminait sur toute sa longueur. Il reluqua par les ouvertures des visages, des silhouettes, des gestes de femmes. Depuis son départ tout cela lui manquait. Justine n'avait fait que rendre son désir plus vif. Il se promit de revenir.

Teppa elle, trouvant le détour superflu, le tirait vers une écurie qu'elle pressentait. En tournant le coin de la rue des Escoffiers, il sentit une odeur de paille sèche. Des files de balais étaient alignées contre le mur. Habi-lement rangés, ils apportaient leurs couleurs vivantes et chaudes à cette rue que l'ombre avait déja saisie. Il évita quelques passants absorbés par leur choix qui soupesaient les balais, les tâtaient, en vérifiaient la solidité, estimant leur durée de vie. Enfin, il déboucha place Saint-Etienne au moment où les derniers camelots la quittaient. Teppa le guida avec détermination vers une petite fontaine qui chantait. Il la laissa boire. Il profita de ces instants pour savourer le plaisir de revoir un ami. Pendant que sa mule aspirait goulûment de grands volumes d'eau fraîche il observa la demeure de Joseph Barberonne. Il devint attentif aux chaudronniers de la rue Peyrolière emboutissant le métal.

- Quel magnifique orchestre ! C'est beau, c'est la vie !

Il se laissa emporter par l'irrégularité des rythmes, et la variété des tonalités...

- Barberonne a bien de la chance de se réveiller tous les matins dans un monde qui chante. Eux produisent des sons, un peu comme mille soleils qui explosent. Il faudrait que ces sons, moi, je les attrape. Mais comment ? La lumière c'est facile, mais les sons ?

Pendant tout ce temps son regard n'avait pas quitté la vaste demeure qui s'élevait sur trois étages. Elle occupait l'angle de la rue Peyrolière et de la place Saint Etienne.

A la hauteur des fenêtres du premier étage, il observa une silhouette à cheveux blancs qui se déplaçait en gesticulant. Les rideaux furent agités à l'intérieur par quelqu'un d'impétueux dont Giovanni entr'aperçut le dos.

Teppa, désaltérée, avait tourné son regard dans la même direction que celle de son maître. Elle pointa ses oreilles, encourageant Giovanni à avancer.

- Allons-y Teppa, dit-il en soupirant.

L'euphorie qui lui tenaillait les tripes depuis ce matin s'était envolée brutalement. Il aurait aimé rencontrer Barberonne seul. Il ne voulait à aucun prix que sa présence puisse gêner son ami. Aux fenêtres la ronde des silhouettes continuait pendant qu'ils traversaient la place glissante de légumes et de fruits écrasés. A part Barberonne, dont on ne pouvait confondre ni les gestes ni l'allure, Giovanni ne pouvait mettre aucun nom sur les autres personnes.

C'est presque à regret qu'il souleva la masse de bronze qui servait de heurtoir.

Elle lui échappa des doigts. En retombant de tout son poids elle ébranla le solide vantail en bois massif. La maison lui parut gronder. Pestant contre lui-même il leva la tête, guettant le moindre mouvement de protestation, prêt à s'excuser sur le champ de son indélicatesse. Il entendit un bruit de pas dans l'escalier. Un jeune garçon tira avec difficulté le battant.

- Monsieur ? dit-il avec un accent transalpin.

- Tu peux parler italien si tu veux ! Va, s'il te plaît, annoncer à Monsieur Barberonne que Zarbula de Bardonecchia, le cadranier, est là et demande lui, s'il peut entrer.

L'enfant remonta les escaliers quatre à quatre. Giovanni put voir une lourde voiture à six chevaux dans la cour intérieure. Teppa se mit à appeler quelque compagnon de voyage.

- Giovanni ! quel plaisir de te voir s'exclama Barberonne en ouvrant les bras. Il s'était exprimé en français en roulant les "r".

Giovanni et lui s'étaient rencontrés il y a bien lontemps. Ils ne savaient plus si leur histoire appartenait au domaine du rêve ou de la réalité. Le vieil homme l'embrassa, le pressa avec force contre lui.

- Justement, nous parlions de toi avec quelqu'un qui a hâte de te revoir...

Quand Giovanni pénétra dans le salon, il fut à nouveau secoué par l'émotion : Madame de Bardonnèche était là.

- Alors, Monsieur Zarbula ! voyez-vous il fallait que nous nous rencontrions, il ne sert à rien de me fuir, dit-elle avec un sourire.

Les traits de son visage montraient une certaine lassitude, mais son sourire avait gardé sa fraîcheur et sa limpidité. Ses yeux brillaient d'un mélange de sensualité et d'ironie. Giovanni s'en voulut une nouvelle fois, de ne pas avoir donné signe de vie plus tôt à cette femme belle et séduisante. Emilie de Bardonnèche le troublait.

- Madame, je suis impardonnable. Pourtant j'ai souvent pensé à vous et je ne demande qu'à me faire pardonner. Sachez tout de même que je suis parti sans hésiter lorsque j'ai reçu votre lettre...

Il s'arrêta, découvrant soudain l'auditoire silencieux qu'il n'avait pas remarqué en entrant, tant la présence de Madame de Bardonnèche avait mobilisé toute son attention.

- Mon cher ami, vous n'avez pas acquis durant ces quelques années que des qualités. Vous êtes devenu audacieux. Ce que je ne connaissais pas chez vous ! répondit-elle avec un irrésistible sourire qui faisait tout accepter.

Puis Barberonne le dirigea vers ses hôtes qui le regardaient, surpris. Il fit les présentations.

- Voici un futur grand sculpteur, mon ami Jean Marcellin. Il y a quelques années il travaillait chez Ubaud. Mais aujourd'hui il exerce son art à Paris. C'est un homme célèbre qui ne nous oublie pas. Si tu voyais ce qu'il est capable de réaliser, simplement avec ses doigts et de la terre, tu serais époustouflé. Jean, voici un autre expert, mon ami Giovanni, de Bardonecchia, qui possède l'art de faire parler le soleil.

Et se retournant, ironique, vers Madame de Bardonnèche, il lui dit :

- Voyez Marquise, vous ne pouviez que vous rencontrer avec Giovanni.

Tout le monde s'esclaffa. Giovanni un peu moins volontiers que les autres.

- Voici Monsieur Roubaud, tout nouveau retraité puisqu'il n'est plus maire depuis le 7 mars.

Le gros homme, au teint couperosé, n'eut pas l'air d'apprécier la plaisanterie.

- Je prends ça avec philosophie ! Je vais avoir du temps pour moi, je vais méditer, laisser la population s'entretuer. Et puis nos montagnes sont si belles l'hiver, je pourrai les contempler tout à loisir.

Le ton était aigre et Giovanni souligna vivement :

- Quand on a la chance de ne pas avoir froid, quand on a assez pour se chauffer, alors là, c'est vrai, elles sont magnifiques !

Roubaud réfléchit un instant au sens des paroles du cadranier. Mais il se retint de répondre. Un cadranier piémontais pouvait-il donner à son discours un sens autre que celui que recouvre l'enveloppe des mots ? Pendant que Roubaud pesait ses pensées, le front plissé, Barberonne avait poussé Giovanni vers un petit homme frisé et brun, dont la timidité apparente était démentie par un regard intelligemment provocateur.

- Voici un compatriote, Thomaso Bosio. Il est arrivé avec sa famille il y a deux mois environ, recommandé par un ami.

Thomaso avait appris un peu de français et tenait à l'utiliser :

- Pour que la France m'adopte je dois adopter le français. Je suis arrivé en France le 20 janvier, nous venons de Turin et Monsieur Barberonne nous a offert l'hospitalité.

Les présentations terminées tous s'assirent et Barberonne agita une clochette d'argent. L'enfant qui avait ouvert à Giovanni apparut.

- Nino apporte-nous à boire ? Au fait t'es-tu occupé de la mule ?

- Oui, monsieur, répondit l'enfant, elle se repose, elle a mangé mais n'a rien voulu boire.

- Je te remercie petit, cria presque Giovanni, aujourd'hui vraiment est un jour où j'oublie tout, où je manque à tous mes devoirs, où je montre tous mes défauts.

- Auriez-vous la prétention d'être parfait cher ami ? lui lança la Marquise, avec un sourire qui plaqua Giovanni contre le dossier du fauteuil.

Barberonne reprit la conversation en main.

- Sais-tu, Giovanni, que la France est secouée de toutes parts. Sais-tu que nous allons nous retrouver dans la position d'un bateau ivre, sur lequel des mutins auraient emprisonné le capitaine et les officiers.

- Vous exagérez, reprit Marcellin, le capitaine et les officiers reprennent toujours le pouvoir. Même quand le bateau coule, ils ont toujours une embarcation de réserve.

Les hôtes de Joseph Barberonne devenaient de plus en plus volubiles, se coupant la parole, dominés par leurs passions. Si bien que Giovanni se laissa bercer par la musique véhémente et agitée des mots. Il s'immergeait lentement dans le spectacle qu'il avait observé depuis la fontaine de la place. Son esprit voguait. Il aurait aimé avoir des nouvelles de Turin. Pendant que le groupe s'expliquait sur ces journées de février 48, il se hasarda à demander à Thomaso en italien.

- Alors comment çà se passait à Turin quand tu es parti ?

L'autre lui répondit rapidement.

- Nous en parlerons, mais pas maintenant, plus tard.

- Mais au fait, dit Barberonne qui percevait la lassitude de son ami. Viens je vais t'installer ! Jevais te montrer ta chambre ! Tu y seras à l'aise pour le reste de ton séjour. Nous aurons bien le temps de parler des travaux demain.

CHAPITRE 19

Confortablement installé dans la demeure de Joseph Barberonne qui souhaitait réaménager le troisième étage sous les toits, Giovanni s'était lancé avec ardeur dans des travaux de maçonnerie qui devaient durer plusieurs semaines. Il retrouvait là des gestes que son errance de cadranier lui avait fait presque oublier. Il portait les seaux d'eau, de sable et de ciment, de la cour au grenier. Il gâchait le mortier et soulevait les lourdes pierres avec bonheur. Cette activité physique, qui le laissait fourbu le soir dans sa chambre, lui était indispensable. Les journées se succédaient selon un rite presque immuable.

Son ami avait l'habitude de l'accueillir chaque matin en ouvrant les bras. Les tempes grisonnantes, d'un maintien irréprochable et constant quelle que soit l'heure de la journée, on pouvait penser en rencontrant Barberonne, qu'il sortait à l'instant de chez son tailleur.

- Le soin que j'accorde à ma personne est une sorte de discipline qui m'empêche de vieillir, disait-il en riant, quand on lui faisait quelque remarque sur sa coquetterie.

Ils prenaient tous deux le café dans le salon donnant sur la place St Etienne bruissante et survoltée les jours de marché. Durant ces moments privilégiés les deux hommes évoquaient le jour où leurs routes s'étaient croisées. Ils se replongeaient alors dans l'ambiance magique qui les hantait, exprimant à demi-mots l'envoûtement qui les avait imprégné. Ce matin là, aux alentours de la mi-avril, en ouvrant l'oeil, une bouffée de bonheur nostalgique avait inondé Giovanni. Ce sen-timent paradoxal mais agréable s'accrochait à la musique des Peyroliers, ces ferblantiers, experts forgeant des sons à chaque battement de marteau.

Il décida d'aller les voir. Il s'étonnait et s'émerveillait toujours de cette pluie de coups, tantôt soutenus tantôt adoucis, parfois presque feutrés ou soudain précipités, qui faisaient naître, comme par enchantement, des cuvettes, des bassinoires, des alambics. Tout en s'avançant vers eux Giovanni réfléchissait. Ces gestes leur avaient été transmis par leurs pères et avaient dû être mûris par plusieurs générations pour que le mouvement impulsé, la forme donnée, le son produit, soient en harmonie. Il s'approcha d'un vieil ouvrier et lui dit :

- J'ai l'impression que tu as de la peine, ça s'entend, dans tes coups. Tu fais pleurer le métal.

- Tu vois bien et tu as de l'oreille. Mon geste est triste en effet. Un condamné pourrait-il être heureux ? Tu as devant toi un des derniers ferblantiers de Gap. Je précise, un des derniers dignes de ce nom.

Levant son regard l'homme s'arrêta de taper, posa devant lui la bassinoire qui prenait forme entre ses doigts, allongea les jambes pour se détendre un peu et poursuivit :

- Ce qui fait ma tristesse, ce qui me rend malheureux c'est de me dire que toute ma connaissance du métier, tout mon savoir-faire, tous les trucs, toutes les ficelles, ce geste lui-même que je n'ai pratiquement pas appris puisque ce sont mes ancêtres qui me l'ont légué, et bien tout ça, je n'ai personne à qui le donner. J'ai l'impression d'avoir en moi un corps moribond que je traîne et qui s'étiole. Si ce savoir disparaît, il faudra des siècles pour le réapprendre... A condition bien entendu qu'on en veuille encore de ce savoir. Alors, tu vois, quand mes coups sonnent tristes c'est que j'entrevois la fin. D'ailleurs toi tu ne t'y es pas trompé.

Giovanni répondit :

- Tu n'exagères pas un peu non ?

L'autre repartit dans une longue diatribe.

- J'exagère, j'exagère rien du tout. C'est simple, celui qui exagère, c'est l'emporte pièce, l'emporte-tout. Tiens, tu as déjà vu comment on fait les cuillères ou les fourchettes à l'emporte pièce ? Je n'ai jamais vu un truc aussi bête, une machine qui se répète sans jamais chercher à comprendre, une mécanique qui n'a pas d'âme. Et toi tu veux manger ta soupe avec des objets pareils, faits par personne, par du métal contre du métal, des objets, qui sont baptisés par le diable ! Quel goût elle peut avoir, avec ça, ta soupe ?

Il s'arrêta quelques instants, tourna la bassinoire dans ses mains et rajouta d'une voix éteinte :

- Nous ne serons bientôt plus que de simples poseurs de tuyaux !

Giovanni ne rajouta rien, il salua l'homme qui s'était remis à travailler et poursuivit lentement son chemin vers la rue des Cordiers. Il lui sembla que le battement des marteaux haletait, s'étouffait, manquait d'air. Il tentait d'oublier la mélancolie que le vieil ouvrier avait déversé sur lui, noyant son bonheur matinal. Il remonta la Grand-Rue de Gap en flânant. Elle était encombrée de charrettes affolées, d'étalages, de marchands vociférants et d'acheteurs volubiles. Un saltimbanque montrait son ours à un cercle de badauds attentifs. Deux gendarmes à cheval se frayaient un passage dans la foule, l'oeil soupçonneux et mobile. Ils dévisagèrent Giovanni quand ils le croisèrent. Le cadranier se dirigea vers un groupe captivé par un bonimenteur. C'est alors qu'il reconnut Thomaso, à deux pas de lui, absorbé par le discours.

- Fais attention, lui glissa Giovanni à l'oreille en italien, il raconte n'importe quoi !

L'autre sursauta.

- Ah Giovanni Francesco ! Je ne t'avais pas vu venir. Tu sais tu me déranges en pleine leçon de français. Chaque fois que je peux j'écoute des types comme lui. Il parle bien, il a une voix forte, il articule. J'essaie de comprendre le sens des mots qui m'échappent à partir de la réaction des gens qui m'entourent. Tu vois ce bonimenteur qui pense nous berner, il ne se doute pas que je l'utilise comme professeur de français.

Les deux hommes s'esclaffèrent. Le moment n'était certainement pas judicieux car tous se retournèrent et le raconteur d'histoire se tut soudain, sentant que l'attention de son public lui échappait. Sa moustache tombante amplifiait sa déconfiture.

- Viens Thomaso, je vais t'apprendre une autre langue, ça te dirait d'aller faire un tour chez les filles ?

- Eh bien ! c'est que ! euh ! Ma femme...!

- Allez ! Allez ! La vie est courte, les filles sont mignonnes. Ta femme je la connais, elle te pardonnera. Accompagne-moi au moins jusque là-bas.

Et tout en remontant la Grand Rue ils parlèrent du Piémont, de Turin, de l'Italie en marche. Thomaso évoqua les raisons de sa venue à Gap.

- Tu sais, on n'avait plus rien à manger à Turin. J'avais perdu mon travail et sans travail... Justement un ami de Barberonne m'a conseillé de venir chez lui car il cherchait du personnel de service piémontais. Quand il s'agit de boulot, il n'a confiance qu'en eux. Pour payer notre gîte et notre couvert ma femme et mon fils lui rendent quelques services. Travailler pour lui est un plaisir. Cet homme est généreux, il nous considère comme étant de sa famille. Tu as vu l'autre fois... Je suis là quand il reçoit, il y tient. Il veut que nous soyons ses hôtes et non ses serviteurs.

- Je crois qu'il n'aime pas du tout la solitude, renchérit Giovanni.

- Bien sûr, mais ce qu'il aime surtout, c'est parler.

Après un bref silence Giovanni demanda :

- Que faisais-tu Thomaso, en Piémont ?

- Ah, j'étais professeur de dessin. J'ai travaillé dur pour y parvenir. Mes parents se sont saignés pour me permettre d'apprendre, pour que j'obtienne mes diplômes. Ils ne voulaient pas que je trime comme eux, pour pas grand'chose.

- Mais alors pourquoi es-tu là ? Tu avais du travail à Turin !

- Oui, bien sûr, j'en avais ! Mais en novembre j'ai participé à une manifestation tout ce qu'il y a de plus pacifique. Une manifestation en faveur des réformes dans lesquelles doit s'engager notre pays. Ce n'était que pour soutenir, encourager et disons forcer un peu la main au roi Charles-Albert, parce que c'est une vrai girouette qui ne cherche qu'à s'accrocher à son trône. D'un côté, il semble approuver les réformes, de l'autre il les censure. Alors avec quelques autres, dont certains étaient peut-être des carbonari, on a pensé qu'il fallait exprimer notre opinion... sous ses fenêtres. Nous étions peu nombreux. On nous a repérés facilement.

Puis, après un silence que Giovanni n'eut pas envie de couper, il poursuivit :

- Le lendemain, à la porte... allez ouste ! qu'il m'a dit le directeur mais il ne me regardait pas dans les yeux, ce jour là, je crois qu'il avait honte.

Ils arrivèrent dans la rue Mathieu Borel et là Thomaso continua.

- A la mi-décembre j'étais plongé dans le désespoir le plus sombre quand ce même directeur qui m'avait viré de son établissement quinze jours plus tôt m'a convoqué et m'a dit : "Thomaso, je te connais bien depuis huit ans qu'on travaille ensemble. Tu as de la valeur, du courage." "Ah ! ça Monsieur vous me soufflez." J'étais vraiment surpris, d'autant qu'il a ajouté : "Dès aujourd'hui tu vas prendre quelques affaires, tu réunis ta famille presto et vous partez à Gap." Il m'a montré une carte. "Tu passeras par là, tu vois... Paesana, Pian del Re, le col de la Traversette, tu verras c'est un petit tunnel percé dans le rocher. C'est beau, le Mont Viso te protègera. Surtout couvrez-vous bien, là-haut il fait très froid." Il m'a tendu une bourse en griffonnant sur un morceau de papier. "Tiens avec ça tu achèteras de bonnes chaussures. Tu iras à l'adresse indiquée ici, lis-la, et fais la disparaître. Le nom de mon ami c'est Barberonne, Joseph Barberonne. Il te trouvera du travail. Donne lui cette lettre de ma part, c'est une clé. Si toi tu ne comprends pas ce que j'ai écrit, lui il saura. Et toujours la prudence. Tu me comprends" Il m'embrassa. "Va je ne te connais plus!" Alors je suis parti, sans même avoir le temps de le remercier. Voilà, maintenant je donne des cours de dessin à l'école de Gap.

Tout en marchant ils étaient arrivés à l'intersection de la rue de la Charité qu'ils descendirent jusqu'à la "brandoire" de la place de Grenette. Une femme actionnait la pompe à balancier qui aspirait l'eau de la Fontaine d'Orcelle dans des soupirs saccadés. Thomaso poursuivit :

- Pourtant, dans un sens, je ne regrette pas d'être parti. Turin était devenu ces temps derniers le théâtre de tous les délires. Imagine-toi qu'en décembre 47, la ville a voulu fêter Charles-Albert qui revenait de Gênes. Comme ça, un petit cadeau. Manque de chance, le roi a filé au plus court pour rentrer illico presto dans son palais. Le sang des Turinois n'a fait qu'un tour. Le roi les avait humiliés. Eux, qui étaient prêts à lui témoigner de l'affection n'ont eu en retour que de l'ingratitude. La révolte gronda en ville. Tu sais si pour des questions de réforme on tarde à bouger, pour une histoire de susceptibilité, tous sont capables de se faire trouer la peau. Mais l'autre, le Charles-Albert, il avait simplement voulu regagner son trône au plus vite car il était pris de violentes coliques. C'est pas beau ça, une révolution à cause d'une colique ?

Giovanni reprit :

- Il a manqué de sagesse. Pour avoir voulu regagner trop vite son trône... Il a failli le perdre...

Ils rirent aux éclats.

- Bon alors tu viens cette fois, on va les voir ces filles ?

- Non, Giovanni, je rentre, toi tu es seul, moi on m'attend.

Ils se séparèrent. Giovanni se dirigea donc vers la ruelle. Il choisit d'abord la maison qui lui plaisait le plus, la mieux décorée, la plus ensoleillée, la plus ouverte. Il était en train d'hésiter, losqu'une voiture qui avançait au pas, s'arrêta à sa hauteur détournant son attention. Mais avant qu'il ait le temps de s'engouffrer dans le couloir, une voix le cueillit, celle de la marquise de Bardonnèche :

- Mais c'est Giovanni Francesco ! vous cherchez à peindre un cadran par ici ? C'est un endroit rêvé j'en conviens ! Puis-je vous raccompagner, vous devez être épuisé !

- Je n'osais espérer que vous passeriez par là, répondit-il, maladroitement.

- Tous les miracles sont possibles entre nous ; susurrat-elle et elle ouvrit la porte de sa voiture. Giovanni s'installa confortablement sur le siège, en face d'elle.

- Permettez que je m'étende !

Et sans attendre la réponse elle poussa un livre ouvert sur le siège et posa ses deux pieds juste à côté de Giovanni, laissant apparaître deux jambes fines et blanches qui lui parurent pleines de vivacité. Le cadranier sentit leur chaleur sur sa cuisse. Gêné, il se rencogna contre la portière mais les jambes de la Marquise le poursuivaient. Ne sachant ou poser les yeux, il laissa son regard errer dans la Grand-Rue que la calèche remontait. Et là, au croisement de la rue Maceye, Giovanni Francesco Zarbula se raidit, il venait d'apercevoir ce personnage sombre drapé dans son éternel manteau ondulant, qui 1'épiait.

Cette vision provoqua chez lui une sorte de choc le délivrant de ses inhibitions et de ses craintes. Il se laissa emporter par son désir. Avant d'être livré à l'ombre il souhaitait faire l'amour avec la Marquise...

- Allons chez vous madame.

Elle ne répondit pas et passa la tête par la fenêtre en hélant le cocher.

- Changement de programme, roule, va où tu veux mais roule, tant que je ne dis pas d'arrêter.

L'attelage accéléra soudain dans un craquement. Elle tira les rideaux puis se tournant vers Giovanni, elle lui dit en riant :

- Non ! Nous n'irons pas chez moi, nous resterons ici !

Giovanni ferma les yeux. Il sentait les mains fines de la Marquise le parcourir, lui caresser le visage lentement, avec attention, s'attachant aux moindre sillons de sa peau. Il suivit, avec délices, le bout de ses doigts qui contournaient l'aile du nez, le renflement des lèvres, le lobe de l'oreille. Des doigts fins et agiles, des mains expertes, des poignets souples où tintaient des bracelets, le firent frissonner. Ses caresses maintenant se faisaient plus appuyées. Ses ongles pianotaient, glissaient lentement sur sa poitrine, descendaient vers le bas de son ventre. Et la voiture, lancée, basculait dans les virages. Il sentit sa ceinture se défaire, sa chemise s'ouvrir. Un à un les boutons de nacre de son pantalon sautèrent. Plus rien ne s'opposait alors aux doigts de plus en plus sûrs et rapides qui le cherchaient, le désiraient. Il ouvrit les yeux, s'empara de la Marquise qui s'était mise à trembler. L'étoffe de ses vêtements avait un bruit de battement d'ailes. Elle lui prit fermement la main, la plaqua sur son sein frais, qui roulait, en palpitant, sous les doigts du cadranier. Et la voiture cahotait toujours. Ils étaient hors de Gap mais il ne savait où. La respiration de la Marquise,devint plus haletante. Il se laissait peu à peu emporter par ce souffle.

Giovanni se mit à penser au temps qui s'écoulait autour de la voiture. Il le percevait tapi sur le marchepied, accroché à l'impériale, suspendu aux poignées des portières.

Ils étaient tous deux emportés par la calèche, dans une sensation irréelle. Les soubresauts du véhicule augmentaient leur plaisir. Le grondement des roues cerclées de fer sur le pavement irrégulier de la route camouflait leurs soupirs, accompagnait leurs râles.

CHAPITRE 20

Le lendemain de cette promenade inattendue, son travail chez Joseph Barberonne touchant à sa fin, Giovanni se décida à commander les couleurs et les fournitures dont il avait besoin. Il devait songer à son retour à Château-Queyras.

Marcellin dont il avait fait connaisssance lui avait dit :

- Passe donc mardi chez Ubaud, j'y serai, je te présenterai à lui, il aura sûrement de la couleur à te vendre. C'est sur la route de Veynes, tu verras comment on modèle la terre, comment on peut la transformer. Il y a des moments quand je sculpte, où je me prends pour le créateur en personne, il me manque juste le souffle.

Giovanni se rendit donc chez Ubaud, au Vengerot. Il décida de profiter de l'occasion pour donner un peu d'exercice à Teppa. Il la sella, se jucha lestement sur son dos et traversa la place de l'ancienne cathédrale, tout guilleret. Il s'imaginait sur un de ces chevaux arabes qui adoptent tout naturellement le pas de parade quelle que soit l'allure, la tête haute, les naseaux dilatés, la queue en point d'interrogation. Mais Teppa n'était pas un cheval arabe et devait même se demander pouquoi son cher maître se trémoussait si fièrement sur son dos alors que d'habitude il allait à pied, à côté d'elle. Enfin elle avançait... baissant la tête.

Un orme squelettique, au toupet décharné, montait la garde auprès de la fontaine circulaire à trois bassins. Deux jouvencelles emplissaient leur seaux en s'écla-boussant. Giovanni, regarda dans leur direction pour voir quel effet il pouvait bien leur faire mais il se rendit compte avec dépit que tout leur intérêt se portait vers deux gendarmes en bicorne. Ils les apostrophèrent en riant :

- Vous avez vos papiers ? Vous nous avez demandé l'autorisation de remplir vos seaux Mesdemoiselles ?

Giovanni entendit l'une d'elles leur renvoyer, d'un ton badin :

- Mon général, nous plaidons coupable mais pour nous faire pardonner ce crime, nous acceptons que vous nous les portiez.

Les voix des femmes se mêlaient au tintement métallique des seaux raclant contre le pavé. Giovanni jeta un dernier regard dans leur direction, la petite brune lui plaisait.

A ce moment précis, Teppa se mit à trottiner, heureuse de se détendre mais Giovanni fut saisi à bras le corps par une peur angoissante. Un pas rapide sur les pavés, une ombre vaporeuse le firent basculer, l'espace d'un instant, dans la déraison. Il laissa avancer sa mule, ne songeant qu'à l'espace sombre qui avait absorbé l'homme. Il perçut la masse trappue de l'église et le solide clocher à huit pentes qui s'éloignait. Les images dansaient selon le rythme saccadé du trot de Teppa.

Ils sortirent de la ville. La route commençait à grimper. Les passants se firent plus rares. Giovanni se retourna plusieurs fois pour voir si l'homme ne le suivait pas. Il ne put discerner que des peupliers verdissants émergeant d'un enchevêtrement de toitures. Au loin le massif des

Ecrins lacérait le ciel de ses sommets tranchants. Il piqua des deux, comme s'il était armé d'éperons. Teppa n'y comprenait plus rien...

L'air devenait plus frais et plus léger, l'angoisse de Giovanni s'effilochait doucement. Il pénétra en fin de matinée dans la grosse bâtisse fourmillante de Vengerot. Marcellin accueillit Giovanni, et lui présenta Ubaud qui l'attendait. Les deux hommes après quelques civilités en vinrent au but. Ils négocièrent les fournitures, leur prix et tous les détails matériels qui font dire d'une affaire qu'elle est rondement menée.

Cependant Ubaud demanda une quinzaine de jours de délai de livraison. Giovanni s'en accommoda. Il avait un bon alibi pour rester à Gap chez son ami Barberonne jusqu'au début du mois de mai. Il en profiterait pour finir les aménagements du troisième étage. Il serait même encore là à l'arrivée de Luigi que Joseph Barberonne lui avait annoncée pour la fin avril.

Ce jour là il regarda, émerveillé, Marcellin qui transformait la glaise en lui donnant le souffle de la vie.

- Tu vois, Giovanni, c'est ici que j'ai débuté . Parfois tout ce chemin parcouru me donne le vertige. C'est pour ça que j'ai besoin de revenir souvent ici, chez Ubaud mon ancien patron.

- Tu es Dieu Tout Puissant, Marcellin. Tu reproduis chaque fois la naissance des hommes.

Marcellin souriait sans rien dire, agitant des mains qui prolongeaient sa pensée.

Giovanni rentra à Gap dans la soirée. Il avait oublié l'ombre. La couleur du ciel lui paraissait douce, les quelques nuages qui flottaient le ponctuaient de teintes légères et pastels. Bercé par le pas régulier et lent de sa mule, il laissa aller son esprit tout le long du chemin.

La femme de Thomaso interrompit sa rêverie.

- Tiens, Monsieur Zarbula qui fait sa sieste, dit-elle en Italien. Et en plus il aime la difficulté Monsieur Zarbula, pour ça il monte sur sa mule...

Giovanni s'était tout de suite lié d'amitié avec elle. Ils discutaient souvent, car Giuseppina était une petite brunette à la langue déliée. Elle était habitée d'une sorte de jubilation heureuse. Ce sentiment trouvait sa source dans le bonheur quotidien qu'elle ressentait d'être passée si près du mufle vorace de la misère. De cela elle était immensément reconnaissante à Barberonne qui les avait accueillis et employés.

- Monsieur Barberonne il nous a tirés d'une drôle de situation. Dans la vie si on n'a pas un peu de chance, on ne peut rien contre elle. Nous, on a eu la chance de le rencontrer.

Elle parlait toujours avec tendresse du vieil homme et se plaisait à le fustiger parfois. Elle avait dit à Giovanni en riant :

- Monsieur Barberonne, c'est pas un as du balai. Heureusement que Giuseppina est là ! Je chasse la poussière pendant qu'il va chasser la bécasse.

Giovanni sauta de sa mule. Giuseppina appela :

- Nino, viens rentrer Teppa !

Puis elle ajouta :

- Il y a du monde au salon, un genre de type qui vous donne l'impression qu'on est transparent quand il vous regarde. Je me demande ce que Monsieur Barberonne peut bien lui trouver. Il a pas d'âme, ça se voit, son coeur c'est sûrement une boîte vide..

Giovanni, intrigué, grimpa lentement les escaliers. Il attendit quelques instants avant de frapper.

Barberonne répondit gaiement :

- Entre, Giovanni !

C'est ainsi que Giovanni fut présenté à Juselme, un

ébéniste originaire de Gap qui avait créé lui aussi une entreprise prospère à Paris. Aussi incroyable que cela ait pu paraître à Giuseppina, Barberonne et Juselme entretenaient des relations amicales. A chacun de ses retours à Gap, celui-ci ne manquait jamais de venir le saluer. Il apportait ainsi des nouvelles parisiennes à son ami qui les attendait avec impatience. Ainsi avec Marcellin d'un côté et Juselme de l'autre, Barberonne entendait-il sur les événements de la capitale deux sons de cloche qui teintaient différemment.

Ce jour-là ce fut de politique qu'ils discutèrent. Juselme ramenait une actualité brûlante de la capitale. Giovanni se servit un verre de génepy et resta debout, appuyé contre le chambranle de la fenêtre, jetant un regard discret sur la place Saint Etienne. Juselme, assuré que ses auditeurs étaient attentifs, reprit sa conversation.

- Je vous disais que nous avions eu très peur mon cher Barberonne. Quand je pense que ce Lamartine, cette sorte de scribouillard traître à sa classe sociale, fait les yeux doux à la populace... Imaginez-vous qu'il pousse le ridicule jusqu'à écrire des vers pour le populaire. Vous me direz, ils n'ont aucune valeur, mais quand même ! Il y a des jours où j'ai l'impression de rêver. Mais j'allais oublier il existe un autre fou.

Il s'arrêta, but une gorgée et pensant à la tirade qu'il préparait, se resservit immédiatement.

- Oui, je disais, vous ne connaissez pas Louis Blanc, cet homme est une furie, un démagogue, qui va même jusqu'à demander la création d'un ministère du travail vous rendez vous compte ! Il a tout de même réussi le tour de force, aidé en cela par la pression du peuple, de faire diminuer la journée de travail.

Il fit une pause, reprit son souffle, but à nouveau.

- Il y a, à Paris, deux-cent-mille fainéants qui attendent

que le travail leur tombe tout cuit. Et que fait le gouvernement ? En effet il leur procure du travail tout cuit. L'Etat a créé des ateliers nationaux. J'en tire la conclusion que les poètes n'ont rien à faire en politique. Ils vont donner une habitude de facilité au monde ouvrier que notre pays va payer très cher.

- Mais je me suis laissé dire qu'il y avait eu des morts, à Paris, glissa Giovanni.

- Des morts, oui, quelques uns. Le vingt-deux février déjà, place de la Concorde, la garde aurait dû effrayer la populace. On n'en serait pas arrivé là, le vingt-trois boulevard des Capucines. Cette poignée de morts, cinquante-deux, n'a eu pour d'autres effets que celui de déchaîner la foule, le lendemain. Bugeaud lui même, excusez-moi l'expression, “a chié dans son froc”.

Devant le silence qui régnait Juselme poursuivit :

- Le résultat immédiat, Messieurs, est catastrophique. Le suffrage universel a été rétabli, la suppression de l'esclavage a été votée. Le carrosse devient une charrette complètement folle. Qui l'occupe ? Une bande de rouges hurlants et ignares, d'ouvriers qui ne savent pas quoi faire de leur liberté. On ne lâche pas un canari dans la nature, il en meurt. Mais le comble c'est la réduction de la journée de travail, diminuée comme une peau de chagrin, passant de douze à dix heures. 0ù va aller l'économie ?

- Si je peux me permettre, persifla Giovanni, ne serait-ce pas la charrette qui précède le carrosse des notables ?

- Ah, je vois, vous voulez parler de Lamartine, notre nouveau chef spirituel, l'utopiste évaporé, savez-vous qu'un jour il m'a dit : “Le monde et nous, nous voulons marcher à la fraternité et à la paix.”

- Il a aussi parlé, dit Barberonne, de “l'enthousiasme fanatique et double de la république qu'il porte et de l'ordre qu'il sauve." Car c'est tout de même grâce à lui que les mouvements socialistes ont avorté...

- Mais, mon cher, tout le monde est socialiste aujourd'hui, nous sommes tous appelés, nous gens de biens, à disparaître. Il faut se préparer

- Pourrais-je vous demander quel sens vous donnez à "gens de biens", reprit Giovanni que le ton de l'inconnu agaçait.

Juselme le regarda soupçonneux. Ce piémontais en prenait un peu à son aise avec ses répliques en forme de questions insidieuses. Et Barberonne qui ne réagissait pas... L'ambiance se tendait il n'eut plus qu'une hâte, quitter ce repère de révolutionnaires qui mettait en doute son témoignage. Et dire qu'il avait livré sa pensée sans méfiance...

- Je vais prendre congé et retourner me reposer. Les tracas parisiens m'ont éprouvé ces derniers temps.

Et, livide, il sortit de la pièce après avoir salué Barberonne mais sans oser soutenir le regard de Giovanni. Son départ détendit le cadranier :

- Il a des idées, disons, bien arrêtées ce monsieur Juselme et je crois que tu as raison, Giuseppina, il n'y a pas grand-chose qui bat chez 1ui.

Barberonne haussa les épaules :

- Un homme doit se féliciter d'avoir des amis différents, je suis donc parfaitement heureux que vous soyez tous là...

CHAPITRE 21

A Gap, Giovanni s'était senti chez lui. Thomaso, Giuseppina et Nino apportaient à la maison la touche de gaieté vraie qui, jusque là, lui avait manqué. Absorbé par son travail, là-haut, à l'étage, le cadranier avait vécu ces dernières semaines avec l'impression d'avoir perdu le fil de son voyage. Et si, le soir, dans son lit, encore engourdi par la conversation de Joseph ou de 1'un de ses amis il lui arrivait de s'envoler pour rejoindre Justine près de la citadelle de Château-Queyras, c'était le plus souvent pour un petit plaisir rapide. Les rêves, ainsi, sont parfois inachevés... Et chez Barberonne, le temps était comme suspendu...

Un dimanche, au tout début d'avril, Joseph entraîna ses hôtes vers le Champ de Mars où devait avoir lieu la plantation solennelle de l'Arbre de la Liberté. Des cérémonies analogues avaient déjà eu lieu dans beaucoup de villages du département et le conseil municipal s'était enfin décidé à les imiter.

- Venez avec moi, cette ville si tranquille a l'air de se réveiller et comme nous sommes au printemps j'ai envie moi aussi de m'étourdir au milieu de la foule.

Ils traversèrent tous les cinq la place St Etienne et

s'enfoncèrent dans le dédale des petites rues. Giuseppina, au bras de Thomaso, menait le groupe. Le grand incendie de 1692 avait cruellement marqué la cité et l'ar-chitecture médiévale réfugiée dans des ruelles sombres y voisinait avec des maisons plus récentes aux bois de colombage.

L'esplanade, lorsqu'ils y arrivèrent, était déjà envahie. Les vendeurs d'orviétan proposaient leurs fioles et côtoyaient mille autres marchands aux étals colorés. Du champ de foire, au sol en terre battue, s'ouvrait une perspective unique sur les chaînes de montagnes qui cernaient Gap. Les Aiguilles de Chabrière, le Piolit et Charance se détachaient à l'horizon.

- Regarde bien, Nino, dit Joseph, la plantation de cet arbre, pour les Français, symbolise la liberté retrouvée grâce à l'avénement de la République. Partout en France on organise les mêmes cérémonies.

Giovanni était attentif et curieux. Jamais il n'avait vu sur cette place, rendez-vous traditionnel des paysans, une aussi grande affluence. Et Barberonne était visiblement heureux d'expliquer à Nino le mouvement des troupes.

- Ceux là, à droite, qui forment un cordon autour de l'estrade, ce sont des gendarmes. Sur la gauche, en train de se mettre en rangs, il y a les gardes nationaux et plus loin, beaucoup plus disciplinés, les hommes du 13ème régiment de ligne.

- Ça fait beaucoup d'uniformes tout ça, ironisa Giovanni qui avait posé sa main sur l'épaule du jeune garçon.

- Oui, mais ce ne sont ni les mêmes uniformes, ni les mêmes hommes.

Joseph prenait Thomaso et Giuseppina à témoin.

- Les gendarmes on les connaît tous, ils sont là pour assurer la sécurité des gens, c'est leur métier. Les gardes nationaux, eux, ils doivent veiller sur la République et d'ailleurs ce n'est que lorsqu'elle est en danger que la plupart d'entre eux revêt l'uniforme. Le reste du temps ils sont comme nous... Quant aux soldats, ils doivent d'abord veiller sur les frontières.

- En gros, insista Giovanni, on peut dire que les gendarmes surveillent les voleurs de poules, qui sont, comme chacun le sait... presque tous italiens, les gardes nationaux, surveillent les agitateurs eux aussi... presque tous italiens tandis que les soldats, sur la crête des montagnes se préparent à repousser des armées qui ne peuvent être... qu'italiennes. Tu vois, mon pauvre Nino, chacun de ces uniformes se méfie d'abord de toi. Et dans ces conditions mieux vaut ne pas trop s'approcher...

Giuseppina éclata de rire, en serrant son fils contre elle comme pour le protéger d'une armée vindicative.

- De toutes façons, reprit Joseph, nous ne pouvons aller plus loin.

Ils s'immobilisèrent à une bonne centaine de mètres d'un mât dressé pour la circonstance, tel un gigantesque tuteur...

Giovanni aperçut, emporté par le flot humain, Marcellin qui assistait, lui aussi, à la plantation de l'Arbre. Il voulut lui faire signe de les rejoindre mais c'est Juselme qui s'approcha de leur groupe. Il était arrivé derrière eux, au bras d'une jeune beauté blonde qu'il leur présenta comme étant sa filleule. Il avait dû entendre la remarque de Giovanni car il glissa :

- La foule aime voir défiler les soldats, c'est d'ailleurs la seule occasion où elle les applaudit.

La jeune fille inclinait la tête sur l'épaule de son parrain. Elle murmura :

- J'ai chaud, cherchons un peu d'ombre.

Juselme invita le groupe à le suivre vers l'une des vingt tables dressées pour le banquet.

- Roubaud, qui est intime avec le secrétaire général de la préfecture, m'a fait la grâce de m'inviter Je me fais un plaisir de vous associer à cette invitation. La République est bonne fille, ajouta-t-il en regardant Giovanni.

- Bonne fille et pas farouche, dit malicieusement Giuseppina en s'adressant à la demoiselle. Vous venez de Paris, je crois. Quelle chance vous avez d'avoir un parrain tel que monsieur Juselme !

- Monsieur Juselme, je veux dire mon parrain, est très gentil avec moi. Il me gâte beaucoup.

Juselme était rouge. Non de confusion mais de colère. Encore quelques mots et elle finirait par tout révéler : la chambre sous les toits, les bijoux, les robes... Il estima plus prudent d'interrompre l'échange.

- La suite risque d'être assommante. Croyez-en mon expérience. En vingt ans j'en ai vu des défilés patriotiques... Tous essaient de copier nos cérémonies religieuses mais le résultat, bien souvent, est pitoyable... Et puis je connais par coeur tous les discours. Aujourd'hui le ton est à l'unanimité mais chacun sait que les problèmes viendront demain...

- Vous finirez, mon cher Juselme, par nous faire croire, à force d'évoquer votre expérience, que vous êtes plus vieux que moi, alors que avez l'allure d'un jeune homme, répliqua Joseph.

Il sentait que l'arrivée de l'ébéniste et son insistance à les inviter, ne comblait pas Giovanni de joie. Il essaya donc, non sans à propos, de détendre la tablée en plaisantant avec la jeune femme sur les toilettes des Parisiennes que quelques élégantes, dans la foule, se piquaient de copier...

Et, au cours du repas, Joseph se dépensa beaucoup mais en vain. Juselme, tout à sa rancoeur envers les nouveaux maîtres du pays, écoutait distraitement, préférant échanger ses impressions avec son voisin de droite, un courtier de la rue Neuve.

Thomaso et Giuseppina se lançaient des regards complices lorsque la filleule de Juselme laissait échapper une remarque imprudente mais ils ne cherchaient pas à se mêler à la conversation que Joseph entretenait avec bonhomie. Nino avait plusieurs fois essayé d'entraîner ses parents vers la table des notabilités où devaient être portés les toasts rituels puis il avait rejoint, de l'autre côté de la place, un groupe de gamins... Seul Giovanni affectait d'écouter Joseph mais c'était surtout les réflexions de la jeune femme qui l'amusaient. Il avait pensé, pendant quelques minutes, provoquer l'ébéniste en faisant mine de croire à sa fable du parrain et de la filleule, ce qui l'aurait autorisé à faire un brin de cour à la dame. Puis il avait abandonné cette idée par crainte d'assombrir les relations entre Joseph et Juselme. Il s'en félicitait car la jeune femme, mise en confiance, laissait peu à peu percer au fil des remarques de son interlocuteur une gouaille rafraîchissante. Elle cessa d'ailleurs de guetter du coin de l'oeil les réactions de Juselme avant de répondre et livra bientôt sans détours ses réflexions sur la foule bigarrée qui les entourait. Les bourgeoises plantureuses accrochées au bras de leurs époux, les paysans en veste de velours, les gardes nationaux dans leur uniforme neuf, elle observait tout le monde d'un oeil moqueur :

- Il y a vraiment du beau linge ici monsieur Barberonne. Regardez cette dame, là, sur votre droite...

Elle riait et son rire aidait Giovanni à tromper l'ennui du repas. Lorsque vint l'heure des toasts, les conversations cessèrent et Juselme se rapprocha de sa filleule.

Il lui prit la main et posa ses lèvres sur son front.

- Vous devez être fatiguée et je ne sais si je dois

féliciter Joseph pour vous avoir fait parler aussi longtemps.

Il se tourna vers Giovanni et ajouta :

- Dieu merci, nous sommes trop loin pour entendre les discours. Mais nous sommes quand même obligés de nous taire. Quand quelqu'un parle au nom de la République, les autres doivent garder le silence. C'est ça, la liberté retrouvée...

Joseph haussa les épaules en soupirant, comme s'il était découragé :

- Vous ne pardonnez pas grand chose à la République, et pourtant vous êtes là, à la célébrer...

- Par curiosité, mon cher Joseph, seulement par curiosité, s'empressa de rectifier Juselme.

L'ébéniste n'avait cependant pas tout à fait tort lorsqu'il évoquait les discours. L'unanimité autour du gouver-nement provisoire était de pure circonstance. La plantation de l'Arbre de la Liberté était d'abord une fête, et chacun des orateurs prenait soin de ne pas la gâcher par des propos polémiques...

Malgré le silence relatif qui régnait à toutes les tables ils ne purent que saisir quelques bribes des phrases définitives prononcées, ce jour là, à l'occasion des toasts. Deux heures durant les notabilités qui s'étaient retrouvées autour d'une table placée un peu à l'écart des autres, se succédèrent.

Monseigneur Depéry, l'évêque, monsieur Allier, le nouveau maire de Gap, monsieur Lesbros, le chef de bataillon de la garde nationale, Maître Blanc, avocat, monsieur Chanal, Commissaire de la République, monsieur Chautard, le directeur de l'Ecole Normale, Maître Chaix, avocat...

Puis ils laissèrent la parole à des citoyens, qui, par leur condition, symbolisaient l'union de tout un peuple, monsieur Pelloux, ouvrier, monsieur Aubert, négociant et surtout monsieur Lampicky réfugié Polonais...

Lorsque celui ci descendit de la chaise où il était perché, la foule l'acclama et cette ovation chaleureuse gagna toutes les rangées. Et même si beaucoup d'entre les convives n'avaient pas entendu Lampicky, chacun sentait l'émotion l'étreindre. La fête qui avait commencé par la célébration de la République se terminait, grâce à l'évocation de la Pologne, sur une note d'espoir que tous attendaient.

Peu importaient les remarques acerbes de Juselme. Et tant pis s'il avait quelques raisons de railler le caractère opportuniste des acclamations qui avaient salué le commissaire de la République, par ce cri de : "Vive monsieur Chanal", répété par mille poitrines...

Pour Giovanni, la réaction des tablées envers Lampicky était un désaveu sans appel de l'attitude hautaine de tous les Juselme du monde...

CHAPITRE 22

Quelques jours plus tard, un dimanche, alors qu'ils déjeunaient ensemble et que Joseph commentait l'article sur la cérémonie de la plantation de l'Arbre de la Liberté, paru dans "La Vedette des Alpes", il confia à son ami :

- Juselme s'est desséché. Il n'a plus ni enthousiasme, ni humilité. Lorsque je l'ai connu, il faillit dire... lorsque nous étions de vrais amis il était très différent. Comme moi, il ne croyait pas aux discours et savait qu'il n'y avait pas d'autres moyens, lorsque l'on naît pauvre, que celui de travailler pour sortir de sa condition. Mais il respectait les autres. Aujourd'hui il pense que sa réussite et l'argent qu'elle lui procure, lui donne tous les droits.

Giovanni pensait au Masten, à son beau-père Augusto, à l'arrogance de leur comportement, il répon- dit :

- Il n'est pas seul à agir ainsi. Il n'y a souvent rien de pire, Joseph, que les ouvriers quand ils deviennent patrons, les pauvres quand ils deviennent riches. Je l'écrirai sur mes cadrans, afin que nul n'oublie d'où il vient et où il retournera.

Giuseppina les interrompit :

- J'ai rencontré ce matin, au marché, la servante de monsieur Juselme. Vous savez, elle n'est pas tout à fait sûre que la filleule soit en bonne santé car monsieur Juselme passe à son chevet une bonne partie de la nuit. Il est très dévoué...

Joseph prit l'air courroucé, mais ses yeux riaient :

- Toi, tu écoutes aux portes, tu es bien une piémontaise. Vas donc chercher ton mari. Je viens de lire dans le journal une annonce qui va sans doute l'intéresser et qui vaut bien une petite promenade. Il faut aussi que je m'occupe de votre éducation...

Il s'arracha du fauteuil pour se préparer et tendit "La Vedette des Alpes" à Giovanni.

- Regardez... là... en page trois, sous la rubrique "Nouvelles diverses".

Giovanni parcourut rapidement l'hebdomadaire dont l'essentiel des articles était consacré à la plantation de l'Arbre de la Liberté avec de larges extraits des différentes interventions. Il se promit de les lire, plus tard, cherchant d'abord la rubrique citée par Joseph.

Thomaso entra, suivi de Nino.

- Nous allons nous promener. C'est une bonne idée, la journée s'annonce magnifique. Je vais préparer la charrette mais j'aimerais bien savoir pourquoi faire.

- Tout ce que je sais c'est que la réponse est dans le journal.

- Barberonne adore les devinettes, répliqua Thomaso.

- Alors, il faut procéder par élimination, reprit Giovanni l'air sérieux. Voyons ça... "ces nouvelles diverses". Ce ne peut être pour aller visiter monsieur Didon qui vient d'être nommé inspecteur des travaux publics, ni pour aller saluer monsieur Maurel, instituteur à Serres. Vous êtes d'accord ? Il ne reste donc qu'une "nouvelle diverse" digne d'intérêt.

Il chaussa, pour le plus grand plaisir de Nino qui se trémoussait, des lorgnons imaginaires et se pencha sur les feuillets. Il lut à haute voix :

- Le 11 avril, le citoyen Davin, mécanicien, fera à Tallard, Hautes-Alpes, l'expérience d'une pompe de son invention, dite aéro-hydraulique, elle donnera 120 litres par seconde.

- C'est exactement ça mon cher Giovanni, lança Joseph qui revenait dans la pièce. Je connais un peu ce Davin. Il prétend que ses inventions, il n'en est pas à son premier essai, vont développer l'agriculture et je suis impatient de vous le présenter.

Il entraîna Giuseppina, Nino et le cadranier vers l'écurie où Thomaso avait attelé la voiture. Il flatta la jument.

- Eh, on va un peu se dégourdir, ma belle !

Ils sortirent de Gap par la route de Provence bordée de platanes. Tandis qu'ils se dirigeaient vers Tallard, ballottés par les ornières, Giovanni se remémorait un autre voyage. Il revoyait Isabella assise à côté du Masten sur le chemin de la Vallée Etroite. Il guettait alors, un oeil sur le cheval, le moindre de ses mouvements, ému par chacun de ses gestes... Ce souvenir nouait son estomac, resserrait sa gorge...

Pour oublier, il regardait Giuseppina, chevelure brune éclaboussant l'épaule de Thomaso. Elle fermait les yeux, bercée par le trot régulier...

Il arrivèrent à Tallard, dont le château dressait ses tours sur un éperon rocheux, après une petite heure de trajet au milieu des vignobles et des vergers. La maison de Davin, une ancienne ferme, était située à l'entrée du village. Un groupe disparate était déjà rassemblé dans la cour, attendant fébrilement l'heure de la démonstration. Quelques voisins venus en curieux, le Maire du village, plusieurs conseillers, des paysans aisés en costume sombre et surtout un monsieur sérieux, les lunettes sur le nez, qui prenait des notes avec application.

Davin, un gaillard solide, à la chevelure grisonnante, évoluait au milieu d'eux gratifiant chacun d'un petit mot. Lorsque Joseph s'approcha pour présenter ses compagnons, Davin le salua gaiement :

- Si vous êtes là, Joseph, c'est que l'histoire de la mécanique va connaître un grand jour. En tous cas je vous remercie d'avoir emmené des amis, ils ne seront pas déçus.

D'autres personnes, sans doute attirées par l'attroupement ou tout simplement intriguées par l'annonce de "La Vedette des Alpes" rejoignirent le groupe. Davin arpentait la cour, suivi par le monsieur à lunettes. Il frappa dans ses mains pour réclamer l'attention :

- Mes amis, je vous remercie de bien vouloir me suivre jusqu'au champ où va avoir lieu l'expérience.

Il désigna un pré, de l'autre côté de la rue et tous s'y rendirent en une lente procession vouée, au culte de la science... En retrait de la route et plantée au milieu du champ, une charpente en bois en forme de pylone, d'une hauteur d'environ dix mètres, supportait une roue à plusieurs pales dont le diamètre équivalait à deux fois celui d'une charrette.

Davin, satisfait d'avoir ainsi stimulé la curiosité de ses invités, reprit la parole :

- Avant de vous expliquer le fonctionnement de cette pompe aéro-hydraulique qui va révolutionner les techniques d'irrigation, je voudrais laisser la parole, pour quelques mots d'explication, à monsieur Castet, professeur à Grenoble.

L'homme qui, tout à l'heure, prenait des notes rejoignit Davin. Il toussota pour affermir sa voix :

- Les premiers moteurs à vent ont été construits il y a douze siècles car les anciens, dans leur sagesse, savaient utiliser les éléments comme le vent. Or, qu'est-ce que le vent, sinon de l'air mis en mouvement par un échauffement plus ou moins grand. Vous savez tous que l'air se dilate à la chaleur et se contracte au refroidissement. L'air dilaté est plus léger, l'air contracté est plus lourd. Ceci explique les courants atmosphériques autrement dit les vents. Des années d'observation nous ont permis de constater que si, près des côtes, les vents soufflent le jour de la mer vers la côte et la nuit de la côte vers la mer, dans les montagnes, il souffle le jour vers les hauteurs et la nuit vers la vallée. Ainsi,il y a toujours du vent et ce vent a une force et c'est pour ça qu'on peut le faire travailler.

Giovanni glissa à l'oreille de Thomaso :

- Tu aurais dû prendre, toi aussi, un carnet car ce ne sont pas les bonimenteurs de Gap qui t'apprendront ce genre de choses.

Les regards réprobateurs de ses voisins l'incitèrent à ne pas poursuivre. Le professeur s'animait, comme si l'évocation des vents le mettait lui aussi en mouvement. Il sautillait presque :

- Chez nous le vent souffle ordinairement, je passe sur la manière de le calculer car ce serait trop long, à la vitesse d'un cavalier au trot. C'est suffisant pour faire travailler une machine comme celle de Davin.

- Je vous remercie professeur, pour ces explications, reprit Davin sous les applaudissements des spectateurs.

- Grâce aux calculs de monsieur Castet, mes amis, j'ai pu mettre au point cette pompe aéro-hydraulique qui nous permettra d'élever l'eau à la hauteur des champs. La roue que vous voyez là haut...

Il pointa le doigt en direction du pylône. Le groupe recula de quelques mètres pour mieux voir.

- Cette roue dis-je peut résister aux variations du vent. Comme vous l'a dit le professeur Castet, ces variations peuvent être importantes. Elle est fixée comme vous pouvez le constater, sur un arbre horizontal. Le vent la fait tourner et la transmission est assurée par l'arbre horizontal dont une extrémité porte le moyeu et dont l'autre extrémité reçoit une manivelle actionnant une bielle articulée, qui par l'intermédiaire d'une tige d'acier guidée verticalement transmet un mouvement au plongeur de la pompe. Vous voyez, c'est assez simple...

- En effet, répondit le Maire, déclenchant un éclat de rire. Mais venons en au fait, mon cher Davin, à l'utilité de la pompe...

- C'est encore plus simple, reprit le professeur Castet, mais je dois d'abord vous parler de l'orientation de la roue sans laquelle rien n'est possible. Cette orientation est obtenue par une girouette qui agit comme un gouvernail et peut entraîner tout le système dans un mouvement de rotation autour de l'axe vertical du moteur. Lorsque le système est à l'arrêt, comme en ce moment, le gouvernail est rabattu parallèlement au plan de rotation grâce à un système situé à l'intérieur de la charpente. Pour le mettre en marche je vais le placer en position perpendiculaire à la roue, il va ainsi s'orienter en fonction du vent et la pompe pourra se déclencher. Il me reste bien sûr à mettre au point définitivement le système de plongeur mais ma démonstration va vous convaincre qu'il s'agit là d'un détail et que l'essentiel est évidemment de pouvoir utiliser le vent.

Davin était rayonnant. Il s'approcha de la charpente en bois pour manoeuvrer le treuil permettant de rabattre le gouvernail.

Joseph l'apostropha joyeusement :

- Mon ami Giovanni, qui est cadranier, capture les rayons du soleil, si toi tu réussis à dominer l'eau et l'air vous pourrez bientôt constituer une belle société.

Davin ne répondit pas, trop absorbé par la manoeuvre. Il libéra le gouvernail mais celui-ci pivota trop timidement pour imprimer un mouvement significatif au système. Le bois se mit à craquer.

Davin se tourna vers Castet qui bredouilla :

- Le vent... le vent... n'est pas assez fort.

Les spectateurs s'impatientaient, Davin leur fit signe de reculer.

- Il y a peut-être quelque chose de coincé, là haut, ce n'est pas très grave.

Il grimpa les barreaux de l'échelle permettant d'accéder à une petite plateforme destinée à faciliter l'entretien du mécanisme. Il examina attentivement le moyeu de la roue, la manivelle et leva les bras en signe d'impuissance.

En bas les commentaires étaient prudents :

- Il manque un peu de vent, c'est sûr, risqua un des voisins.

- C'est beau au niveau mécanique mais ça n'a pas l'air efficace, déclara le Maire qui s'empressa d'ajouter, j'avais prévenu Davin, la commune ne fera l'acquisition de cette machine, que si elle est au point.

Le professeur Castet entreprit de rejoindre le mécanicien sur la plateforme. Il voulait lui expliquer que s'il y avait de l'air en mouvement celui-ci n'était pas toujours assez fort pour actionner un moteur à vent. Il avait d'ailleurs griffonné à son intention mais aussi à celle des curieux qui ne manqueraient pas de poser la question, la formule permettant de calculer la force du vent (W = KI S V3) et qu'il enseignait à ses étudiants.

En le voyant arriver à côté de lui, Davin recula brusquement, imprimant au pylône un mouvement de balancier qui ébranla la charpente. Castet voulut alors se retenir à la rampe de la plateforme sur laquelle il s'arc-bouta maladroitement. L'édifice trembla légèrement mais ce tremblement suffit à débloquer la roue qui commença à se mouvoir en grinçant, entraînée par le gouvernail.

Castet rentra la tête dans les épaules, comme pour se protéger. Davin, accroché, à l'échafaudage, essayait d'observer les mouvements du système de transmission.

Quelques mètres plus bas, on avait applaudi. La machine, faute de vent, ne marchait pas vraiment mais on était quand même convaincu par la démonstration.

Davin profita de la tribune offerte par la plateforme pour reprendre l'ascendant sur ses invités :

- Le professeur Castet m'assure que nous connaissons aujourd'hui des conditions météorologiques particulièrement défavorables mais que cela ne se reproduira que quelques jours par an. Ma pompe peut donc fonctionner une grande partie de l'année et économiser ainsi bien des efforts.

Un murmure qui n'était pas vraiment approbateur parcourut le groupe. Quelques-uns poussèrent le Maire en avant. L'air gêné, celui-ci déclara, tandis que Davin et Castet descendaient de leur promontoire.

- Monsieur Davin a fait, avec l'aide d'un scientifique dont nous ne mettons pas les connaissances en doute, une bien intéressante démonstration. Et si je suis, pour ma part, convaincu que le progrès a pour but ultime de ménager la peine des hommes, il est de mon devoir d'éclairer mes concitoyens sur les risques que ce progrès peut leur faire courir.

Il se retourna vers Davin :

- Il faut, mon cher Davin, parfaire ta machine. Tu pourras alors compter sur notre aide à tous. Tallard sera fière de toi...

Les applaudissements, qui étaient autant d'encouragements, réchauffèrent l'ardeur du mécanicien que l'échec de l'expérience avait quand même un peu meurtri. Il serra la main du professeur Castet comme pour s'assurer que la science ne l'abandonnerait pas au milieu du gué...

Peu à peu, le groupe se disloqua. Joseph et ses amis prirent congé de l'inventeur qui s'était lancé dans une vive discussion avec deux de ses voisins sur l'avenir de la machine dans l'agriculture.

Lorsqu'ils avaient repris la route de Gap, Nino s'était endormi sur l'épaule de son père. Giovanni que la fougue de Davin avait séduit livra à mi-voix ses réflexions sur l'expérience :

- Son mécanisme est techniquement impeccable. Tout est parfaitement calculé, il y a une seule chose qu'il ne pouvait pas vraiment prévoir, c'était la force du vent. Et c'est cet élément qui lui a manqué. Je crois qu'il faut que l'on s'habitue à cette idée que la nature n'obéira jamais aux hommes...

Le séjour de Giovanni à Gap touchait maintenant à sa fin. Le travail entrepris chez Joseph était achevé et il fallait bien terminer celui du plateau du Riou. Un matin, alors qu'ils prenaient le café, Giovanni dit à Joseph :

- Allez viens, Joseph, je vais te montrer mon oeuvre.

Ils montèrent au troisième étage. Une odeur de plâtre frais, de mortier humide, envahissait la vaste pièce qui se courbait sous les toits. Les murs resplendissaient d'un blanc éclatant, mettant en évidence le ton foncé des boiseries. D'énormes solives en cyprès traversaient l'espace du plafond, soutenant des lauzes clouées sur des travées plus fines.

Les deux hommes levèrent la tête. Ces poutres qui parfois craquaient, les rassuraient cependant. Sur le sol les tomettes rouges étaient zèbrées de mortier sec.

- Il faut attendre un peu avant de gratter, les taches partiront plus facilement.

- De la belle ouvrage, dit Barberonne, satisfait, en tapotant les murs qui résonnèrent. Les cloisons sont au cordeau, tu as l'oeil Giovanni.

- J'ai surtout le fil à plomb, répondit-il.

Barberonne s'approcha de la fenêtre mansardée que Giovanni avait ouverte dans la soupente et qui donnait sur la place St Etienne. Il vérifia machinalement les boiseries, fit jouer les volets sur leurs gonds et s'exclama joyeusement :

- Ça marche !

Barberonne s'extasiait devant la fresque murale que Giovanni avait peinte. Elle représentait un oiseau bleu qui observait un coffret.

Giovanni qui s'était approché de la fenêtre, recula précipitamment. Il venait d'apercevoir une ombre coiffée d'un chapeau à larges bords qui se déplaçait lentement, légèrement, qui glissait presque, tout en prenant des notes sur un petit carnet. L'ombre s'arrêta devant l'entrée de la demeure de Barberonne et disparut à l'angle de la rue des Peyroliers...

Et ce soir là, un beau soir de fin d'avril, Giuseppina arriva toute essoufflée.

- Monsieur Barberonne ! Monsieur Barberonne, j'ai des nouvelles de Turin. Savez vous ce qui s'y passe ? C'est la révolution. Ah ! c'est vrai, vous et la révolution ça fait deux. Mais enfin, rassurez-vous, c'est juste une histoire de tabac.

- Explique toi plus clairement Giuseppina, dit Barberonne avec calme. Et d'abord comment sais-tu cela ?

- Eh bien, en allant pomper de l'eau à la “brandoire”, place Grenette, j'ai vu un colporteur qui se désaltérait. Tout de suite j'ai reconnu un piémontais. Alors, sans hésiter, je lui ai demandé des nouvelles du pays.

Giuseppina agitait frénétiquement ses boucles brunes, en riant. Ses yeux pervenche caressaient le vieux Barberonne qui riait de la voir rire. Giovanni était sorti de la bibliothèque où il s'était plongé dans “Le voyage en Icarie”, de Cabet.

- Ecoute ça, Thomaso ! Thomaso viens ! Ecoute, dit-elle en se penchant au-dessus de la rampe.

Thomaso venait de rentrer de l'école de traits. Il montait lentement les escaliers.

- A Turin, on a décidé de ne plus fumer parce que fumer c'est acheter du tabac et acheter du tabac, c'est donner de l'argent aux Autrichiens, vu que le tabac, c'est eux qui nous le vendent. Les piémontais ont décidé de ne plus fumer et en plus de s'empêcher de fumer les uns les autres. Imaginez-vous que l'autre soir en sortant d'un café, via Montebello, un dénommé Galleani se promenait, l'air provoquant, un cigare aux lèvres. Des patriotes l'ont pris à parti mais ses camarades l'ont soutenu au nom du plaisir et de la liberté individuelle. Bref, un vaste pugilat a éclaté, transformant le café en question en arène. Le vin, la bière, il y en avait partout. Le patron est sorti, armé d'une pétoire si vieille qu'elle lui a explosé dans la figure au premier coup de feu. La police a dû intervenir. Résultat, cinq morts et plusieurs blessés.

- Comme quoi, quand ce n'est pas à cause des Autrichiens que meurent les piémontais, c'est à cause de leur tabac. Profitons-en pour se préparer à boire et à fumer parce que j'ai l'intuition que le colporteur dont tu parles va arriver dans peu de temps. Tu ne sais pas, Giuseppina, qui tu viens de rencontrer...

La phrase de Barberonne fut interrompue par le marteau de bronze qui retombait. Une voix forte emplit la cage d'escalier et monta, vive et joviale, accompagnant l'homme. C'était bien Luigi.

- Salut à tous, dit-il en reprenant sa respiration. Je suis heureux de vous voir, mes amis, mes frères. La route a été longue et dure.

Tous se mirent à rire.

- Mais, nous nous connaissons charmante mademoiselle.

- Madame... rectifia Giuseppina en descendant à la cuisine. Je vais vous préparer quelque chose de chez nous. Polenta et civet de marcassin, ça va ?

- Avec un peu de vin ce sera parfait rajouta Barberonne.

Les hommes s'installèrent confortablement dans les fauteuils de la bibliothèque. Nino monta du bois sec et activa les braises somnolentes. Des cuisines, un appétissant fumet parvenait jusqu'à l'étage mêlé au tintement des casseroles.

Puis brutalement une autre musique lointaine se tût. Les Peyroliers avaient cessé leur travail. Giovanni remarqua le nouveau silence autour d'eux et tous sentirent la maison qui s'agitait, s'animait, vivait. Cette vie contrastait avec le calme apparent des hommes. Ils étaient, en réalité, tous impatients d'écouter Luigi. Ils savouraient ses récits par avance et retenaient le temps encore quelques instants...

Puis Luigi parla. Il était, pour eux tous, le messager des nouvelles de leur pays, celui qui parlait de la racine par laquelle chacun se nourrit, rêve et survit. Il ramenait des histoires et des rêves de chacun des endroits où il était passé.

Il parla de Turin et de Bardonecchia, de la nouvelle constitution, de l'indécision de Charles-Albert et des événements qui s'annonçaient. Il parla du printemps des peuples, du désir de chasser les Autrichiens, de Radetzky... Luigi annonça à Giovanni qu'il remonterait avec lui à Château-Queyras. Il voulait absolument rencontrer Pierre Arnoux.

Le mois de mai arrivait.

CHAPITRE 1

Giovanni et Luigi, accompagnés de leurs mules, sortirent de Gap au lever du soleil. L'habitude plus que la nécessité les poussait dehors à cette heure matinale comme s'ils avaient dû faire un long périple... Ils avaient pris congé de Joseph Barberonne la veille.

Ils marchaient côte à côte, leurs souliers ferrés raclant le pavé de la rue... Le chapeau enfoncé jusqu'aux yeux, le col du manteau relevé sur le visage, ils ne pipaient mot. Ils en avaient, du coup, presque l'air inquiétant les deux piémontais tandis qu'ils descendaient la rue Neuve. Les écuries, les entrepôts, les auberges, les postillons, les cochers et les commissionnaires étaient en train de se réveiller mais ils n'y prêtaient guère attention. Tous deux avaient hâte de se retrouver seuls quelques hectomètres plus loin...

En passant devant un cabriolet qui allait s'engager vers la place Saint Etienne, Giovanni songea à la drôle d'expérience que lui avait fait vivre la Marquise de Bardonnèche... Le souvenir de leur étreinte lui fit ralentir le pas et Luigi, étonné, lui demanda :

- Déjà fatigué ?

- Pas vraiment, mais j'ai quelque chose à te raconter lorsque nous serons sur la route.

Il se délectait à l'idée du récit qu'il allait faire à son ami. Bien entendu il rajouterait des détails qui feraient rougir Luigi. Giovanni savait celui-ci amoureux de Maria, ce qui à priori lui interdisait de se livrer à son tour à de telles confidences. Il en profiterait et embellirait la promenade en calèche, l'enjolivant de comparaisons avec le lit des auberges, la paille des granges et l'herbe des champs. Luigi, c'est sûr, se mordrait les lèvres pour ne pas faire de commentaires... Et cette pensée amusait Giovanni.

A la sortie de Gap, après avoir franchi le torrent de Bonne par le petit pont de Burle, ils empruntèrent la route royale quatre-vingt-quatorze, qui reliait Pont-Saint-Esprit à Briançon. C'était une très belle voie plantée de noyers dont l'entretien faisait depuis des années l'objet d'âpres débats entre les maires des villages riverains. L'amélioration de l'état des routes et des chemins, dont Giovanni et Luigi étaient les témoins depuis des années, occupaient une place importante dans les préoccupations des élus du département. Quand ce n'était pas tout bonnement l'enjeu des élections, comme en 1846. Cette année là, la construction de la route départementale de Plan de Phazy à Château-Queyras avait joué en faveur du candidat du gouvernement, le conseiller d'état Desclozeaux. Giovanni avait été indirectement confronté à ce problème lorsqu'il avait peint, en 1842, un cadran sur la mairie d'Abriès. Pour la première fois un conseil municipal en avait discuté le prix. Le maire, l'air gêné, lui avait alors expliqué que le refus du conseil général de classer au rang de route départementale un chemin situé sur le territoire de la commune impliquait une dépense imprévue, que les maigres finances communales pouvaient à peine absorber. Le chemin desservait pourtant le fond de la vallée et permettait d'accéder jusqu'au Piémont par un sentier muletier...

La route royale longeait le cours de la Luye sur plusieurs kilomètres et les deux voyageurs s'arrêtèrent un instant au bord de la rivière pour faire boire les mules. Le soleil annonçait une belle journée. Assis dans l'herbe, à l'ombre des bouleaux, Luigi avait sorti de son sac un exemplaire de "La Vedette des Alpes" qu'il déplia avec soin. A quelques mètres de lui, Giovanni, adossé à un rocher, ne parvenait pas à chasser l'image de Justine que les semaines passées à Gap n'avaient fait qu'estomper. Il appréhendait soudainement le retour à Château-Queyras. Sa gorge se serrait, il sentait son pouls s'accélérer à l'idée qu'elle ne serait peut-être plus là, sur le muret, pour le regarder travailler. Cette pensée le tracassait et il ne parvenait pas à la chasser tandis que son regard se perdait dans les tourbillons de la Luye.

Luigi délaissant son journal s'était approché.

- Tu es songeur l'ami et ça m'inquiète. Ce matin déjà dans les rues de Gap tu m'as paru bien triste.

- Triste ce matin, tu n'y es pas du tout. D'ailleurs c'est un peu compliqué à expliquer, mais enfin, à toi, je peux le raconter. Il m'est arrivé quelque chose de pas ordinaire.

Giovanni marqua un temps d'arrêt pour s'assurer que Luigi était attentif. Il éprouvait de la jubilation à l'idée de raconter son aventure. Il sourit et reprit, à voix basse, comme si les mules, elles aussi, devaient être tenues à l'écart de la confidence :

- Je marchais, rue du Bordel, sans pouvoir me décider à franchir un porche. J'hésitais, j'avais l'impression que, là-haut, le soleil se fichait de moi. Je soupirais. Tout ce temps passé à le traquer pour quelques pièces qu'une fille dodue allait glisser dans son corsage avant d'accepter de relever ses jupes. C'est alors que la voiture de la Marquise de Bardonnèche s'est arrêtée à ma hauteur. Elle a tout de suite compris et m'a invité à monter. Là tout s'est passé très vite. J'ai à peine eu le temps de me déboutonner que je me suis retrouvé sur elle. Une vraie furie. La berline s'est emballée. Je ne savais pas où nous allions mais sur le moment, je dois te dire que cela ne m'a pas beaucoup préoccupé.

Luigi le regardait avec une moue amusée et contrairement à ce qu'attendait le cadranier, il n'était pas du tout troublé par le récit. Giovanni, que ce détachement agaçait, poursuivit :

- Le cocher avait pour consigne de ne pas s'arrêter tant qu'elle n'en aurait pas donné l'ordre, aussi je ne pourrais pas te dire combien de temps cela a duré. En tous cas rien de comparable avec les bergères que l'on trousse dans un champ et qui attendent, jambes bien écartées, que ce soit fini en scrutant la cime des arbres. La marquise, quand elle se donne, c'est pour de bon, j'ai encore dans le dos la marque de ses ongles. Je pourrais...

- En somme, interrompit Luigi, Madame de Bardonnèche, malgré son air guindé et ses tenues bien apprêtées, c'est une vraie guerrière. Et c'est pas Jeanne d'Arc vu ce que tu viens de dire. Tu devrais t'en inspirer pour un prochain cadran. Tiens, celui que tu dois finir chez ton notaire. Je suis sûr que ça lui plairait. Tu pourrais peindre ta Marquise en poulette, le buste sanglé dans une côte de mailles et la jupe retroussée faisant face à un petit gars qui te ressemblerait, le pantalon au bas des mollets, armé d'une lance qui finirait comme une quenouille...

Giovanni lui lança, en riant, une motte de terre qui éclata à ses pieds.

- Excuse-moi, j'ai oublié que tu préférais les bergères.

Ils reprirent leur route croisant de nombreuses charrettes, les unes poussives, les autres plus alertes. A plusieurs reprises des équipages plus rapides les forcèrent à emprunter, de mauvaise grâce, le bas-côté.

Ils avaient décidé de faire une halte à Montgardin, dans une auberge tenue par un ancien soldat de la Grande Armée. Luigi entretenait avec lui des relations dont Giovanni soupçonnait qu'elles n'étaient pas seulement commerciales... En effet, depuis quelques années, les nostalgiques de l'Empereur et les patriotes italiens s'étaient découverts bien des objectifs communs.

Pour accéder à l'auberge, il fallait quitter la route et s'engager dans une côte sévère qui menait au petit village. Elle était construite sur une esplanade à côté de l'église et dominait la vallée. Luigi et Giovanni, encore essoufflés par la montée, s'y attardèrent avant de gagner la terrasse. Ils apercevaient, par-delà la vallée qui s'élargissait, le Piolit, le Pic de la Pousterle et les Aiguilles de Chabrières, gardiens vigilants de la montagne toute proche. Ils remontaient du regard la route royale, ruban ocre déroulé au milieu des champs, pour découvrir, plus à l'ouest, le Pic de Gleize....

La voix de Jacques Berteaux interrompit leur voyage. Jacques avait servi, à vingt ans, dans les armées napoléoniennes. Il racontait, avec des détails qui, quelquefois, arrachaient les larmes de l'auditoire, l'épopée de Napoléon. Il ponctuait souvent le récit des victoires prestigieuses de mille anecdotes le mettant en scène. Et même s'il avait tendance, au fur et à mesure que l'après-midi s'avançait, à exagérer le rôle personnel qu'il avait joué, lors de certaines batailles décisives, on l'écoutait avec beaucoup de plaisir. A soixante ans passés il avait conservé les favoris et les moustaches des grognards de l'Empire.

- Oh ! le piémontais, tu es venu assister à la débandade des rois ? dit-il, en s'adressant à Luigi.

- Salut grognard, en attendant que le neveu ou le cousin de ton empereur... excuse-moi, mais je m'y perds un peu avec tous ces prétendants...veuillent bien libérer le Piémont, sers-nous à boire, pour nous la route est encore longue. Au fait, je ne sais pas si je te l'ai déjà dit, mais tu aurais dû revenir manchot d'Austerlitz car, dans quelques années, personne ne voudra croire que tu y étais, même planqué derrière la tente de Murat...

- Rigole, piémontais, mais si le Corse n'était pas venu chez toi pour t'apprendre à réfléchir en homme libre, tu serais encore là-bas un crucifix à la main, à trembler devant ton roi.

Ils se donnèrent l'accolade.

- Je te présente mon ami, Giovanni Francesco, maçon et cadranier. Nous allons à Château-Queyras.

- Tu ne devrais pas, Giovanni, faire la route avec cet individu, il va attirer plus d'ennuis que de jolies filles. La dernière fois qu'il est venu ici j'ai eu droit à une visite de la gendarmerie. Ils ont tout fouillé pour chercher un livre que je lui avais demandé de m'amener. Mais ils n'étaient pas si bien renseignés que ça. Ils auraient dû savoir, puisqu'ils sont partout, que quand tu demandes un livre à Luigi il faut s'attendre à des délais... Remarque que cette fois ci, ça m'a bien arrangé. Du coup j'ai eu droit aux excuses du lieutenant. Un jeunot dont la seule campagne c'est d'avoir fait charger à la baïonnette des gardiens de chèvres, là-bas, en Algérie. Tu vois, Luigi, des héros maintenant il n'y en a plus beaucoup. Ils rirent tous trois et Jacques amena un pichet de vin et trois verres. Il devint plus grave :

- Les événements me donneront raison, Luigi. La République est sympathique comme le printemps. Elle fait rêver, elle donne l'impression que tout est possible. Pour le moment les jours allongent et avec eux les espérances des hommes mais tout ça est fugitif. Tu sais de quoi je parle, toi, le cadranier... Moi, je pense qu'il faut de l'ordre pour qu'un pays fonctionne. Et tes républicains ils ne sont pas capables de le maintenir, l'ordre, ils paniquent. Demain, peut-être, ils te feront tirer dessus...

- C'est possible, concéda Luigi, mais quand je vois ce qui se passe chez nous, en Piémont, je me dis que c'est pire de s'en remettre à un seul homme sous prétexte qu'il est couronné ! Mais ce n'est pas aujourd'hui que je pourrai t'en convaincre.

- J'espère me tromper, piémontais, car je sais bien qu'au fond nous voulons la même chose. Ma maison, quoi qu'il arrive, sera toujours la tienne. Et que cela ne nous empêche pas de trinquer ensemble.

Ils firent tinter leur verre et après avoir pris congé de Jacques Berteaux, Giovanni et Luigi reprirent leur route.

Il était presque onze heures et en redescendant ils s'imprégnèrent de la luminosité qui montait de la vallée. Par delà le bourg de Chorges, qui se recroquevillait autour de son église, émergeaient, dans un halo de brume, les arêtes rocheuses des montagnes de Crévoux.

CHAPITRE 24

Assis dans un champ, peu avant les premières maisons de Chorges, Giovanni et Luigi avaient déposé devant eux le contenu du panier que Giuseppina leur avait préparé.

- J'ai eu peur, tout à l'heure, dit Luigi, que tu cavales aussi vite que les diligences qu'on croisait. A moins que tu aies voulu rattrapper tes souvenirs. Je sais que tu as des raisons d'être pressé, mais moi j'ai le temps.

Giovanni ne répondit pas tout de suite. Il goûtait la quiétude du lieu. Le mois de mai affolait la nature et il lui semblait que le désordre de ses sentiments y faisait douloureusement écho. Il découpa un large morceau de cacetto.

- J'ai écrit à Barthélémy Prieur pour lui dire que nous passerions à Prunières le visiter et je préfère ne pas traîner.

- Si c'est bien là ta seule raison c'est pas trop grave... Mais au fait, j'ai lu, quelque part, que l'amour faisait perdre l'appétit. Ça n'a pas l'air d'être ton cas et ça me rassure, insista Luigi avant de se servir à son tour.

- Et toi, c'est bien la première fois que je te vois manger avant de lire la "La Vedette des Alpes". Tu n'aurais donc plus confiance en la République ?

- La République, on peut en parler. Je ne l'ai pas dit ce

matin à Berteaux mais le résultat des élections qui ont eu lieu le dimanche de Pâques est bien curieux. Rendre la parole aux gens ce n'est pas facile et ça ne réserve pas toujours de bonnes surprises

- Voilà que tu parles comme mon notaire. Tu devrais te surveiller un peu ou tu vas finir libraire via Veneto et mourir d'ennui...

- Je ne veux pas te blesser, Giovanni, mais ta position est confortable, tu promènes sur le monde un regard de spectateur mais prends garde qu'un jour les événements ne te forcent à choisir un camp.

- Tu me l'as déjà dit cent fois, rétorqua Giovanni en se levant. Comme tu m'as déjà dit cent fois que le suffrage universel n'était pas suffisant pour faire des citoyens. Alors je ne vois pas pourquoi tu t'enflammes...

Luigi haussa les épaules. Il n'avait pas envie de se quereller car, à chaque fois, entre les deux hommes, cela se terminait par une sorte de bouderie qui les voyait poursuivre le reste du voyage en silence, chacun ruminant des arguments que de toute façon il n'exposerait pas. Ils avalèrent donc, sans prolonger cette conversation, la charcuterie, les biscuits secs et le vin de Giuseppina. Puis, après deux heures de repos, ils reprirent la direction de Chorges.

L'après-midi s'annonçait aussi lumineuse que la matinée mais lorsqu'ils arrivèrent dans le village il leur sembla que celui-ci était encore engourdi. Ils remontèrent la rue principale et passèrent devant la mairie où de grandes affiches proclamaient le résultat des élections. Au moment où ils débouchaient sur une petite place, dont la fontaine ressemblait à deux cloches empilées, ils perçurent, venant de la direction de l'église, les éclats de voix et les bruissements d'une foule rassemblée. Ils crurent tout d'abord à une de ces nombreuses processions qui accueillent l'arrivée de la belle saison. Mais lorsqu'ils se rapprochèrent, par une petite rue escar-pée, ils entrevirent, assemblée sur l'esplanade, devant une estrade improvisée, une partie de la population...

Giovanni voulait rester en retrait mais Luigi l'entraîna. Ils rebroussèrent chemin pour entraver leurs mules devant l'église dont les deux grosses portes de bois étaient restées closes, ce qui renforça leur curiosité. Ils se mêlèrent ensuite aux rangs des villageois. Dans le prolongement de l'esplanade, par-delà l'estrade, se profilait la montagne de Bure mais tous n'avaient d'yeux que pour l'homme qui parlait. Luigi, qui avait interrogé son voisin,apprit qu'il s'agissait de Cyprien Chaix, substitut du commissaire du gouvernement à Embrun et candidat malheureux aux dernières élections.

Plutôt grand, les traits réguliers, Cyprien Chaix était vêtu d'une redingote de couleur brune. Un foulard rouge fermait son col. Il parlait d'une voix forte qui couvrait les murmures, tantôt admiratifs, tantôt réprobateurs, de ses concitoyens. Il brandissait un journal :

- La plus grande conquête de la république, c'est la liberté d'expression. Mais peut-on dire, aujourd'hui, dans notre département que cette liberté existe ? Beaucoup d'entre vous connaissent ce journal, mais combien savent-ils qu'il est devenu, en quelques semaines, le porte parole d'un seul homme ? Les signatures sont bien sûr différentes mais est-ce suffisant pour dire qu'il y a plusieurs opinions ?

Il prit à témoin un spectateur du premier rang :

- Pouvez-vous me dire, Monsieur, ce qui différencie le propriétaire du journal, monsieur Allier, et monsieur Chautard,le directeur de l'école Normale ? Vous ne trouvez pas ?

L'homme, gêné par l'apostrophe, fit un signe de tête.

- C'est normal, parce qu'il n'y a pas de différence. Ils sont tous les deux devoués au nouveau maître du département, le citoyen commissaire Chanal

Au nom de Chanal la petite foule fut parcourue d'un murmure. L'orateur poursuivit :

- Et si Monsieur Allier et Monsieur Chotard sont si proches de Monsieur Chanal c'est parce qu'ils lui doivent beaucoup. C'est leur affaire mais cela ne garantit pas la liberté d'expression. Regardez ce numéro, sur la première page il y a, sur quatre articles, trois fois la signature de Chanal. Mais vous allez me dire, Monsieur, ajouta-t-il en regardant le même spectateur de plus en plus mal à l'aise, il reste le quatrième article. La voilà, la liberté d'expression ! Alors, lisons-le ensemble, cet article :

> *"Courage nous ne sommes plus abandonnés à nous-mêmes ! Une main puissante, une main amie va donner l'impulsion dans toutes les parties du département. Le commissaire est arrivé ! Animé de l'esprit de notre grand poète, devoué et infatigable comme lui, il va réchauffer la semence féconde qu'un gouvernement impie s'efforçait d'étouffer. Ecoutez le sublime écho de l'âme, ces paroles sont un hymne à la fraternité".*

Sur l'estrade Cyprien Chaix replia le journal d'un geste théâtral.

- On en pleurerait n'est ce pas ? Mais vous l'avez compris mes amis, cet article n'est pas de Chanal, mais il parle de Chanal. C'est ça, la liberté d'expression façon "Vedette des Alpes"...

Des applaudissements saluèrent la charge. Luigi était ravi, le ton polémique de Chaix lui plaisait.

- Pour illustrer mon propos, je pourrais également vous parler des nouvelles de Paris que reproduit la "Vedette". Avez-vous eu, une seule fois, connaissance des dépêches du journal la “Réforme”, savez vous qu’à Paris et dans d’autres grandes villes, pour donner du travail aux plus pauvres des ouvriers, la République a créé des Ateliers Nationaux. Non, vous ne le savez pas. On vous l’a caché car on préfère vous tenir à l’écart du grand mouvement d’idées qui traverse notre pays et l’Europe entière. De l’autre côté de nos montagnes, en Piémont, le peuple s’est soulevé contre l’oppresseur. Plus loin, en Pologne, on se bat aussi pour la liberté. Et l’on voudrait qu’ici, un roitelet soit couronné !

Une nouvelle salve d’applaudissements accueillit ses paroles mais certains villageois manifestaient de l’impatience, se lançant dans des apartés avec leurs voisins. La Pologne était décidément bien loin... Cyprien Chaix perçut ce mouvement et il recentra son discours sur les événements locaux.

- Comme vous, mes amis, lorsque j’ai vu arriver Chanal j’ai cru que les choses allaient changer. Il m’a confié la charge de substitut à Embrun avec, pour mission, le rétablissement de la justice. Mais quel exemple a-t-il donné ? Il a révoqué des hommes de l’ancien régime, certains parce qu’ils avaient été des serviteurs zélés de la royauté mais d’autres, tout simplement, pour les remplacer par des hommes à lui, tout dévoués à son ambition. Cela n’a pas suffi à assurer son élection et sa défaite est une victoire montrant la sagesse du peuple. Comme lui, j’ai été candidat aux élections et j’ai été battu. J’ai accepté cette défaite et j’ai décidé de continuer à travailler pour que les idées que je défends progressent. Chanal aussi a été battu. Et quelle a été sa réaction ? Il a cherché à assouvir son désir de vengeance sur les hommes indépendants qui ont essayé de dire la vérité. C’est d’autant plus révoltant qu’il avait à sa disposition l’ensemble de l’administration de notre département. Car, après tout, qui la paye cette administration ? Nous ! Et si, depuis, il a appris, monsieur Chanal, qu'on ne pouvait pas acheter les consciences grâce à une petite promotion, une autorisation quelconque, la promesse d'un emploi d'agent voyer ou l'octroi d'une indemnité, il a largement profité de la crédulité des gens. Croyez-vous qu'elle était spontanée l'ovation qui l'a salué, le 25 mars dernier, à Embrun ? J'étais là. Je peux vous dire que parmi les quatre cents convives du banquet, j'ai vu s'époumoner plus d'un sous-officier du soixante-septième régiment de ligne, agissant sur l'ordre de ses supérieurs...

Il fit mine de crier, ses mains en porte-voix et la foule se mit à rire de bon coeur. Elle en redemandait et il força le trait :

- Je pourrais également vous raconter la plantation de l'Arbre de la Liberté, à Gap.

Les premiers rangs crièrent : oui !

- C'était le 2 avril dernier. J'étais là parmi les notables de la ville, à côté de Monseigneur Depery, notre évêque ; lorsque nous avons vu arriver Chanal nous étions médusés. Précédé de dix gendarmes en grand uniforme, qui lui frayaient un passage dans la foule, il avait revêtu une bien curieuse tenue pour un ancien sous-lieutenant : redingote à brandebourgs, épaulettes dorées et bicorne empanaché. Sans même nous faire un signe il s'est dirigé vers le champ de Mars au son des cloches et tandis que la troupe faisait tirer le canon. Lorsque Monseigneur Depery a béni l'arbre, il a tourné son regard vers la foule où ses agitateurs ont fait crier : "Vive le commissaire de la République, vive la République." La même scène, mes amis, s'est répétée quelques jours plus tard à Saint Bonnet et même si je n'en ai pas été le témoin, je peux vous dire que pareils débordements se sont produits. Ainsi, malgré une tournée soigneusement préparée, au mépris des règles de la République et malgré son omniprésence dans les colonnes de la “Vedette des Alpes”, le citoyen commissaire a été battu aux élections. Vous connaissez la suite : il a décidé, pour se venger et peut-être parce que j'avais obtenu plus de voix que lui, de mettre fin à mes fonctions de substitut à Embrun. Moi, je considère que son arrêté est illégal et devant vous je fais le serment de revenir.

Luigi se surprit à applaudir en même temps que ses voisins. Il glissa dans l'oreille de Giovanni:

- Ce gars me plaît bien, nous allons faire le tour de la place, dès qu'il aura fini de parler, pour nous présenter à lui.

- Beau discours en effet, qui cache peut-être une petite ambition, répondit, sceptique, Giovanni.

Il allait rajouter que la volonté de Cyprien Chaix de dire à ces concitoyens ce qu'ils avaient envie d'entendre n'était peut-être pas un gage de sincérité mais il se tut car l'orateur concluait son intervention.

- Je vous demande, mes amis, devant cet acte qui touche aussi mes camarades Cézanne juge de paix et Albert sous-commissaire, de rester déterminés mais calmes. La République saura, j'en suis sûr, reconnaître ses fils !

Il quitta la tribune sur ces paroles et fut immédiatement entouré par quelques-uns des villageois. Les autres se dispersèrent. A l'écart du groupe Luigi et Giovanni attendirent qu'il eut fini de recevoir les félicitations de ses partisans. Puis ils s'avancèrent :

- Luigi Picca, colporteur de livres et Giovanni Francesco Zarbula, cadranier, nous sommes piémontais. Nous nous rendons à Château-Queyras et nous sommes arrivés, Monsieur, pendant votre discours...

- J'ai entendu parler de vous, Monsieur Zarbula,

interrompit Cyprien Chaix. Nous avons un ami commun Pierre Arnoux l'aubergiste. Pierre a été un de mes fidèles soutien dans le Queyras. Il m'a dit beaucoup de bien de vous. J'ai d'ailleurs vu certains de vos cadrans et je les trouve intéressants et comment dire... le mot est peut être faible, très originaux. Vous faites réfléchir et rêver Monsieur Zarbula comme j'essaie parfois de le faire.

- Cette remarque me touche mais je suis un travailleur manuel, je n'ai pas d'autres ambitions que celle de livrer le temps à ceux qui ont besoin de le mesurer...

- Certes, mais il n'est pas ordinaire de voir un maçon lire Bedos de Celles et s'inspirer du temple de Salomon, observa Chaix avec un sourire. Votre ami doit y être pour quelque chose car, lorsqu'il en parle, Pierre Arnoux me le décrit comme un grand dévoreur de livres. Voyez, vous ne pouvez pas me cacher grand-chose. Et ne croyez pas que le fait d'avoir été substitut m'a donné le droit de lire tous les dossiers de la police de Louis Philippe... D'ailleurs la police n'est pas toujours la mieux infor-mée... Venez avec moi jusqu'a la mairie et puisque vous vous rendez à Château-Queyras je vais en profiter pour vous confier une lettre à l'intention de Pierre.

Giovanni était perplexe, Cyprien Chaix savait beaucoup de choses... Ils lui emboîtèrent le pas. Chaix dut encore sacrifier quelques minutes à ses concitoyens tandis qu'ils descendaient vers la mairie. Ils entrèrent à sa suite dans une salle, au premier étage, où étaient empilés des dossiers poussiéreux.

- Le bureau du maire, qui est un ami. Je m'y réfugie pour travailler.

Il tendit à Luigi une enveloppe cachetée qu'il avait sortie d'un tiroir.

- La lettre dont je vous ai parlé et que je vous demande

de remettre à Pierre Arnoux. Chanal m'accuse et je pense que la "Vedette des Alpes" s'en fera l'écho, d'avoir sollicité les faveurs du gouvernement royal il y a deux ans. Il dit que c'est là le motif de ma révocation. Je pense vous avoir éclairé sur les motifs réels de celle-ci tout à l'heure et j'explique la même chose à Pierre dans ma lettre

- Nous la lui transmettrons volontiers, répondit Luigi, mais Pierre est un homme lucide, il ne se laisse pas influencer facilement et je pense que les insinuations de Monsieur Chanal n'auront pas de prise sur lui.

- Je le sais mais j'ai besoin de lui expliquer mes raisons. Car Chanal n'invente rien. J'ai effectivement demandé un poste de juge au précédent gouvernement. Je l'ai fait en arguant de ma compétence. A aucun moment je n'ai laissé croire que j'étais attaché au régime royal. J'avais la ferme intention, si le poste m'était confié, d'utiliser mes fonctions pour favoriser l'accomplissement de la justice. Après tout, est-ce un crime de revendiquer des responsabilités lorsqu'on estime avoir les qualités requises ? Mais je vous ennuie avec mes discours et votre route n'est pas finie. Il paraissait las et désabusé, son regard se perdit un instant dans la rue...

Luigi et Giovanni se levèrent pour prendre congé. Cyprien Chaix les serra chaleureusement contre lui laissant percer une émotion que Luigi attribua à l'évocation des faits qu'on lui reprochait aujourd'hui. Mais en étreignant Giovanni il murmura :

- Garde-toi l'ami, car tu ne sais ni l'heure ni l'endroit...

CHAPITRE 25

Les paroles prononcées, à mi-voix, par Cyprien Chaix, au moment de prendre congé, avaient ravivé les interrogations de Giovanni. Et tandis qu'il marchait vers Prunières, il tentait de les endiguer...

Que pouvait d'ailleurs savoir, du périple du cadranier, l'ancien substitut. Les rapports de gendarmerie n'avaient pu lui apprendre que des bribes de son histoire, des moments arrachés à ses voyages dans le Queyras, ses liens avec Pierre Arnoux, son amitié pour Joseph Barberonne, la marquise peut-être... Du reste, de tout le reste, Cyprien Chaix ne pouvait rien connaître... Les images se bousculaient... Bardonecchia, inondée par le soleil d'avril... là dans la cuisine, face à Antonnella,le Masten qui menace... Tonino taillant la pierre et Giovanni assis à deux pas, couvert de poussière, fasciné par l'adresse de son oncle... Poussière et lumière encore dans l'unique salle de l'école, et le vieux maître qui avait écrit : "Italia fara da se" avant que le maire, d'un chiffon rageur et devant la classe rassemblée, n'efface le tableau... Poings serrés dans les poches lorsque la diligence emmène vers Turin et un riche mariage, une jeune fille en pleurs qui jetait vers lui un regard désespéré...

Giovanni eut envie de se retourner et de s'asseoir, adossé à la montagne, pour attendre ces ombres qui le guettaient depuis des semaines. Il voulait les affronter de face ; mais pouvait on ainsi affronter son passé ?

- Tu fais, décidément, un bien piètre compagnon de voyage. Je ne te reconnais plus, ta belle te cause donc tant de tourments ?

Maladroitement, parce qu'il sentait que son ami était tendu, presque triste, Luigi essayait de briser le silence. Mais ce qui lui faisait le plus mal c'était l'écart qu'il sentait grandir entre leurs sentiments. Giovanni lui semblait détaché des événements, uniquement préoccupé par l'irruption soudaine d'une femme dans sa vie jusque là rythmée par des rencontres furtives. Et cela Luigi, malgré leur amitié vieille de trente ans avait de la peine à le comprendre. En colportant des livres, il avait appris à devenir le messager des idées nouvelles et acquis la certitude que l'individu ne pouvait atteindre le bonheur que dans une société composée d'hommes libres... Les soucis de Giovanni, alors que se déroulaient sous leurs yeux des événements qui pouvaient bouleverser l'Europe entière, lui paraissaient futiles. Mais il ne pouvait l'exprimer autrement que par une sorte de dérision affectueuse. Il renchérit donc :

- Ce Barthélémy Prieur, il doit, lui aussi, avoir une gouvernante. Tiens je la vois déjà... blonde, la taille bien faite, des yeux malicieux. Monsieur Prieur n'a plus l'âge de se rouler dans les champs et elle, la pauvre, elle attend celui qui saura l'entraîner vers une botte de foin.

- Je dois reconnaître que tu es perspicace lorsqu'il s'agit de prévoir des événements politiques mais pour le reste tes dons sont plutôt limités. Monsieur Prieur a effectivement une servante mais je crois qu'elle a presque son âge...

- Tu vois, Teppa, il ne faut pas désespérer, ton maître vient de retrouver la parole. Avec un peu de chance, il va enfin nous expliquer à quoi il pensait si fort pour en arriver à presque m'ignorer, moi, son plus vieil ami...

Giovanni ne pouvait répondre sans livrer d'abord les raisons de son inquiétude. Il choisit de parler de Barthélémy Prieur qui, plus haut, devait les attendre.

- Je suis venu ici, pour la première fois, il y a quelques années, peindre un cadran sur sa maison. A l'époque, il était encore avocat à Gap et se rendait à Prunières à chaque début de printemps. Il avait déjà dans l'idée de s'y retirer et sur les conseils d'Emilie de Bardonnèche il avait fait appel pour les travaux, à Gianni Quaranta.

- Oui, oui je vois la suite, la marquise invite Gianni en carrosse et vlan ! il fait les travaux chez Prieur. Epuisé par les trajets, il t'appelle au secours mais toi, prudent, tu déclines l'offre pour le transport et tu t'installes quelques temps chez l'avocat. Tu as peut-être eu tort parce que tu vois aujourd'hui, au lieu de marcher sous le soleil avec ta mule au côté d'un mauvais garçon comme moi... Je vois très bien la scène...

Il changea d'intonation.

- Voyez-vous, ma chère, il paraît que votre cadran est très réussi, pourriez-vous me prêter le cadranier ? Juste pour quelques heures, le temps d'un aller retour dans ma voiture jusqu'à ma résidence d'été.

- Je vais finir par croire que les regrets sont pour toi ! En tous cas Barthélémy va te plaire. Aucun de ceux qu'il a défendu ne pouvait se payer un carrosse...

L'après-midi se terminait. Ils dépassèrent le hameau et grimpèrent face aux Aiguilles de Chabrières en direction de la maison de Prieur. C'est là, sur la façade exposée au sud, que le cadranier avait peint. De la terrasse où, dès que les rayons de soleil le lui permettaient, il passait de longues heures, Barthélémy Prieur les avait vus arriver. Il était descendu à leur rencontre.

Giovanni s'était avancé le premier

- Je vous présente, maître, Luigi Picca colporteur de livres qui fait la route avec moi jusqu'à Château-Queyras.

- Vous êtes le bienvenu dans ma demeure monsieur. Vous connaissez les lieux, Giovanni, je vous laisse vous occuper de vos bêtes. Colporteur de livres, ça m'intéresse...

Et il prit Luigi par le bras pour l'entraîner vers sa demeure. Dans la salle à manger régnait un joyeux désordre. La table était encombrée d'une pile de journaux et d'un nombre impressionnant de livres dont certains étaient restés ouverts.

- J'ai travaillé ce matin, dit Prieur en guise d'excuse. Mais voilà mon domaine !

Et il montra à Luigi une petite pièce tapissée de rayonnages chargés d'ouvrages.

- Il y a là des heures de recherche dans les arrières boutiques des librairies. Vous savez, il n'est pas très facile de se procurer certains livres. Tenez, voyez cet exemplaire du "Code de la nature" de Morelly. Il a presque cent ans et j'ai cependant dû attendre trois ans et, surtout, l'amabilité d'un confrère revenant de Paris avant de pouvoir me le procurer. Et pourtant lorsqu'enfin j'ai eu le livre, j'ai été très déçu.

Giovanni les avait rejoints. Il s'installa dans un fauteuil de cuir rouge. Il ne pouvait s'empêcher de comparer l'ameublement de l'avocat avec celui du notaire de Château-Queyras.

Ici, pensait-il, tout est vrai, Barthélémy Prieur ne triche pas avec le temps, il laisse aller les choses sans importance. Et comme l'avocat s'était lancé dans une plaidoirie en faveur de la lecture que Luigi écoutait, semble-t-il, avec plaisir, il se leva pour fouiller dans la pile de journaux. La servante de Barthélémy Prieur était entrée dans la pièce pour préparer la table du dîner. Elle avait débarrassé, avec un soupir où se mêlaient tendresse et découragement, les papiers et les livres...

Giovanni l'observait par-dessus le journal. Décidément, il n'imaginait pas Justine dans ce rôle de gouvernante dévouée et humble auprès de son notaire. Dût-il se battre, et braver la communauté de Château-Queyras, il l'arracherait à cette condition. Si elle le voulait... Les deux hommes étaient revenus dans la grande salle. Prieur s'avança vers le cadranier.

- De ma terrasse, j'ai vu des nuages noirs venant de l'ouest qui s'accrochaient aux flancs de Ceüse et de Charance. Il va sans doute y avoir un orage. Vous me feriez plaisir si vous acceptiez de passer la nuit ici, plutôt que de poursuivre votre route sous la pluie.

Giovanni n'était pas dupe. En invoquant les conditions atmosphériques le vieil homme savait qu'il ne pouvait pas s'exposer à un refus de la part des deux piémontais. En d'autres circonstances ceux-ci auraient été gênés d'accepter son hospitalité mais si c'était à cause de l'orage...

Ils acquiescèrent donc. Barthélémy Prieur parut très satisfait mais ne laissa percer rien d'autre qu'un sourire. Lorsqu'ils passèrent à table i1 était presque joyeux.

- Vous savez, depuis quelques mois, j'ai l'impression que, même dans nos montagnes que l'on dit si rudes, les relations entre les hommes ont changé. Certes je suis trop vieux pour me faire des illusions et je sais qu'il ne suffit pas de proclamer la République pour inverser des habitudes de plusieurs siècles. Mais je sens comme un souffle nouveau. Tenez ! lorsque je suis allé voter, le dimanche de Pâques, à Chorges, avec les hommes du village, j'ai été surpris par leur dignité. Nous avons dû attendre deux heures avant de pouvoir accéder à la mairie et personne dans les rangs n'a montré la moindre impatience. Et dire qu'il s'est trouvé des gens pour prétendre que le peuple, qui a trop longtemps été privé de ce droit, ne saurait pas l'utiliser !

- Je ne voudrais pas apparaître pessimiste, intervint Luigi, mais nous avons rencontré Cyprien Chaix à Chorges et il nous a semblé beaucoup plus réservé .

Il prit Giovanni à témoin :

- D'après lui les élections ont été le théâtre d'un drôle de spectacle. Certains ont essayé d'abuser les électeurs en employant des méthodes où ils associaient parades de matamores et intimidations sournoises.

- Vous faites allusion à la campagne de Chanal, le commissaire de la République. Je comprends que Chaix soit mécontent car il fait partie des battus. Mais en l'occurrence je ne sais pas si Chanal était le plus redoutable de ses adversaires. Moi aussi, j'ai trouvé que la manière dont il s'y est pris est révoltante. Il a utilisé tous les pouvoirs et tous les moyens attachés à sa fonction, ce qui est contraire aux lois naturelles. Il a joué davantage sur le légalisme des électeurs que sur leur prise de conscience. Tout cela je le concède volontiers mais je soutiens également qu'il est moins éloigné des idées républicaines que les trois députés que le département s'est donné. Chanal a été maladroit, même si le terme de maladresse apparaît un peu faible pour décrire son activité. Mais il a partout fait référence à la République. Nos trois nouveaux constituants, eux, se sont bien gardés de trop en parler...

- Je comprends votre position, maître, dit Giovanni mais vous êtes une exception dans ce pays. Vous n'avez aucun compte à régler. Vous n'en voulez à personne. Votre idée de la République est pure mais sans vouloir vous offenser, je crains qu'elle ne soit étrangère à la réalité... Et cette réalité, telle que je la vois, est assez confuse. On veut se débarrasser des gardes forestiers parce qu'on pense qu'ils sont le seul obstacle à la coupe du bois, on veut mettre en prison les percepteurs parce qu'on pense qu'avec leur disparition les impôts eux aussi disparaîtront. La liste serait longue et traduit surtout le fait que pour beaucoup de gens la Révolution c'est, d'abord la disparition des lois.

Barthélémy Prieur écoutait, les yeux mi-clos. Loin de l'offusquer, les remarques de Giovanni lui fournissaient l'occasion de développer ses arguments. Et c'était là un plaisir rare...

- Vous avez, en partie, raison. Je n'ai pas de revanche à prendre, et je considère cela comme un privilège dans une société aussi inégalitaire que la nôtre... Ceci dit, je fonde mes convictions, croyez-le, sur une certaine expérience des individus. Je n'ai pas toujours plaidé des différends entre propriétaires, il m'est arrivé, à plusieurs reprises de défendre des ouvriers poursuivis pour délit de coalition. Ils étaient compagnons et le compagnon-nage parce qu'il développe la solidarité est une forme d'organisation intéressante. Ce qui ne veut pas dire qu'il en est la seule forme possible.

Barthélémy Prieur avait insisté sur la dernière phrase, il fixait Luigi avec un sourire.

- Vous allez me trouver, tous les deux, bien culotté car cette époque que j'observe de ma tannière vous la vivez, vous, sur les routes avec les difficultés que j'imagine... Et je trouve, moi, que le gouvernement provisoire s'est plusieurs fois trompé et qu'il a raté de bien belles occasions. Avec les Ateliers Nationaux, par exemple, il a donné à ceux qui avaient faim les moyens de gagner leur pain. Mais il aurait pu aller plus loin et leur redonner une vraie dignité, en les employant sur les chantiers des chemins de fer autour de Paris, puisque les entrepreneurs étaient défaillants.

Il fit un signe en direction de la petite pièce qu'il avait montrée à Luigi en entrant.

- J'ai, dans la bibliothèque, de savants ouvrages d'économie, comme le "Traité d'économie politique", de Jean Baptiste Say. On y disserte agréablement de la distribution naturelle des revenus et de l'utilité des biens. On y parle beaucoup plus rarement de l'homme et de ce besoin vital qui est, à mon avis, le fait de pouvoir vivre décemment du fruit de son travail. Et cela n'est pas un hasard. La science économique ne fait que décrire les mécanismes de notre société. Or ces mécanismes reposent sur un vieux principe que le gouvernement précédent avait parfaitement résumé en disant que c'était la richesse des riches qui faisait vivre les pauvres. Il disait aussi que pour créer cette richesse, il fallait entraver le moins possible la liberté du travail, c'est-à-dire, en fait, la possibilité pour l'entrepreneur de fixer les conditions de vie des ouvriers... Ces idées me sont insupportables, Monsieur Picca, c'est là une des raisons qui m'amène à dire, que malgré ses ambiguités, le compagnonnage, parce qu'il représente un frein à la toute-puissance patronale, mérite d'être soutenu.

- Je le sais, répondit Luigi et peut-être est ce que je rêve éveillé en disant cela, mais j'attends le mouvement qui permettra de donner vraiment la parole à ceux qui produisent des richesses sans les obliger à se plier d'abord à des rites. Lorsqu'on parcourt, comme moi, toute l'année, des régions différentes, on a du mal à accepter que les hommes qui souffrent, au lieu de se donner la main, pensent d'abord à se regrouper contre d'autres hommes qui souffrent mais qui ont le tort d'habiter dans une autre vallée...

- Mon ami Luigi est un utopiste, soupira Giovanni. Il voudrait un grand bal des sociétés secrètes, des compagnons aux carbonari, au cours duquel on brûlerait à la fois les symboles et les patrons. Ça ferait un beau feu. Mais c'est pas pour demain. Il voyage, peut-être, mais il n'observe pas toujours. A Gap, j'ai entendu de beaux esprits dire qu'il fallait aider la Pologne et l'Italie à se libérer mais j'ai su que, dans le même temps, les ouvriers de Marseille exigeaient le départ des ouvriers piémontais... Alors les choses ne sont pas si simples.

- Pas si simples, en effet, Giovanni mais certaines idées avancent, même si ce n'est pas aussi rapide que le souhaite monsieur Picca, renchérit Prieur. Et puis il ne faut pas oublier que l'Etat a son mot à dire pour éviter l'obscurantisme. C'est à lui de mettre en place les instruments qui feront de véritables citoyens. Vous voyez, on en revient toujours à ça. Il ne peut y avoir de République sans hommes libres c'est-à-dire capables de juger par eux mêmes.

- J'en suis convaincu et c'est pour cela que je continue à colporter des livres, répliqua Luigi. Même si je trouve que vous, en France, attendez beaucoup trop de choses de l'Etat. Moi qui ne suis qu'un spectateur de votre révolution, parce que je sais que les gendarmes même repeints en républicains, restent des gendarmes, j'ai pu m'en rendre compte à chaque rassemblement auquel j'ai assisté. Il n'y a, partout, que sommations et mises en demeure au gouvernement. Mais je n'ai pas souvent entendu les gens dire ce qu'ils feront par eux-mêmes...

- Je comprends votre propos mais vous devez tenir compte de l'écart qu'il y a entre nos deux pays. Nous avons eu, nous, une expérience démocratique à travers la grande Révolution. Et même si cela n'a pas été achevé, nous en avons hérité un Etat fort. Et de cet Etat fort nous attendons qu'il corrige les injustices car c'est sa raison d'être...

Giovanni qui craignait que les paroles de Luigi, par leur intransigeance, n'irritent Barthélémy Prieur, voulut mettre un terme à la conversation.

- Nous partageons le même souci de voir chacun donner selon ses capacités et recevoir selon ses besoins. C'est je crois, une expression de votre déclaration des droits de l'homme. Et tu vois, Luigi, depuis, on n'a pas trouvé meilleure formule...

- Des formules j'en ai quelques cartons, répliqua vivement Luigi. Mais je ne voudrais pas apparaître comme un donneur de leçons. Après tout, vous avez, maître Prieur, plus de générosité et d'honnêteté que beaucoup de ceux qui se proclament les sauveurs du peuple.

Le vieil avocat sentit ses yeux s'embuer. Il résista à l'émotion en servant à ses hôtes une solide rasade de génépi.

- J'ai si peu l'occasion d'exposer mes idées que moi aussi je m'emporte. C'est ce qui arrive lorsque nous sommes entre gens de conviction. Vous allez à Château-Queyras, je crois, y verrez-vous Maître Charvier ?

- C'est chez lui que je peins un cadran, précisa Giovanni, c'est un homme de grande culture mais avec qui j'ai quelques difficultés à établir une relation véritable.

- Cela ne m'étonne pas, je l'ai connu il y a une vingtaine d'années et il a toujours arboré un air contri. Je le soupçonne d'avoir un jardin secret. Quelque bourgeoise à qui il soutire de quoi faire d'excellents placements.

Luigi l'interrompit, en regardant Giovanni.

- Si vous me permettez, je connais assez bien maître Charvier mais si j'en crois ce que me dit mon ami il est plutôt attiré par les belles et jeunes plantes. Et dans ce jardin secret, il se verrait bien en train de cueillir des fleurs à peine écloses.

L'avocat et le colporteur éclatèrent de rire. Giovanni, de mauvaise grâce, les imita. Il s'en voulait de ne pouvoir partager leur bonne humeur mais il éprouvait trop de respect envers Barthélémy Prieur pour le laisser paraître. Involontairement le cadranier avait fait luire un rayon de soleil dans la maison du vieil avocat.

Avant de regagner sa chambre, il sortit quelques minutes sur la terrasse. La vallée s'obscurcissait et le ciel s'incrustait d'étoiles. Un sentiment inconnu mélange de langueur et de révolte l'envahissait.

CHAPITRE 26

Barthélémy Prieur, du seuil de sa maison, les avait regardé s'éloigner à l'aube, avec un sentiment de tristesse. Il aurait voulu les accompagner mais il restait là, avec ses livres et cette impression que tout, décidément, était écrit. Ce n'était plus son heure... La Révolution appelait d'autres acteurs.

Luigi et Giovanni prirent la direction de Savines puis remontèrent vers les Crottes, croisant des groupes d'hommes et de femmes, le plus souvent à pied, se rendant à la messe.

- Ça fait plaisir, ce bonheur, dit Luigi, six jours à travailler et une journée pour s'entendre dire que ce n'est pas suffisant pour mériter le paradis. Moi, ce serait plutôt une journée à travailler et six jours à m'entendre dire que ce n'est pas suffisant pour mériter le paradis... Alors là oui, je retournerais bien à l'Eglise...

Leur allure était soutenue. En milieu de matinée ils arrivèrent en vue d'Embrun, dont l'orgueilleuse cathédrale semblait défier le Grand Morgon. Il régnait, autour de la petite ville, une effervescence qui leur fit craindre, un moment, un coup de force royaliste. L'agitation avait gagné la route jusque là uniquement préoccupée par le devoir dominical... Des cavaliers, dont les montures étaient le plus souvent des chevaux de trait, les croisaient sans un regard. Des gendarmes barraient le pont. Luigi et Giovanni présentèrent leurs passeports. Il était trop tard pour rebrousser chemin sans attirer l'attention.

- Vous ne devriez pas rester là, leur dit l'un des sous-officiers, il va sans doute y avoir de la bagarre.

- Quelqu'un veut attaquer la ville ? demanda, faussement naïf, Luigi.

- Pas exactement, répondit le gendarme.

Et comme d'autres voyageurs se trouvaient, eux aussi, bloqués sur le pont, il se lança dans une explication pour le petit groupe.

- Le commissaire de la République a révoqué Albert, le sous-commissaire d'Embrun, Cézanne, le juge de Paix et Chaix le substitut. Il a agi par vengeance électorale, car il pense qu'ils sont, tous les trois, à l'origine de sa défaite aux élections. La population ne veut pas le laisser faire. Elle a décidé d'empêcher, par tous les moyens, l'entrée en ville de ceux qu'il a nommés à leur place. La garde nationale a pris les armes et elle a invité les gardes du canton à en faire autant. Vous devriez tous passer rapidement votre chemin car la troupe risque d'intervenir pour rétablir l'ordre...

Luigi entraîna Giovanni à l'écart du groupe. Cette nouvelle le laissait perplexe. Il était trop tard pour rallier Guillestre car si des mouvements de troupes devaient avoir lieu à partir de Montdauphin la route serait barrée... Ils envisagèrent, un instant, de rejoindre leur destination par des chemins de montagne que la fonte des neiges avait sans doute rendus praticables. Puis ils renoncèrent à cette idée, l'entreprise pouvant s'avérer dangereuse avec des mulets chargés.

- Nous allons rester ici, conseilla Luigi, en attendant que ça se calme puisque nous ne pouvons ni retourner à Gap, ni poursuivre vers Guillestre.

Giovanni acquiesça, ils n'avaient pas vraiment le choix. La ville s'était vidée des colporteurs et rouliers effrayés par l'ambiance survoltée qui y régnait. Ils n'eurent donc aucune peine à trouver un toit.

L'auberge qu'ils avaient choisie était située au coeur de la cité médiévale, près de Notre Dame de Réal. Le patron, un grand gaillard qui visiblement étrennait son uniforme de garde national, les accueillit avec faconde.

- Il n'est pas bien, le père Chanal, on n'a pas viré les rois pour se payer un roitelet. Il a perdu les élections et c'est tant pis pour lui. Ses ordres, nous, on s'en fout. Il peut faire imprimer ce qu'il veut dans la "Vedette des Alpes" personne ne rentrera à Embrun tant que la garde ne l'aura pas autorisé.

Il fit un moulinet avec son bras, emportant au passage deux carafes posées sur le comptoir.

- Tu trouves peut-être, papa, qu'il n'y a pas assez d'excitation comme ça ?

Confus, l'aubergiste leur présenta la jeune fille un peu ronde, au visage encadré par deux nattes blondes, qui venait d'entrer.

- Nicole, ma fille. Le même caractère que sa mère, mais en plus tolérant...

Nicole lui lança un regard complice.

- Pendant que mon père fait le garde national, nous on s'échine à tenir la maison. Remarquez, ça ne lui a pris qu'il y a quarante-huit heures. Toute la ville est depuis sans dessus-dessous parce que le commissaire de la République a décidé de se débarrasser du sous-commissaire, du juge de paix et du substitut. Alors, mon père, avec tous ceux de la rue, a décidé de rejoindre la garde. Et depuis il se sacrifie pour empêcher la tyrannie de revenir à Embrun.

L'air mutin elle se dressa sur la pointe des pieds et embrassa son père sur le front.

- Il a même voulu nous faire croire, mais heureusement que ma mère est moins naïve que moi, qu'il lui faudrait être sur le pied de guerre toute la journée. Une garde par-ci, une ronde par-là, un petit tour à l'estaminet du père Borgues, c'est vrai, c'est épuisant...

- Voilà bien les femmes, soupira l'aubergiste, sitôt la nouvelle des révocations connues le capitaine de la garde nationale a proposé au commandant de la place de relever, aux portes de la ville, de jour comme de nuit, les hommes de la garnison. Il s'agissait d'empêcher le coup de force de Chanal sans obliger les soldats à désobéir.

- Il s'agissait aussi, mais ça vous l'avez compris, de se soustraire à d'autres tâches, renchérit Nicole en riant. Les commerçants et les artisans de cette rue sont des héros qui ne reculent que devant leurs obligations familiales...

- Enfin, je ne vais pas vous imposer, messieurs, de participer à nos querelles domestiques mais voyez à quelles avanies peut-être soumis un homme qui doit supporter deux femmes.

- Je te croyais parti, les tambours résonnent place Saint Pierre...

- Mon épouse, fit l'aubergiste, elle va s'occuper de vous car je crains d'être indisponible pour quelques heures.

De taille plus petite que sa fille et les cheveux aussi longs elle avait le même nez retroussé et les yeux pareillement rieurs. Elle s'avançait vers Giovanni et Luigi que cet accueil avait détendu.

- Je peux vous proposer une chambre sous les toits et une derrière l'écurie, je suppose que vous n'êtes que de passage ?

- Nous resterons une nuit, au moins, dit Luigi en souriant, les événements que votre mari vient de nous raconter nous obligent à faire une halte forcée. Mais je ne le regrette pas vraiment...

Giovanni ajouta, de peur que la patronne ne se méprenne sur le sens des paroles de Luigi :

- Nous faisons route vers Château-Queyras. Je peins des cadrans et mon compagnon est colporteur de livres

Nicole lui prit prestement le bras.

- Et bien, monsieur le cadranier, venez que je vous montre votre chambre.

Il la suivit vers l'escalier. Elle le conduisit à une petite pièce aménagée dans une soupente. On pouvait à peine s'y tenir debout. Il y déposa ses bagages en disant.

- Cette pièce me donne l'impression d'avoir grandi, mais aussi de manquer d'air.

En refermant la porte elle murmura, avec l'impertinence de ses vingt ans.

- De toute manière, une chambre, c'est pour être couché non ?...

Il redescendit avec elle dans la salle du rez-de-chaussée. Luigi et la patronne avaient disparu.

- Ma mère a dû montrer à votre ami la chambre dans la cour. Mais, rassurez-vous, elle n'a pas dû l'aider à faire son lit. D'ailleurs mon père est terriblement jaloux et je mettrais ma main au feu qu'il ne s'est engagé dans la garde nationale que pour pouvoir se servir de son fusil. Et lorsqu'il a des soupçons il est rapidement hors de lui... Je plaisante bien sûr...

- J'en suis convaincu. Et quitte à rester bloquer autant l'être en bonne compagnie.

Mais Luigi, déjà, les avait rejoints... Dehors les clameurs enflaient. La ville semblait maintenant en proie à de vives convulsions. Nicole leur prit à chacun le bras et les entraîna dans la rue.

- Venez avec moi voir comment on écrit une page d'histoire.

Ils ne se le firent pas répéter. Ils longèrent ainsi tous trois la cathédrale jusqu'à la place qui domine la Durance. Une foule importante y était rassemblée. Le tambour de la garde, dont le bruit sourd se répercutait contre les rochers, battait le rappel. Au milieu de cette foule, dont l'humeur était plus joyeuse qu'inquiète, se dressaient deux hommes. Ils étaient perchés sur une prolonge d'artillerie. Nicole les désignait du doigt.

- Le petit, à droite, c'est le chef de bataillon Varlin, le commandant de la garnison, à gauche, le bonhomme chauve, c'est Gaduel, le capitaine de la garde nationale.

Le capitaine prit la parole le premier.

- Citoyens, les compagnies de voltigeurs que monsieur Chanal a réquisitionnées pour nous réduire, font route vers nous. Je compte sur votre détermination et votre courage. J'ai envoyé des émissaires dans toutes les communes des alentours pour que nos camarades des autres compagnies puissent nous rejoindre. Pour vaincre, citoyens, il nous faut être déterminés. L'êtes vous ?

- "Oui" clamèrent les émeutiers.

Le capitaine reprit :

- A bas le traitre Chanal !

Une voix, la même peut-être que celle qui avait crié le 25 mars précédent "Vive Monsieur Chanal le comissaire de la République", s'éleva pour hurler "A bas Chanal le traître !" La foule, décidement bon public, lui fit écho. Le chef de bataillon Varlin était blême. Il avait eu confirmation du mouvement vers Embrun de deux compagnies de voltigeurs, l'une venant de Gap, l'autre de

Mont-Dauphin. Il se voulait rassurant car il souhaitait à tout prix éviter l'affrontement.

- Mes amis, j'ai envoyé une lettre au général commandant la subdivision pour lui dire votre détermination et je vous demande de conserver votre calme.

Nicole, qui avait lâché le bras de Luigi et qui s'amusait en voyant la tournure que prenaient les événements, lança un retentissant "Vive l'armée de la République, vive la garde nationale !" Des centaines de voix se joignirent à elle. Elle était ravie de l'effet produit. Spontanément, elle embrassa Giovanni sur les deux joues.

- Une chance que mon père ne puisse pas nous voir sinon...

Elle mima un tireur en train d'épauler et éclata de rire. Giovanni ne savait que penser. Ce tourbillon lui paraissait irréel tout comme la présence de Nicole... A ce moment précis, le souvenir de Jeanne Clavier chassa celui de Justine. Il allait prendre la jeune fille dans ses bras lorsqu'elle le tira vivement.

- Viens, cadranier, il se passe quelque chose du côté de la porte de Gap.

D'abord surpris par tant d'impatience, il courut bientôt avec elle dans les ruelles encombrées. Si ce n'était l'étroitesse des passages entre les maisons cela lui rappelait une autre foule, grouillante, il y a de cela bien longtemps et si loin... Luigi avait disparu, entraîné lui aussi.

- C'est une vraie Révolution, jubilait Nicole.

Giovanni était devenu brusquement songeur. Sous l'arcade d'une porte cochère, il avait aperçu une ombre noire... S'il voulait savoir c'était peut-être le moment. Pour la seconde fois, la proie pouvait profiter du tourbillon pour devenir chasseur à son tour.

Mais Nicole l'agrippait. Il se crispait, hésitait. Fallait-il rattraper celui qui le guettait depuis des mois ou suivre cette gamine dont les yeux souriants ravivaient ses désirs secrets ? La rue choisit pour lui. Ils chavirèrent, emportés par la marée qui descendait vers la porte de Gap. Impossible de remonter le courant, même au risque de se faire piétiner...

Un homme à l'habit bourgeois et dont le calme tranchait avec l'excitation des autres, leur apprit qu'ils se rendaient ainsi au-devant de l'un des nouveaux députés.

- Monsieur Allier vient nous rejoindre. C'est un homme remarquable, doublé d'un véritable artiste. Il n'a pas besoin, lui, d'être député pour donner un sens à sa vie.

La suite de sa phrase se perdit dans le grondement des premiers rangs qui avaient dû stopper leur élan pour laisser passer le lieutenant de gendarmerie, à la tête de sa brigade. A n'en point douter, c'était bien là le signe de l'arrivée imminente d'un personnage important. De toutes parts, bientôt juchés sur la moindre embrasure de fenêtre ou sur les charrettes qui s'étaient imprudemment aventurées par là, les Embrunais scrutaient la route, prêts à ovationner le vainqueur de Chanal...

Nicole était blottie contre Giovanni.

- Aide moi à monter sur cette borne, je ne vois rien.

Il la souleva dans un mouvement ample qui fit voleter sa robe découvrant quelques instants ses jambes. Elle rabattit l'étoffe sagement.

- Merci cadranier, dit-elle en souriant, retiens-moi, sinon je vais tomber.

Il se plaça à côté d'elle, le bras autour de sa taille.

- Je suis un peu plus haute que toi maintenant. N'aie pas peur de me serrer, j'ai horreur de me sentir suspendue comme ça.

Giovanni ne répondit pas, se contentant de la retenir un peu plus fermement par les hanches. Autour d'eux, les visages étaient soudain devenus plus graves. Des guetteurs, postés sur la colline qui domine les derniers virages de la route, signalaient l'arrivée d'une troupe importante.

- Ça ne peut être déjà les soldats, s'écria un garde national pour rassurer ses concitoyens. Sans doute s'agit-il de patriotes accompagnant le député Allier.

Mais le député Allier n'était pas là, dans la colonne hérissée de piques et de fourches qui s'avançait vers Embrun... Lorsque la troupe déboucha enfin, face à la porte de Gap, l'inquiétude se mua en joie. Beaucoup avaient reconnu les gardes nationaux des campagnes environnantes. Leur armement hétéroclite témoignait de la précipitation avec laquelle ils avaient répondu à l'appel des Embrunais. La foule commença à refluer avec eux jusqu'au coeur de la cité, laissant à la brigade de gendarmerie le soin d'attendre Allier.

Le commandant Varlin, accompagné d'un détachement de la garnison, les attendait au pied de la Tour Brune. Gaduel, qui semblait avoir pris le comman-dement de l'ensemble des gardes nationaux se trouvant en ville, lui annonça sans ambages :

- Au nom du peuple, ici rassemblé, je vous demande l'autorisation d'occuper les postes des portes d'Embrun.

Varlin n'avait pas le choix. Il devait y avoir, tous bataillons confondus, au moins mille gardes nationaux en armes. Et dans ces conditions, sans ordres ni instructions, il ne pouvait que s'incliner. Un officier de la garde s'approcha. Il écarta Gaduel sans s'excuser et s'adressa au commandant.

- Nous devons également occuper la poudrière et l'arsenal, sans délai.

Varlin céda une nouvelle fois. On venait de lui annoncer que le nouveau sous-commissaire, Clavel, arriverait seul par la diligence de Gap. Le pire pouvait être évité et sa modération lui permettrait peut-être de se poser en négociateur le moment venu... Ces événements le navraient. Il était devenu soldat pour défendre son pays pas pour jouer au policier. Et il avait hâte que tout soit terminé.

Nicole essayait de suivre les évènements, à travers les rumeurs qui bruissaient ça et là. Elle semblait un peu déçue par l'accalmie que le déploiement des gardes nationaux aux différents points de la ville avait provoquée.

- Les hommes ici sont comme ça, cadranier. Ils se saoûlent de paroles héroïques, veulent montrer leur force au monde entier puis rentrent tranquillement chez eux.

- Tu n'as pas tout vu, ma belle, lança un soldat de la garnison qui avait entendu sa réflexion. Tout à l'heure, au pont de la Clapière, le nouveau sous-commissaire, celui que Chanal a nommé, a dû rebrousser chemin. Il n'a même pas eu le temps de descendre de la diligence. Il était furieux et je crois que, maintenant, les compagnies de voltigeurs vont intervenir.

- Qu'elles viennent, on les attend. Mais toi ne te mets pas en tête d'importuner ma fille.

Le père de Nicole leur faisait face, le visage baigné de sueur. Il s'épongeait le front. Il avisa Giovanni et sourit:

- Nicole a réussi à vous entraîner ici. Ça ne m'étonne pas et puis ça me rassure. A vrai dire je n'aime pas trop la voir se promener au milieu des soldats.

- Parce que tu crois vraiment papa que les cadraniers piémontais sont plus galants ?

- Pas plus galants peut-être mais sans doute plus patients avec les impertinentes de ton espèce. Un cadranier qui traque le temps, sait attendre. N'est-ce-pas monsieur ?

Giovanni était mal à l'aise, l'incursion du père de Nicole rompait le lien qui, tout au long de ces quelques heures, s'était noué entre eux. Mais l'aubergiste, trop heureux de pouvoir raconter ses exploits militaires avait entrepris le récit du refoulement du nouveau sous-commissaire. Sa fille l'écoutait, penchée sur l'épaule de Giovanni.

- Lorsque Clavel a sorti la tête par la portière de la diligence, Joubert, le lieutenant des pompiers, l'a sommé, au nom du peuple français, de rebrousser chemin et de ne pas essayer d'aller plus avant, de crainte d'événements fâcheux. Nous étions là toute une compagnie de la garde, depuis le matin, l'arme au pied. Il y avait aussi deux pièces d'artillerie.

- Tout ça pour un seul homme. Ce devait être terrible, glissa malicieusement Nicole.

- Nous ne connaissions pas ses intentions et ignorions s'il avait une escorte, s'excusa l'aubergiste. En tous cas je n'oublierai jamais le regard qu'il nous a lancé lorsqu'il a dû ordonner au cocher de faire demi-tour. Et je crois que je n'ai pas intérêt à ce qu'il s'installe ici, celui-là.

Il allait poursuivre son récit lorsqu'un soldat le héla en le sollicitant pour l'aider à déplacer un canon. Nicole reprit la main de Giovanni.

- Essayons de retrouver ton ami, il ne doit pas être bien loin.

L'arrivée des compagnies de voltigeurs étant désormais imminente, les différents groupes se préparaient à une nuit de siège. La douceur du temps aidant, beaucoup s'étaient installés sur la chaussée, ravitaillés par les habitants des maisons riveraines. Giovanni se laissait guider. Et si tout s'arrêtait ce soir ? Bousculades dans la rue, bousculades dans sa tête. Le col de l'Echelle enneigé, Plampinet et ses cheminées fumantes, les gorges du Guil et, tout au bout de son voyage au coeur de l'hiver, Château-Queyras, le cadran du Plateau du Rouet, Justine, Justine... Il devait goûter l'instant, s'ennivrer de l'ambiance qui régnait autour d'eux. Nicole était là et cela lui suffisait. La regarder droit dans les yeux, sentir son corps chaud, flexible comme un saule, l'effleurer aussi...

Ils descendirent une petite rue derrière la cathédrale puis débouchèrent sur une placette où stationnaient des gardes nationaux dont ils apprirent qu'ils venaient des Crottes. Ils les suivirent tandis que le tambour battait, pour la énième fois de la journée, le rappel. Les deux compagnies de voltigeurs, l'une venant de Gap, l'autre de Mont-Dauphin, étaient en vue d'Embrun. L'effer-vescence à nouveau gagnait la rue. Les effectifs des postes avaient été renforcés et des piquets placés en éclaireurs, à quelque distance des portes...

On se préparait à l'affrontement. Les pelotons de gardes nationaux prenaient position, fusil à la main. De leur côté les soldats semblaient s'être immobilisés à cinq ou six cent mètres de la ville. On les apercevait de loin, pantalons rouges et vareuses bleues, le fusil encore sur l'épaule. Un officier à cheval, dont la passementerie dorée sursautait au rythme de sa monture, s'approcha.

Il fut accueilli par des huées qui le surprirent et provoquèrent un écart de l'animal. Il faillit être désarçonné pour le plus grand plaisir de ceux que la présence de la troupe avait transformés en rebelles. Les rangs des défenseurs s'entrouvrirent néanmoins pour le laisser pénétrer en ville. Le silence était revenu, un silence tendu. Varlin et Gaduel vinrent à la rencontre de l'officier.

Celui-ci, dédaignant le commandant de la garde nationale, salua Varlin.

- J'ai ordre de ne pas rentrer en ville. Mes compagnies vont bivouaquer sur place. Je vous demande simplement l'autorisation de faire entrer des corvées, sans armes, pour l'achat des provisions.

Varlin consulta Gaduel et les autres capitaines avant de donner son accord. La nouvelle fut accueillie avec joie tant par les gardes nationaux que par la population. On s'embrassait pour fêter la victoire sans combat... Chanal avait cédé à la détermination des Embrunais. Gaduel s'adressa à ses concitoyens :

- Notre résistance n'a pas été inutile puisque le Préfet n'a pu obtenir de l'armée qu'elle lève ses fusils sur des patriotes. Les soldats de la République ne sont pas nos ennemis mais ils doivent savoir que le peuple ne déposera les armes qu'avec la certitude que plus rien ne lui sera imposé.

Il attendit que les applaudissements soient moins nourris et poursuivit :

- Je vous demande, mes amis, de faire bon accueil aux corvées qui vont venir en ville. Nous devons montrer que nous ne leur sommes pas hostiles.

Pour la première fois de la journée Nicole laissa percer un sentiment de soulagement.

- J'ai, quand même, eu un peu peur, tout à l'heure, lorsque j'ai entendu le cliquetis des fusils. S'il avait fallu que la garde tire je ne sais pas ce qui se serait passé. Tu sais, mon père le dit souvent, le courage ne remplace pas l'expérience et les soldats, eux, ils sont bien entraînés...

Giovanni, à ses côtés, ne cillait pas.

- Tu ne dis pas grand chose cadranier, à ta place j'en connais qui auraient essayé de m'attirer dans un recoin tout en me vantant leurs exploits guerriers.

- Tu oublies que je suis sous la surveillance de ton père. Et comme tu me l'as fait remarquer tout l'heure, il a un grand fusil, lui...

Sur l'esplanade, un homme, du haut d'un tonnelet, essayait de capter l'attention des Embrunais que l'accalmie avait rendus à leurs occupations ordinaires. Ils s'approchèrent de lui. Nicole se lova dans les bras de Giovanni. L'homme montrait un petit morceau de papier.

- Tout ça à cause de cette carte d'électeur. C'est elle qui a failli provoquer l'affrontement entre nous, entre français. Si le droit de vote doit aboutir à ça, je préfère la déchirer et que l'on choisisse à ma place.

- Tu dis n'importe quoi, Urbain, gronda une voix à côté de lui, ce n'est pas le vote qui a provoqué notre colère mais le fait que Chanal ait refusé de s'incliner devant le suffrage universel. Il prétend qu'on lui a volé des voix, que sous prétexte qu'on lui a fait bon accueil, à Embrun, il devait y remporter tous les suffrages. Il croit que l'on peut encore nous faire faire n'importe quoi. Notre réaction, aujourd'hui, montre, au contraire, que nous n'avons pas voté pour lui et que donc personne n'a eu besoin de lui enlever nos voix...

Cette interruption eut raison de l'orateur qui sauta de son tonnelet.

Nicole était joyeuse.

- Depuis que Gaduel arrive à faire quelques phrases sans bredouiller, tout le monde se sent capable d'en faire autant mais tous n'ont pas de grandes nouvelles à annoncer.

Et des grandes nouvelles il en circulait quelques unes dans la ville. Varlin avait reçu un message du général lui déclarant que la troupe n'interviendrait pas. Le commandant de la garnison et la municipalité avaient alors pris la décision d'accueillir les soldats dans une des casernes.

Un vin d'honneur devait leur être offert place St Pierre et les citadins s'y dirigeaient, comme enfin libérés du poids de leur révolte.

Nicole et Giovanni cherchèrent Luigi au milieu des groupes humains qui commentaient la journée ; chacun se lançait dans une description ani-mée de son propre rôle. Les héros anonymes étaient à la fête... Ils aperçurent Luigi, assis sur les marches de Notre Dame du Réal. Il lisait, insensible aux conversations passionnées de ses voisins. Nicole s'approcha et retira brusquement le journal des mains du colporteur. Luigi n'était pas vraiment surpris, il les regarda, toujours assis sur les marches.

- Vous deviez vous ennuyer, tous les deux, pour chercher à me retrouver.

- Ton copain est plus serviable que toi, répondit Nicole, il m'a aidé à monter sur une borne sans chercher à me pincer les fesses et puis il m'a protégée lorsque la mitraille a failli tout emporter.

- Ça, je le crois volontiers. Giovanni a toujours eu envie de protéger les petites filles contre les dangers de la rue.

Giovanni haussa les épaules. Nicole demanda :

- C'est vrai, cette passion pour les petites filles ?

- Oui, bien entendu, sur les chemins j'en croque tant que je peux. Mais, tu sais, Luigi dit ça parce que lui aussi a du vague à l'âme.

- Du vague à l'âme, surtout après avoir lu ce journal. C'est le numéro d'aujourd'hui de "La Vedette". Mais écoute plutôt ça.

> "Nouvelles de l'Etranger. Extrait de la Concordia du 2 Mai. A Bussolengo entre Peschiera et Vérone, nos troupes ont eu une rencontre avec les Autri-chiens. Après un combat acharné, la victoire a été pour la cause italienne. Les troupes piémontaises ont perdu douze hommes et ont eu quarante blessés, les Autrichiens ont laissé sur le champ de bataille cinquante cadavres."

- Plus loin, on apprend qu'en plusieurs occasions Radetzki a refusé la bataille. Aujourd'hui il est assiégé dans Vérone... Alors, charmante jeune fille, la gueguerre d'Embrun ne m'amuse pas vraiment. D'autant qu'elle est provoquée non par l'amour de la justice mais par des rivalités entre des gens qui n'ont en fait qu'un seul but, se faire élire. Et s'il faut t'en convaincre, je t'invite à lire ces proclamations qui, à elles seules, occupent deux pages du journal. Mais au fait tu sais lire, "Mademoiselle je sais tout ?"

Il se mit à brandir, devant Nicole, les feuillets qu'elle lui avait tout à l'heure arrachés.

- Décidément, Giovanni, ton ami n'est pas marrant. Qu'est ce que je peux savoir, moi, de la politique ? J'ai accompagné mon père qui allait voter la semaine der-nière et je me suis demandée à quoi cela pouvait bien servir. Faire la queue pendant des heures devant la mai-rie... pour s'appliquer à écrire le nom de quelqu'un qui parlera à votre place, vous croyez que c'est passionnant ?

Elle dégagea prestement sa main que tenait toujours Giovanni.

- Je croyais que les Italiens aimaient la fête et pour moi, aujourd'hui, c'est comme une fête. Et si vous n'en voulez pas, moi, je m'en vais. Et si vous souhaitez faire une vraie guerre vous n'avez qu'à repartir en Italie, embrocher les Autrichiens...

Elle s'éloigna de quelques pas,s'attendant à ce qu'ils la retiennent. Mais, ni Giovanni, ni Luigi ne firent un geste.

Alors, sans tourner la tête vers eux, elle remonta la rue les larmes aux yeux. Décidément ce cadranier ombrageux ne serait pas son premier homme...

"Embrun" dessin de Lord Morison
-Views in the Departement of Isère and Hight Alps- 1840
Série Z Guillemin. Archives Départementales des Hautes-Alpes.

CHAPITRE 27

Après ce mémorable retour de Gap Giovanni avait repris son travail au Rouet. L'herbe verdissait, les oiseaux discouraient, les névés ruisselaient en sourdine, les marmottes, décharnées au sortir de l'hiver, poussaient des cris stridulents.

Et là-haut, c'était maître Charvier qui maintenant l'observait, assis sur le petit muret, à la place de Justine, fumant sa pipe. Il 1'observait... mais sans un mot. Giovanni ne partait plus voyager comme au temps où Justine était là. Il ne suivait plus le méridien, il ne se projetait plus dans l'espace cosmique. Le notaire organisait le silence autour des volutes de fumée qui sortaient convulsivement du fourneau de sa pipe.

Justine était partie la semaine précédant 1'arrivée de Giovanni, "en congé dans sa famille..." avait annoncé le notaire, du bout des lèvres, sèchement, l'air de dire cela suffit, la conversation est close, définitivement close..

- Sera-t-elle de retour pour l'inauguration, avait osé Giovanni, le coeur battant, quémandant une réponse précise, pétrifié à l'idée que peut-être il ne la reverrait plus...

D'un air irrité, triste et sombre à la fois, maître Charvier l'avait seulement regardé. Ses yeux cherchaient à coup sûr à blesser. Il n'avait rien répondu. Giovanni se l'était tenu pour dit...

Le soir de son retour à l'Aigle des Alpes, Pierre Arnoux lui avait raconté un événement singulier.

- On la voyait tous les jours ici, comme d'habitude. Elle descendait prendre le courrier, le journal, acheter du tabac, discuter un moment de tout et de rien. On la sentait moins sauvageonne qu'avant. De temps en temps, elle me disait "...Giovanni ne vous a rien envoyé pour moi de Gap... au fait, il est toujours 1à-bas ?..." Je savais bien que c'était une façon détournée de prendre de tes nouvelles. Mais j'étais bien obligé, moi... de lui dire que personne ici ne recevait rien... et que... pas de nouvelles, bonnes nouvelles...

- D'ailleurs tu aurais pu nous envoyer un petit mot, cria Madeleine du fond de la cuisine.

- Laisse, dit Pierre et il poursuivit. Et deux jours avant que tu n'arrives, à la tombée de la nuit, dans un brouillard épais, gris, mouillé comme le Guil, un de ces brouillards qui rampe et vous attire sournoisement vers le torrent, un charreton tout déglingué, grinçant, prêt à expirer à chaque caillou du chemin, est descendu du Plateau du Rouet.

Pierre respira après sa longue phrase, prit le temps de frissonner et continua.

- Ça nous a étonné. Charvier n'utilise plus cette charrette depuis des lustres. Vu l'heure on s'est tous regardé sans rien dire et le Thévenot, qui prenait un verre, est sorti sur le perron. Il nous a dit en rentrant : "je n'ai pu voir que des cheveux rouges et la vieille mule du Charvier..." En tous cas, ils se sont enfoncés dans les gorges du Guil que la lune n'arrive jamais à éclairer complétement...

Pierre conclut, en rapprochant ses mains grandes ouvertes des flammes de l'âtre :

- Heureusement que les nuits se sont, malgré tout, un peu radoucies.

Cette nouvelle avait ébranlé la joie, l'entrain et même la vigueur de Giovanni. Ses jambes le portaient mal. Il termina son travail aussi vite qu'il put, sans goût. Il fit ses mélanges, presque au hasard, sans application, avec désespoir même.

- Allez le temps, je t'offre une victoire facile. Ce cadran là, tu vas t'en donner à coeur joie pour l'effacer. Tu vois soleil, ce tableau et ce style ne te prendront pas au piège bien longtemps.

En un après-midi, il démonta l'échafaudage. Le lendemain soir, un dimanche, on était à la fin mai, il remonta se faire payer. Charvier l'attendait sur le pas de la porte. Il règla ce qu'il devait au cadranier sans prononcer un mot. La somme convenue était glissée dans une enveloppe sous forme de grosses coupures. Giovanni prit congé sans congratulations inutiles.

En redescendant, il entendit des craquements proches, une sorte de souffle. Il était persuadé que l'ombre était là mais il ne se retourna pas une seule fois. Si elle voulait le saisir dans les vastes plis de son manteau elle n'avait qu'à le faire... Plus rien ne lui importait à l'instant présent. Pour la première fois de son existence, il sentit en lui un vide qu'il ne parvenait pas à combler. A ce vide se superposait comme un voile d'amertume, lié à une impression de travail bâclé. Il eut l'intuition, soudain, que Justine le suivait. Un pas léger, alerte, des cailloux qui roulent en se bousculant. Une démarche qui portait en elle l'envie de rire et de jouer. Des pas qui cherchaient à le rattrapper. Il se retourna. Rien. Plus bas, les lumières de l'Aigle des Alpes le soutenaient et le guidaient. Il entendait des bruits sur le balcon qui le rassuraient. Celui des chaussures qu'on choque, presque rituellement avant d'entrer, celui de la porte qui grince et se referme dans un claquement de bois. Il tapota l'enveloppe des billets qui bourrait sa poche. Il eut envie de crier : "Oh les gars j'arrive, atten-dez moi, Pierre commence à servir je paie ma tournée." Il se mit à courir droit devant lui au milieu des sapins nonchalants, coupant la ligne de pente, se laissant glisser sur la terre molle et noire, dérapant dans les éboulis. Il essayait d'aller toujours plus vite. Il fallait qu'il se réchauffe le corps mais aussi le coeur, qu'il chasse les idées funestes qui encombraient sa pensée. Maintenant il pouvait échapper à ses poursuivants qu'ils fussent réels ou imaginaires. Dès qu'il fut en vue de l'auberge il vit Clavier, cramponné à la balustrade qui lui cria :

- Oh, Giovanni, tu n'as pas l'air dans ton assiette !

Giovanni fit comme s'il n'avait rien entendu.

Ce soir là il dit à Madeleine :

- Demain je travaillerai pour vous. Je vous ferai le plus beau cadran de la vallée. Depuis le temps que je vous l'ai promis.

Madeleine lui sauta joyeusement au cou.

- Ça, c'est une bonne nouvelle, tu entends Pierre !

- Non j'entends rien du tout, je vois simplement que tu te pends au cou de Giovanni. Pour une bonne nouvelle, c'est une drôle de bonne nouvelle. Allez, vas-y, dis moi... tu veux l'épouser, c'est ça ?

- Pierre, espèce d'imbécile...

L'ambiance se réchauffa, le vin assoupit les esprits, le rire berça les âmes alanguies, les conversations meublèrent l'espace. Un voile léger, une lumière douce, filtrée, certainement due à la fumée du tabac, descendait lentement sur 1' Aigle des Alpes, tandis que le brouillard remontait la vallée.

CHAPITRE 28

Accoudé à la balustrade du balcon de l'Aigle des Alpes, Giovanni surveillait la route. Le soleil de juin disparaissait lentement, bu par la roche austère des gorges du Guil.

Le cadranier avait sorti son miroir et jouait à capturer la lumière, à la faire courir tout autour de lui.

Par instants il humait l'odeur que dégageait sa pipe, soufflait de fines volutes de fumée qui s'immobilisaient dans l'air avant de disparaître. Il goûtait au repos, dans l'attente de l'arrivée de ses amis de Gap. Depuis longtemps il souhaitait que Pierre et sa femme rencontrent Joseph Barberonne. Il pensait que l'Aigle des Alpes était un 1ieu plein de magie. Il y était attaché, y plongeant une partie des racines qui nourrissaient ainsi son esprit et son coeur. Il aurait voulu faire connaître l'auberge au monde entier, pour montrer que le bonheur est souvent simple à rencontrer...

Parfois, il quittait la route des yeux et marchait lentement vers le cadran qu'il venait de terminer. La réalisation de ce travail ne s'était pas passée dans les meilleures conditions. Il avait eu beaucoup de mal à se concentrer, à réfléchir, sans cesse sollicité par les uns et par les autres, interpellé, dérangé, au moindre prétexte. Les plus hardis, ou plutôt les moins éclairés, n'hésitaient pas à donner leur avis, à prodiguer des conseils. Il les écoutait sans les entendre et ces gens là créaient, tout autour de lui, une sorte de bruit de fond, étourdissant et absurde, qui le gênait. Il avait néanmoins investi dans l'ouvrage toute l'affection qu'il vouait à Pierre et Madeleine et c'est en songeant à tout cela qu'il faisait les cents pas. Il s'asseyait, se levait à nouveau, repartait, scrutait la route, s'immobilisait, cherchant à l'imaginer bien au delà de ce qu'il pouvait voir...

Soudain un roulement sourd et régulier se fit entendre, étouffant les grondements du Guil. Il repéra une forme oscillant sur le chemin. Il la fixa, clignant des yeux. Les battements de son coeur s'accélérèrent. Il avait reconnu le fiacre de la Marquise. Les chevaux, pourtant de solides percherons, peinaient.

Ils étaient sûrement tous là. Il cria :

- Luigi ! Pierre ! ils arrivent !

Sans attendre, il sauta de la terrasse directement sur la route et dévala à leur rencontre. Il bondissait. Les cailloux roulaient... Quand les bêtes le virent, au détour d'un virage, elles firent un brusque arrêt, eurent un sursaut craintif et reculèrent en piétinant. Le cocher regarda Giovanni avec un sourire narquois, tout en les calmant par des oh !... oh !...

- Que se passe-t-il Charles ? dit une voix étouffée, venant de l'intérieur de la voiture.

La marquise passa la tête par la portière.

- Mais, c'est notre cher cadranier en personne qui se précipite pour nous accueillir. Approchez, mon cher, que je vous touche pour m'assurer que je ne rêve pas. Lamartine du temps qui passe, vous êtes si rare ! Si nous ne nous rencontrions pas par hasard, nous ne nous verrions jamais. Mais heureusement mon fiacre me permet de voyager autant que vous. Et puis il est si confortable, n'est-ce-pas ? C'est un peu ma seconde demeure.

Elle regardait Giovanni en souriant. Celui-ci chercha, vainement, une réponse qui ne soit pas trop idiote. Il sursauta. Quelqu'un lui tapotait l'épaule. C'était Barberonne qui avait contourné, à son insu, le véhicule. Thomaso et Giuseppina s'esclaffèrent.

- Et non, tu n'auras pas la marquise pour toi tout seul, sacré Giovanni !

- Allez, venez, je vais vous présenter Pierre et Madeleine, des amis très chers. Vous déposerez vos bagages et nous irons tous assister au feu de la Saint Jean. Voyez-vous le programme des festivités va être chargé.

- Nous irons à pied, dirent Thomaso et Barberonne, histoire de se dégourdir les jambes.

Un coup de fouet claqua et, dans un éclatement de galets, le fiacre reprit sa route.

Les jours de fête l'activité du village se concentrait sur le champ de foire. C'était un espace privilégié en forme de cuvette que le Guil avait façonné patiemment au fil des siècles. Sur les rebords de cette déclivité s'accrochaient les maisons de la partie basse du village d'où glissaient en pente douce, vers la rivière, des pans de prairie et quelques jardins potagers plantureux.

Et sur cette vaste esplanade qui sentait le foin coupé, la foule se pressait. Une rumeur sourde et joyeuse assouplissait l'air tranchant du soir. Henri Bonhomme s'approcha du bûcher avec une torche tremblante et y bouta le feu d'un geste vif. Des oh ! et des ah ! s'élevèrent avec les flammes.

Augustin Roux, le maire, prit la parole :

- Mes amis le mois de juin est, cette année, un mois

béni. Cela pour plusieurs raisons. La première est que nous sortons de trente trois ans de trahison et de corruption. Nos libertés, notre justice, nos forêts viennent de nous être rendues. L'espoir enfin est né et je le sais cet espoir n'est pas vain mais fondé sur des valeurs qui se propageront au fil des siècles. Cette année pour accueillir la République, au village, nous avons un nouveau cadran à l'Aigle des Alpes.

A cet instant l'horloge de Fort-Queyras, pour apporter son soutien au discours du maire, égréna dix coups.

- Tiens, reprit-il, même la force armée est avec nous.

- Ce cadran, nous en profiterons pour l'inaugurer, j'allais dire... le baptiser. Cette oeuvre nous la devons à notre ami Giovanni Francesco Zarbula. Mais il a aussi peint, avec le même talent et le même brio, chez maître Charvier un autre cadran, comme il l'a déjà fait dans notre vallée et, comme je l'espère, il continuera à le faire... pour honorer la République. Et non plus pour l'accueillir. Enfin, nous sommes aujourd'hui le jour le plus long de l'année où la nuit est la plus courte...

Des rires fusèrent :

- Bien, Augustin, on avait compris tout seul...

Un dialogue s'improvisa entre le maire et ses administrés :

- Bien entendu, tas d'andouilles, que vous avez compris... Mais c'est le symbole, moi, qui m'intéresse.

A nouveau des voix s'élevèrent :

- Et Augustin on n'a rien compris... explique !

Le maire prit une pose d'orateur romain et dit :

- Allez Clavier ! Tu vas me le dire toi, pourquoi il ne faut pas confondre tes fesses avec le jour le plus long de l'année.

Tous étaient suspendus aux lèvres de Clavier, guettant la moindre ânerie.

Celui-ci balbutia...

- Et bien... dans un cas c'est un moyen de s'asseoir, dans l'autre c'est un moyen de boire. Si on lie les deux cas on peut boire assis. Ce qui m'échappe c'est... pourquoi sauter ?

Des gens hurlaient de rire, d'autres criaient “à boire!”, certains “au feu !”

Augustin saisit l'occasion :

- Justement la clé, c'est le feu. On y va, au feu mais attention il faudra sauter haut pour ne pas vous brûler les fesses. Sinon, petits malins, c'est pas avec du bon vin coulant délicieusement dans votre gorge que vous arroserez ce beau jour mais avec de l'eau glacée, sur le cul, pour refroidir vos brûlures... C'est clair, maintenant. Et si tu as le derrière brûlé, Clavier, tu seras obligé de boire debout.

L'attention des auditeurs se relâchait, tous voulaient s'amuser. Augustin calma les plus excités, attendit le silence et conclut.

- Voilà donc trois bonnes raisons de goûter le vin de notre ami Pierre Arnoux qui, cette année, nous offre les heures... en plus de son vin !

- Les heures, le jour, mais pas la nuit, cria la voix rocailleuse de Clavier.

- On s'en fout, la nuit on dort. Tu te lèves pour voir l'heure, la nuit toi ?...

Henri Bonhomme, préposé aux festivités, reprit dans un brouhaha naissant de rires et de voix :

- Comme chaque année, nous allons donc organiser le concours de saut de la Saint Jean et comme chaque année, notre généreux ami Pierre offrira aux plus courageux, à ceux qui sautent haut et qui n'ont pas peur des flammes, une bouteille de son vin fabuleux.

- Y a pas que le feu à sauter j'espère..., enchaîna Clavier.

- Oh, Clavier, avec tes noyaux de pêche, qui pendouillent comme des éponges imbibées, si tu veux sauter, t'as intérêt à te cantonner au feu de la Saint Jean, lança une voix anonyme qui coulait comme un torrent.

Un mouvement semblable à une vague déferlante, parcourut le groupe qui ondula. Des cris s'élevèrent. La bousculade prit de l'ampleur. Lucien était, ce jour là, suffisamment à jeun pour conserver un minimum de dignité. Avec une lucidité inhabituelle il avait propulsé, de toutes ses forces, sa main grande ouverte sur la joue de son voisin. Lucide mais maladroit, il avait atteint, dans un large mouvement, une dame blonde et distinguée qui s'était fourvoyée dans une telle assemblée. Son mari, un homme sévère qui l'avait entraînée dans cette manifestation populaire, commençait à le regretter. Il ne put faire autrement que de prendre ses responsabilités. Et pour punir le crime il déclencha la bagarre. Certains s'y mélêrent avec jubilation, voire délectation...

Le grand concours de la Saint Jean fut, cette année là, précédé d'une échauffourée au cours de laquelle le brigadier Thévenot, venu en spectateur, reçut une gifle discrète mais suffisamment appuyée pour qu'elle inscrive sur son oeil un cerne tenace. Comble du hasard ou geste prémédité, Bellon, le percepteur, qui s'était fait violence pour assister à la fête fut victime lui aussi du destin. Comme il s'avançait vers le charreton qui servait de tribune dans l'espoir d'éviter un mauvais coup, son arcade sourcillière éclata comme une grenade. Le poing, était aussi vite rentré dans l'ombre qu'il en était sorti. D'après la vio1ence du coup on pouvait estimer cependant qu'il devait contenir une bonne dose de rancoeur. Les partisans du poing perdu ne purent d'ailleurs jamais convaincre ceux qui défendaient la thèse de l'acte prémédité....

Devant ce spectacle Luigi riait à gorge déployée, il parvenait à peine à respirer, la marquise, à ses côtés, était secouée de spasmes hilares. Barberonne, du haut de la terrasse de l'Aigle des Alpes, se tapait sur les genoux, Thomaso et Giuseppina levaient les bras au ciel et leur fils courait partout en criant avec les enfants de son âge excités par l'ambiance...

Peu à peu, le calme revint. Les muscles étaient chauds, les flammes à leur point culminant, le concours de saut pouvait commencer.

- Alors, Giovanni, vous qui sautez d'habitude si haut, faites nous une démonstration, lança en souriant la marquise encore sous l'emprise des événements.

Barberonne le regarda, goguenard.

- C'est au pied du mur qu'on voit un vrai maçon.

Thomaso et Giuseppina le suppliaient

- Allez, Giovanni, pour le Piémont.

Giovanni se glissa sans enthousiasme dans la file des participants qui attendaient leur tour. Henri Bonhomme, l'organisateur du concours, annonça :

- Voici Giovanni Francesco Zarbula, notre artiste, qui va nous montrer l'étendue et la hauteur de ses talents...

Tous applaudirent et c'est sous une ovation que Giovanni s'élança. Au moment où il allait s'élever au-dessus des flammes, en prenant son appui, il aperçut une chevelure rouge furtive et des yeux de chat, perçant l'ombre, qui le dévisageaient... Son pied d'appel fléchit, roula sur quelques brindilles qui traînaient. Il tenta de se rattrapper mais l'élan de sa course l'emporta droit vers le bûcher. Il traversa le feu dans une gerbe de braises et continua sa course vers le baquet d'eau fraîche, placé là par souci de sécurité. Ses vêtements s'en trouvèrent pratiquement réduits à l'état de lambeaux.

Une fois de plus, la foule s'esclaffa. Et parmi les rires qui roulaient, l'un d'entre eux, celui de la marquise, le crispa plus particulièrement.

CHAPITRE 29

Giovanni était rentré avant ses amis pour se changer. Et puis la fête s'était déplacée vers l'auberge. Les verres s'étaient emplis, vidés, on avait ri. Certains commençaient déjà à construire, pour la mémoire collective du village, une version romancée des incidents de la soirée...

L'auberge, peu à peu, lâchait ses derniers clients. Pierre bâcla la porte. Giovanni, apaisé, entrevoyait ses amis dans un halo, il observait les lèvres s'agiter, les traits se distordre, il n'entendait rien, il se sentait heureux comme enveloppé dans une sorte de ouate, enfin, presque... Presque heureux parce qu'il y avait toujours cette histoire lancinante qui étouffait sa vie comme un reptile acharné et vorace. Alors, ce jour là, le plus long de l'année, il décida de l'exorciser en la racontant.

Il profita d'un instant de silence pour prendre la parole, les yeux perdus loin devant lui pour mieux voir son passé. Il évoqua, pour ses amis, cette ombre qui le traquait jusqu'à Château-Queyras, jusqu'au Rouet. Il évoqua tout haut les doutes qui faisaient vaciller sa raison. Le sablier du temps coulait faiblement dans une nuit claire, entre les étoiles attentives. Au dehors un souffle léger. A l'intérieur, tous étaient accrochés à ses lèvres... Quand il eut terminé, Barberonne prit à son tour la parole. Lui aussi avait l'air de faire resurgir un vieux récit, enfoui depuis fort longtemps dans sa conscience et que Giovanni avait réveillé.

- Cette histoire d'ombre, Giovanni, m'en rappelle une autre,... étrange,... que j'ai vécu il y a quelques années.

Il attendit un instant, puis, plissant les yeux, fronçant les sourcils, dans un effort de mémoire, il dit :

- Je m'en souviens parfaitement, maintenant, c'était le 12 août 1832, à Gênes. J'avais en face de moi un colporteur herboriste du Briançonnais. Il avait forcé avec pugnacité l'opposition des commis de la compagnie que je dirigeais pour parvenir à me parler. Econduit un nombre important de fois, il avait tant insisté que le regisseur m'avait demandé d'accepter de le recevoir. Dès qu'il fut introduit dans mon bureau, il me dit sans détour : "Je m'appelle Pierre Jouve !" et il entra immédiatement dans le vif du sujet. "Monsieur Barberonne, il faut à tout prix que je m'embarque pour le Pérou. Je n'ai rien d'autre pour payer le voyage que ça." Il me tendit une sorte de feuille jaunie, pliée en quatre, qu'il était allé chercher au fond de la poche de sa veste. "C'est tout ce que je possède", me dit-il. En tremblant il me la tendait. "Ecoutez, monsieur, je pourrais vous faire des promesses que je ne tiendrai pas, signer un contrat sur de futures ventes de plantes, vous assurer que je donnerai un coup de main à l'équipage, je n'en serai pas capable. Non ! je vais plutôt vous faire un cadeau extraordinaire que d'autres sont prêts à payer à prix d'or. En échange, faites-moi traverser l'océan, je vous en supplie, laissez- moi disparaître là-bas. Tenez, prenez ce document. Demain, peut-être, je serai mort. Pour que je vive... pour que je survive... monsieur Barberonne, il faut que je m'embarque tout de suite et que, demain, je sois loin de l'Europe. Tout ça monsieur Barberonne c'est à cause de ce papier, de sa valeur, des richesses qu'il contient. Non, ne dites rien. Vous, monsieur, vous êtes assez fort pour supporter la richesse et le contenu de ce document et surtout pour en faire bon usage."

Joseph regardait autour de lui pour mesurer l'attention qu'on portait à son récit. Il poursuivit sûr de son auditoire :

- L'homme avait un visage taillé de rides. La peau assombrie par le soleil des routes, les yeux clairs mais balayés d'ondes de sang, des yeux fatigués par l'insomnie, des yeux larmoyants, épuisés, des yeux qui ne cherchaient qu'une seule chose, le repos. Ses paroles venaient en longs soupirs, se glissant, s'aplatissant, entre des lèvres sèches, malmenées par les intempéries. Le soleil se couchait. La fenêtre de mon bureau donnait sur le port de Gênes et je regardais les mâtures oscillantes des navires paisibles. Une lumière rouge pénétrait en rasant, dans la pièce. Elle éclairait l'homme que j'avais en face de moi, le plaçant au delà du réel. J'eus soudain pitié de sa solitude, de son angoisse, de son désarroi. Je pris la feuille qu'il avait continué à me tendre pendant qu'il parlait. Il prit cela pour un encouragement, se détendit un peu et commença... sa véritable histoire. Une histoire que, comme moi, vous aurez de la peine à croire. "Je dois vous dire, monsieur," me dit le colporteur, "que j'ai voyagé toute ma vie. J'ai couru le monde à la recherche de la plante la plus rare, celle qui a toutes les propriétés mais je ne l'ai jamais trouvée et je ne sais même pas si elle existe. Mon affaire, celle qui a détruit ma vie, a commencé en Angleterre il y a douze ans, prenant la forme trompeuse d'une rencontre avec la fortune." Il se rencogna dans son fauteuil et toussota. Je demandai qu'on nous apporte deux cafés et des biscuits. L'histoire commençait à m'intéresser. Et mon homme continua : "J'ai rencontré, à Londres, un négociant anglais du nom de Samuel Bingher, d'une façon tout à fait banale. Il m'avait hélé pour m'acheter mes plantes. Il semblait bien les connaître, surtout celles que je ramenais d'Amérique du Sud. Il avait le temps, nous avons discuté. L'anglais est, en effet, une langue que je possède assez bien. J'ai senti, peu à peu, que son intérêt ne portait pas sur les plantes mais exclusivement sur l'Amérique du Sud, en particulier le Pérou. Quand je lui ai dit que je connaissais Cuzco, la cordillière, la forêt amazonienne, il a été pris d'une sorte de fièvre. Il m'a invité chez lui en me disant : Venez mon ami, vous n'aurez pas perdu votre journée. Je vous achète sur le champ toute votre cargaison, de plus je souhaiterais vous proposer une affaire." Les cafés que j'avais demandé arrivaient. L'homme but avec une visible délectation et engloutit les quelques gâteaux secs que l'on avait apportés. Puis il reprit son discours. "Samuel Bingher était un archéologue amateur érudit, passionné par l'histoire de l'ancien Pérou et la conquête espagnole. Longtemps, je l'ai écouté. Il me fascinait. Il savait tout de la vie de ces gens et des exactions des conquérants. Il connaissait sûrement très bien aussi l'âme humaine. Car me voyant subjugué, Samuel Bingher m'a dit : je peux faire votre fortune. Pour cela il faut que vous acceptiez de retourner au Pérou, à Cuzco. Moi ça ne me disait rien mais il me présenta des arguments qui pesaient lourd dans la balance. Il me payait le voyage, plus une somme d'argent pour mes frais quotidiens. Je pensais que je pouvais faire d'une pierre deux coups. Je voulais en profiter et ramener des plantes rarissimes en Europe. J'avais peut-être l'occasion d'une double fortune. J'acceptai. Il me définit ma mission sur le champ. Elle était simple : il fallait retrouver la cité inca, capitale religieuse de l'empire de Vilcabamba, fondée par Manco II. Il m'expliqua que cet empereur indien avait conduit la révolte de 1535. Il avait amorcé le mouvement de résistance aux conquérants. Malheureusement pour ces résistants, en 1571, les Espagnols, inquiets de cette force menaçante parvinrent à détruire Vitcos, la capitale politique de ce qui restait du vaste empire inca qui tentait de se reconstituer. Ils éxécutèrent Tupac Amaru le dernier empereur... mais jamais, jamais... entendez vous, ils ne trouvèrent Vilcabamba, sa capitale religieuse. Moi, mon cher, je sais où elle se trouve... Ses yeux lançaient des éclairs... alors vous irez. Je tiens à vous dire que les richesses que vous y trouverez seront immenses, inimaginables. Je vais vous donner l'adresse d'un contact à l'ambassade de Lima. C'est lui qui se chargera de la suite quand vous aurez localisé 1e lieu. Même si j'entrevoyais quelques zones d'ombre, j'ai accepté... C'est ce qui a causé ma perte."

A ce moment du récit, sentant ses auditeurs en haleine, Joseph précisa :

- Il était en face de moi, comme vous l'êtes aujourd'hui. Il avait vidé à nouveau une tasse de café. Je commandai un alcool fort. Et Jouve poursuivit. "Parce que je dois vous dire, monsieur Barberonne, que le vieux Bingher m'avait caché le motif véritable de cette mission et mon rôle réel. Le motif tournait autour d'une histoire de gros sous. Les immenses richesses que les Espagnols n'avaient pas réussi à posséder par la force, lui, il allait les posséder grâce à son travail de recherche, conduit du fond de sa bibliothèque. Mon rô1e était, en vérité, celui d'un appât. Car au moins deux organisations adverses étaient sur le coup développant une stratégie simple : suivre les faits et gestes de Bingher ou de ses émissaires et récupérer le magot au bon moment. Bingher, de son côté, se doutant de la manoeuvre, cherchait à focaliser sur moi l'attention de ses concurrents. Il observait de loin les résultats par l'intermédiaire de son contact, sans se déplacer. Moi, naïf, ignorant tout de cette histoire, sans famille pour s'inquiéter de mes absences, je devenais l'homme idéal pour l'accomplissement de son dessein. Mais ça, je l'ai compris trop tard." Il vida d'un seul trait le verre d'alcool qu'on venait de nous amener et reprit son récit. Je me souviens encore de son regard, soudain conquérant. "Il faut vous dire, monsieur, que je suis arrivé jusqu'à cette cité... Je l'ai découverte... et là j'ai compris. C'est à un sacrilège que j'ai participé.J'ai réveillé 1'ombre de l'Inca qui veillait sur ses frères du haut de "la vieille montagne". Ah! je revois encore son visage quand il m'a vu pénétrer dans "l'Intihuatana" et que je me suis avancé, émerveillé, vers lui et vers ce prisme de pierre qu'il scrutait quelques instants auparavant. Un visage plissé, parcheminé, des yeux profonds qui donnaient l'impression qu'ils avaient accédé aux mystères du monde. Cet instant est pour moi inoubliable. Mais, après le paradis, le drame a fondu sur nous. Ce fut l'enfer. Une lutte à mort entre les derniers gardiens des secrets d'un peuple assassiné, et ces nouveaux conquistadors assoiffés de métaux qui m'avaient suivi. De ces métaux qu'on appelle précieux et qui rendent fous. J'ai été sauvé de la mort par ceux-là-mêmes qui devaient m'assassiner selon les plans de Bingher. Je n'ai dû mon salut qu'à leur avidité, qu'à leur cupidité et surtout à leur imbécillité. Les gardiens du temple, indiens faméliques que mes poursuivants pensaient ignares, leur ont, avec sagesse, ouvert la porte des richesses. Ce fut ensuite, quand ils eurent fait un pas vers la folie, alourdis, encombrés de métaux précieux, qu'ils ont utilisé leur force gigantesque et insoupçonnable pour les détruire. Moi, pendant ce temps, je m'enfonçais dans la forêt, je repassais "l'Inti puntu", je fuyais en serrant dans ma main un minuscule couteau en or. Mes premiers poursuivants ont tous disparu, mais j'ai réveillé l'esprit des morts, l'esprit du peuple indien tout entier. J'ai réveillé l'ombre de Viracocha. J'ai, à mes trousses, celle du vieux gardien du temple qui a été tué. Ce sont eux, maintenant, qui me poursuivent, ils ont un manteau sombre ou un poncho ou parfois une cape qui flotte, même quand il n'y a pas un souffle de vent. Ils ont des chapeaux qui cachent leurs yeux. On ne voit jamais leur visage, ce sont des visages de morts, des visages de l'au-delà. Ils peuvent attendre des années avant de vous emporter, pour vous sacrifier. Pendant ce temps là vous avez tout le temps d'expier." Il reprit sa respiration et me dit, comme je vous parle aujourd'hui. "Tout ça me dépasse, monsieur, je ne souhaite qu'une chose, faire le chemin inverse, me débarrasser de ce document et retourner là-bas pour rendre ça." Il sortit le petit couteau en or massif dont l'extrémité de la lame présentait une série de dents comme celle d'une clé. Il le tenait dans sa main crispée. "Ce couteau de sacrifice donne l'accès à des richesses incommensurables. C'est avec ce couteau que le vieil indien a été tué. Mes seules chances de survie tiennent dans deux faits. D'abord le faible nombre de personnes qui savent qu'il est en ma possession, ensuite la rapidité avec laquelle j'irai le remettre là où je l'ai pris, là-bas, au coeur de la vieille montagne". Cette histoire m'étourdissait, j'essayais d'ordonner mes idées. Je lui demandai alors pourquoi il m'avait choisi, moi, Barberonne. Je voulais savoir jusqu'où il irait, dans son délire. Il me répondit : "Il y a un ami à moi, Jean Dalmas, un gars de mon village des Alpes, un des Guibertes, un frère. Il m'a parlé de vous comme l'homme le meilleur qu'il ait rencontré sur son long chemin. J'ai une confiance aveugle en son jugement. Il me fallait un bateau, alors j'ai pensé à vous" Je tenais, à mon tour, ce papier qui consumait sa vie. Je songeais à Dalmas. Je l'avais connu, en effet. C'était un compagnon tailleur de pierres. Il avait travaillé pour moi. Un excellent ouvrier, un peu hâbleur mais brave homme. Je continuai alors, m'adressant à mon interlocuteur qui avait repris un peu de vigueur : "Si tu racontes autant d'his-toires que lui, ton papier ne vaut pas tripette mais ton récit est plaisant. Tiens ! Prends ce billet ! Tu partiras demain sur cette goélette que tu vois se balancer là-bas. Celle qui a une grande voile bleue. Elle s'appelle "La Grande Duchesse". Tu t'embarqueras ce soir même." L'homme me remercia, se confondit en louanges et me demanda une dernière faveur avant de s'eclipser. "Je, vous bẹnirais monsieur Barberonne si vous pouviez prevenir mon ami Dalmas de mon départ en Amérique du Sud et lui dire que vous m'avez proprement sauvé la vie. Il est au courant de tout."

Autour de Joseph Barberonne chacun retenait son souffle. Il reprit son récit.

- Le lendemain, on trouvait un corps qui dérivait dans le port de Gênes. C'était le type de la veille. La police avait conclu à un accident. Il s'était pris le pied dans une amarre, il était saoûl, personne ne l'avait vu à temps, il s'était noyé. J'ai alors pris l'adresse qui traînait depuis la veille sur mon bureau, là où il l'avait déposée. J'ai écrit à Dalmas aux Guibertes pour lui annoncer le décès de son ami Pierre Jouve. Je lui envoyai en même temps le fameux document qui avait causé tant de soucis à ce pauvre colporteur. Je dois vous dire que j'ai failli le jeter mais au dernier moment je l'ai glissé dans l'enveloppe sans même le regarder. Alors tu vois, Giovanni, quand tu m'as parlé de l'ombre ça m'a rappelé cette drôle d'histoire...

Giovanni s'était levé lentement, les deux mains agrippées au plateau de la table dont les jointures blanchissaient sous la pression. Il se pencha un peu en avant vers Barberonne et dit.

- Joseph, je suis en train de revivre ce qu'a vécu Pierre Jouve. En transmettant ce document à Dalmas, tu l'as aussi transmis à Tonino son ami... et Tonino me l'a passé à son tour mais à mon insu, croyant certainement que je ne courrais aucun danger, seulement, je ne sais pas où il l'a caché. Il poursuivit, presque pour lui même :

- Si les autres n'agissent pas, c'est qu'ils savent que je ne sais pas. Ils attendent que je trouve. Tant que je serai dans l'ignorance je serai en sécurité. Mais on me suivra donc jusqu'au bout. Ils partent sûrement du principe que lorsque j'aurai trouvé, j'irai droit au but. C'est alors qu'ils agiront. Dis moi Joseph est ce que le Jouve avait vraiment découvert quelque chose... ?

Barberonne lui répondit avec une moue de dépit.

- Je ne sais rien de tout cela, Giovanni. Je pensais et je pense toujours, que ce type délirait, qu'il m'embobinait pour me soutirer un voyage aux frais de la compagnie. J'étais curieux, oui, mais simplement pour savoir jusqu'où il irait dans ses rêves. Je n'ai même pas pensé que ce Bingher puisse exister. Des histoires de trésor et de cités enfouies, j'avais dépassé l'âge.

- Et pourtant, reprit Giovanni pensif... J'ai l'im-pression que tout est bien réel. Ce qui a tué Jouve ce n'est pas l'alcool mais son départ. Ils ont su qu'il avait sur lui le document tant convoité et le couteau de sacrifice. L'enjeu était suffisamment important pour qu'ils prennent la décision de le tuer pour récuperer le plan. Mais trop tard... pour eux.

Luigi éclata de rire :

- Décidement, Giovanni, ça ne te passera jamais. Pas étonnant que tes cadrans ensorcellent tout le monde car toi aussi tu t'es fait prendre dans les griffes de tes Toucans et de tes Jabirus. Jouve a sans doute été en Amérique, comme beaucoup d'entre nous, mais pour ce qui est de la découverte de la cité perdue du grand Inca il a rêvé ou mâché trop de coca !

Mais Giovanni n'avait pas envie de plaisanter :

- Je me souviens parfaitement de ce que Tonino m'a dit en me confiant les dessins, dans son classeur. "Ne t'en sépares jamais, ils contiennent les plus incroyables secrets et si tu es patient tu sauras, toi aussi les découvrir."

Barberonne, ravi de l'effet de son récit, s'adressa au cadranier d'un air grave dont on n'aurait pu dire s'il était feint ou sincère.

- Ce classeur tu l'as, bien sûr. Et si Tonino y tenait tant c'est qu'il y a dissimulé un secret. Va le chercher et nous saurons si Jouve a fabulé...

Tous s'étaient tus et Giovanni, lentement, s'était levé. Il se dirigea vers sa chambre à l'étage. En montant les escaliers il lui semblait revenir à Bardonecchia chez son oncle. Il saisit le classeur après l'avoir soupesé comme s'il était soudain devenu plus lourd et redescendit. Personne ne riait, le cercle s'élargit et Thomaso toussa. Giovanni montra le classeur et Barberonne dit :

- Dans la doublure, c'est sans doute dans la doublure.

Giovanni, d'un coup de couteau, trancha le cuir et fit précautionneusement glisser un morceau de carton qui libéra une grosse feuille de papier jauni pliée en quatre. En tremblant Giovanni la déplia tandis que ses compagnons retenaient leur respiration... Ils allaient enfin déchiffrer le plan de la cité du grand Inca. A cet instant ils étaient tous riches. Puis la réalité les submergea : le plan que Giovanni venait de déplier était une carte du mont Viso sur laquelle Tonino avait indiqué le col de la Traversette...

Tout le monde parut soulagé et, hommage posthume au récit de Jouve, se mit à rire de bon coeur. Seul Giovanni était sombre, non pas à cause de sa crédulité soudain mise à nue, mais parce qu'il avait l'impression que les paroles de Tonino avaient un sens et que ce sens lui échappait toujours.

La fatigue finit par gagner le petit groupe tandis que la salle de l'auberge baignait dans la lumière timide et glacée du petit matin. Aucun d'entre eux n'avait fermé l'oeil de la nuit alors que la journée, déjà entamée, s'annonçait rude...

"Arvieux" dessin de Lord Morison
-Views in the Departement of Isère and Hight Alps- 1840
Série Z Guillemin - Archives Départementales des Hautes-Alpes.

CHAPITRE 30

Ce 22 juillet 1848, à six heures du matin, tout ce qui vivait à Château-Queyras était sur le pied de guerre. Cela signifiait le début d'une journée chargée mais heureuse. Des plantes qui secouaient une dernière goutte de rosée en s'épanouissant dans la douceur de l'air, jusqu'aux bras qui s'entrouvraient et s'étiraient dans un dernier baillement... Sur le champ de foire, au bord du Guil, dominé par la silhouette impressionante du fort, les premiers forains s'installaient et s'interpellaient. Les maquignons, les éleveurs, parquaient leur bêtes. Henri Bonhomme s'activait avec frénésie pour baliser le circuit de la course de l'après-midi pendant que d'autres montaient l'estrade sur laquelle prendraient place les musiciens du bal de la nuit.

Les volets de “l'Aigle des Alpes” claquèrent, un à un, une odeur de café frais envahit les étages. Les parquets se mirent à gémir, les voix meublaient l'espace. Giovanni était heureux. Hier au soir il avait réuni ses amis et s'était déchargé d'un poids en parlant de ses tracas. Seule l'absence de Justine assombrissait l'avenir.

Dans la salle les compliments pour son cadran

l'accueillirent, se mêlant aux quolibets concernant son saut raté.

- Oh, Giovanni, t'as de beaux habits. Ils sont neufs on dirait ! Y en a qui se changent par coquetterie, d'autres c'est après avoir eu le feu aux fesses.

- C'est ton jour de gloire, eh! Giovanni! on attend ton discours avec impatience chez maître Charvier, tu vas nous dire comment ça s'est passé ton travail là-haut ! Y paraît que ça intéressait tout le hameau. C'est vrai qu'ils sont que deux, au Rouet.

- Au fait, et Justine, elle est de retour ?

Une voix, plus claire que les autres, s'éleva bien distinctement.

- Mais qui est cette Justine, une muse, une nouvelle commanditaire ? Ne la faites pas passer avant moi, je vous en prie, cher Giovanni... rappelez-vous votre promesse...

La question attendait une réponse que Giovanni, maladroitement, essaya de donner :

- Justine et bien c'est la maîtresse de...

Tous attendaient la suite.

- Je disais, c'est la maîtresse de maison du Rouet, une maîtresse femme malgré sa jeunesse... employée comme gouvernante chez maître Charvier... et qu'il surveille comme la prunelle de ses yeux.

Barberonne ajouta :

- Allons, mes amis, allons voir cette gouvernante. Elle a, je suppose, un chignon serré, des cheveux luisants et gras, un gros tablier à pois noirs et des bas de laine gris en accordéon.

- Surprise ! Tu verras bien ! rétorqua Giovanni... si elle est là !

Et cette évocation raviva chez le cadranier un sentiment douloureux, une sorte d'anxiété oppressante. La marquise ne le lâchait pas des yeux, il se força à lui sourire.

- En tous cas, si on veut arriver là-haut avant le premier rayon de soleil et être de retour, ici, pour la messe, il faut partir maintenant ! lança le maire à la cantonade.

Tous se levèrent dans un raclement de chaises. Ils montèrent en procession au Rouet par le raccourci du torrent de Souliers. Giovanni se demandait si hier au soir il avait eu une hallucination ou si Justine était bien là, absorbée par l'ombre d'un renfoncement.

Au Rouet, parmi les alpages en fleurs, maître Charvier les attendait, endimanché, sur le pas de sa porte. Il était d'autant plus fier que Justine en personne se tenait à son bras, rayonnante comme un soleil éclatant.

Giovanni marqua un temps d'arrêt. Il se laissa dépasser par quelques personnes, le temps de se ressaisir. Puis il se rapprocha simplement de la marquise en lui soufflant à l'oreille :

- Souhaitez-vous terminer le chemin à mon bras madame ?

Elle répondit, montrant qu'elle n'était pas dupe :

- C'est une bonne idée, mon cher Giovanni, mais croyez-vous que mes forces déclinent à ce point ou voulez-vous m'utiliser comme un instrument pour susciter la jalousie ?

Déjà, le notaire avait pris les choses en main. Il accueillait ses hôtes.

- Mes amis soyez les bienvenus, prenez place, restaurez-vous ! Marquise quel plaisir de vous revoir.

L'homme paraissait transformé, plus alerte et plein d'entrain. Rasé de près, il avait rajeuni de dix ans.

Giovanni s'approcha des longues tables dressées sous les tilleuls. Elles étaient garnies avec art de fruits, de pains, de charcuteries, de vins sombres. Les convives déambulaient, attendant que le premier rayon de soleil vienne frapper le cadran et que l'ombre du style indique neuf heures.

Giovanni, bousculant le protocole, monta sur le muret de pierre et demanda le silence. Il tremblait et dit :

- Je suis désolé de prendre la parole à la place du maire, sans la lui avoir demandée, mais ce que je vais dire est important et puis je sais qu'il me pardonnera. Chez nous, en Piémont, on dit que le jour du baptême d'un cadran, lorsque le soleil lui fait chanter sa première phrase de lumière, celui qui l'a commandé doit faire un voeu. Mais ce voeu doit se faire à haute voix, devant tous ceux qui, par leur présence, deviennent les garants de ce souhait, les parrains du cadran... Sinon il ne sera jamais exaucé. Dans quelques instants il va être neuf heures, nous sommes là pour témoigner... Maître Charvier !... C'est le moment !

Un silence lourd s'installa. Giovanni avait dit cela comme une provocation. Maître Charvier paraissait gêné. Tous étaient suspendus à ses lèvres. Justine souriait en regardant Giovanni. La marquise toussota. Barberonne, qui s'était déjà assis, glissa ses pouces dans son gilet se renversant en arrière sur son siège. Luigi avala un verre avec une fausse nonchalance. Thomaso observait distraitement ses voisins et Giuseppina se demandait à quelle coutume piémontaise Giovanni faisait allusion, elle n'en avait jamais entendu parler.

Maître Charvier, après un temps de réflexion, se mit à parler lentement, coupant la parole à un oiseau tapageur.

- L'expérience liée à mon grand âge m'autorise à vous assurer que les voeux ne sont exaucés que pour ceux qui sont capables de les réaliser eux-mêmes. Il suffit d'y mettre le prix et les moyens. Je vais vous en donner un exemple. Mon voeu le plus cher était d'avoir, ici, au

Rouet, un cadran solaire peint par le plus illustre artiste de la région, Giovanni Francesco Zarbula. Et bien ce voeu je me suis donné les moyens de le réaliser moi même. J'ai écrit à Giovanni, il est venu, il l'a réalisé... J'ai donc été exaucé avant même que le premier rayon de soleil ne vienne frapper un cadran qui n'existait pas encore. Le magicien, c'est vous monsieur Zarbula, c'est vous, le cadranier, ce n'est pas le soleil...

Et, levant un verre, maître Charvier poursuivit :

- Buvons tous à la santé de monsieur Zarbula, pour qu'il puisse vivre longtemps, pour qu'il puisse peindre dans notre vallée ces nombreux et merveilleux cadrans dont il a le secret.

Les convives applaudirent puis, chacun s'asseyant, le repas commença, entrecoupé de toasts. Des groupes s'étaient formés et les nombreuses conversations portaient plus sur Justine que sur le cadran de maître Charvier.

- Il a raison, le notaire, dit Pousterle le cordonnier. Les voeux ça se trouve pas dans les rayons du soleil et la baguette d'un magicien il faut pouvoir se la payer. Quand on n'a pas les moyens de faire des voeux, on n'en fait pas.

- C'est sûrement pas lui qui l'a touchée la baguette du magicien, comme tu dis, renchérit Lombardon un musicien grand, sec, mal rasé avec une pomme d'Adam proéminente et qui veillait sur ses doigts comme sur un trésor.

- La Justine, elle a dû vivre aux frais du prince. Faut dire qu'il doit pas l'exaucer tous les jours, reprit Clavier.

- T'en fais pas, y avait le magicien je te dis... il sait tout faire ici...

Les rires ponctuaient les phrases, si bien que maître Charvier, en pleine conversation avec le maire, se retourna vers la tablée. Augustin Roux en profita pour battre à nouveau le rappel de ses troupes. Il était onze heures et le groupe prit le chemin du retour. La messe du père Bayeux les attendait.

Au moment où le cortège s'ébranlait, Giovanni sentit qu'on agripppait son bras. C'était Justine.

- Toujours aussi pressé cadranier et en plus impoli et maladroit. Tiens, prête moi ton bras, nous descendrons ainsi tous les deux car je veux garder assez de force pour la course de cet après-midi. Maître Charvier préparera son attelage tout seul. Il descendra vers deux heures. Tu m'as complètement ignorée ce matin et hier au soir au lieu de te donner en spectacle sur la place et te brûler les fesses tu aurais pu venir me parler du ciel. Il était si beau.

Avant qu'il ne réponde, il sentit qu'on lui happait l'autre bras.

- Vous permettez, mon cher Giovanni, vous avez encore un bras de libre et j'ai réfléchi, j'accepte la proposition que vous m'avez faite en montant. Et surtout... surtout... j'aimerais tant connaître mademoiselle... c'est Justine n'est ce pas ?

Elle enchaîna, faisant elle même les présentations :

- Je suis la marquise de Bardonnèche, amie de maître Charvier et commanditaire, moi aussi de notre Giovanni.

Ils descendirent ainsi vers l'église qui était comble pour assister à l'office. Le père Bayeux, un petit homme rondelet déjà atteint de couperose à trente ans, se déplaçait en traînant les pieds. La bonne chère lui avait attiré un châtiment divin : la goutte, à moins que ce ne soit ses sympathies pour la République. Ses sermons faisaient les délices des paroissiens. Il mariait une ironie fine à une verve décapante. Les événements s'en trouvaient mis à nu. Il les dépouillait de leurs hypocrisies et de leurs faux semblants. Il décortiquait les faits, les présentant dans leur réalité criante de contradiction. Et du coup l'homme avait largement compromis son ascension dans la hiérarchie religieuse...

Pierre, le Républicain, n'aurait jamais raté un des sermons de Bayeux. Le prêtre était souvent l'invité de l'Aigle des Alpes et, ces jours-là, comme il appréciait la cuisine de Madeleine, il hâtait le déroulement de la liturgie.

Au sortir de la messe on but de nouveau devant le cadran de Pierre Arnoux. Cette fois, le maire prit la parole le premier.

- Chers amis, dit-il, je suis heureux que vous soyez tous venus pour l'inauguration mais aussi je l'espère par amitié pour notre village. Avec la République renaissante les liens tissés entre citoyens doivent être plus solides qu'auparavant. Je remercie Pierre Arnoux de nous offrir un si beau cadran même si, comme se plaît à le dire son auteur, le droit de propriété ne peut s'appliquer à un cadran. Les services qu'il va nous rendre, il nous les offrira gracieusement.

Des applaudissements saluèrent l'allocution. Quand le silence fut revenu, Pierre souhaita dire quelques mots.

- Ce cadran sera pour moi le symbole de la nouvelle République. Devant le temps, nous sommes tous égaux... devant le temps quoi d'autre que la fraternité... quoi d'autre que la liberté, pour résister à l'obscu-rantisme, pour s'avancer vers l'avenir pleins d'espérance. Mais je ne veux pas vous abreuver de paroles puisque j'ai là, un vin que je soigne en prévision des grands jours. Cependant, avant le repas que vous attendez avec impatience, je vous demande d'écouter Cyprien Chaix ancien substitut du gouvernement qui nous fait l'honneur d'être avec nous. Ce qu'il va nous dire est important, du moins je l'espère...

Cyprien Chaix avala un verre de vin ce qui n'était

sûrement pas la meilleure manière de s'éclaircir la voix.

- Mesdames et messieurs, dit-il d'un ton qui n'était pas assez fort pour couvrir les murmures de l'assistance.

Il reprit :

- Mesdames et Messieurs, je souhaiterais vous dire quelques mots pour saluer cet événement. Il y a bientôt six mois que la République est venue confirmer que vous étiez tous égaux. Elle vous a rendu le droit de vous exprimer, ce droit que le despotisme vous avait enlevé. Vous vous êtes déjà prononcé sur le choix de ceux qui sont, en ce moment même, chargés d'établir les institutions de notre pays. Demain, vous serez appelés à désigner ceux qui, ici, dans votre vallée et un peu plus loin dans le canton d'Abriès auront en charge votre communauté. Vous choisirez, j'en suis sûr, des républicains authentiques, c'est-à-dire des hommes qui n'hésiteront pas à faire à la République le don de leur personne. L'ambition personnelle n'a pas sa place à l'heure de ces choix.

En prononçant ces mots, il regarda alternativement Augustin Roux puis Pierre Arnoux. Augustin baissa les yeux et Cyprien Chaix poursuivit :

- Le cadran que Giovanni Francesco Zarbula a tracé, symbolise parfaitement la République que nous appelons de nos voeux : immuable comme le temps et s'adressant à nous avec la même simplicité.

Les applaudissements qui conclurent le discours saluèrent davantage sa brièveté que sa rhétorique. Cyprien Chaix ne s'en formalisa pas et c'est en jetant un oeil coquin vers la marquise de Bardonnèche qu'il résolut de chercher sa place à table...

CHAPITRE 31

Vers les trois heures de l'après-midi, l'excitation atteignit son point culminant. Le champ de foire grouillait de bêtes et de gens. Une rumeur gonflait, associant les voix, les bêlements, les meuglements, le roulement des voitures attelées. Elle s'emparait de ce bout de vallée d'habitude si austère.

Germain Thévenot, chargé du service d'ordre, était certainement le seul avec Bellon, le percepteur, à promener un regard ombrageux sur ses semblables. Il en voulait, ce jour-là, au monde entier et pour lui chacun était coupable. Le gendarme se disait :

- Quand je pense qu'il y a, parmi eux le salaud d'hier au soir, ce lâche qui n'a pas osé me frapper en face.

Son oeil gauche cerclé de sombre, à demi-fermé, son attitude rigide, tout, en lui, contrastait avec le comportement des villageois. Il en entendait des : "Oh ! Germain ! Tu vas au bal masqué ?" jaillissant du fond des ruelles étroites ou de l'encoignure des portes. Ou bien des "Oh ! Thévenot tu fais ton enquête ? Ouvre l'oeil et le bon !" Indéniablement son prestige avait pâti de cette soirée. Mais il n'était pas là pour se faire justice. Il devait simplement assurer l'ordre et veiller au bon déroulement de la course d'ânes, l'événement le plus prisé et le plus attendu avec le bal du soir.

Bellon, lui, tremblait, ruminant une rancoeur sauvage. Il ne lâchait plus Thévenot d'une semelle. Il avait fait du gendarme et à son insu, un garde du corps qui ne lui coûtait pas un sou. Et Thévenot, l'homme seul, prenait ça pour une marque d'amitié. Pour Bellon, comme pour Thévenot d'ailleurs, les moqueurs préféraient se camoufler. On ne pouvait pas savoir avec ces deux-là. Un retour de bâton pouvait toujours venir...

Soudain une sorte de vibration nerveuse secoua la foule... Tous se dirigeaient vers une ligne de départ encombrée d'ânes affolés et de cavaliers excités. L'épreuve devait se dérouler à cru, sur quatre tours d'un circuit de cinq cents mètres, tracé autour des prairies du champ de foire. Thévenot et trois nouveaux gendarmes en renfort dégagèrent le parcours sans ménagement. Il fallait bien prendre sa revanche. Les spectateurs se retirèrent au-delà des limites de la piste avec des réflexions acerbes. Sept concurrents étaient inscrits. On les appela les uns après les autres...

Tout d'abord, Bossebas, vainqueur l'année précédente : un fifrelet au visage en lame de couteau, légèrement voûté, un gabarit léger, aux jambes longues qui semblaient l'encombrer. Son attitude laissait présager un moral d'acier qui frisait l'excès de confiance toujours préjudiciable en cas de compétition.

Ensuite, vinrent les deux héros du village. Tout d'abord Joseph Marin qui prenait la course très au sérieux. Il était calme et concentré, ses yeux fixant tantôt la pointe de ses souliers, tantôt les cailloux de la route. Il ne leva même pas la tête pour répondre à l'ovation qui accueillit son nom.

Puis, Lucien Clavier fut appelé à se présenter sur la ligne de départ. Les acclamations qui le saluèrent étaient émaillées de quolibets. Il est vrai que Lucien ingurgitait, depuis la veille, un stimulant à base de vin rouge et d'alcool de prune. C'est dire l'état dans lequel il se trouvait...

Venaient ensuite, dans l'ordre d'appel, Pierre Bonnafoux, un bûcheron de Molines en Queyras, athlète sec et musclé, nouveau venu dans la compétition ; Pascal Porte, jeune homme d'une quinzaine d'années à l'allure de sauterelle dont le visage éclairé par deux petits yeux rapproché, lui donnait l'air chafouin ; Pierre Legrand, un solide paysan d'Abriès qui disputait, cette année, sa troisième course. Et, événement extraordinaire, une femme, Justine.

C'était la première fois qu'une femme participait à une course d'âne à Château-Queyras. Son inscription, en dernière heure, marquait sa volonté, sa détermination et son sens de la liberté. Elle avait dû passer outre les jerémiades de maître Charvier qui avait retrouvé son regard des mauvais jours.

- Comment, Justine ! toi ma gouvernante te mêler à cette course faite pour et par la populace !

C'était trop pour le notaire. Etre Républicain d'accord mais ça ne signifiait pas se mélanger au vulgaire. Une femme qui osait affronter les hommes c'était inimaginable... Joseph Marin rapporta plus tard un échange entre Justine et le notaire qu'il n'avait jamais vu dans un état pareil.

- Ma chère Justine je vais te ramener à la raison quoi qu'il m'en coûte...

- Désolé, cher maître, la course je la ferai ! Vous me payez mais je ne vous appartiens pas.

Elle avait dû, ensuite, affronter le refus des autres concurrents et défendre sa cause avec vigueur :

- Oh ! les gars, d'abord en 1789 on a aboli les privilèges et c'est pas vous qui allez les rétablir. Ensuite on est en 1848, la République est de retour et vous avez une préparation minutieuse de nos itinéraires, de nos points de ralliement et de nos refuges. Nous avons longuement réfléchi et l'un des nôtres, qui est de Bardonecchia, nous a soufflé l'idée d'utiliser tes cadrans. Ils devaient devenir les plus discrets mais aussi les plus efficaces des repères. Pour nos camarades initiés tes maximes et tes dessins pouvaient être le socle d'un moyen de communiquer dans un pays qui pouvait nous devenir hostile. Nous voulions te demander de peindre dans des lieux que nous t'aurions désigné, des maisons ou des auberges amies, certains signes imaginés par Jouve. Personne n'aurait été étonné de te voir réaliser ces oeuvres bizarres puisque c'est ton métier. Et puis on t'aurait fourni de vrais commanditaires, tu vois, notre système était imparable.

- Tu n'as pas fait beaucoup d'efforts pour me parler et pourtant tu es passé plusieurs fois à côté de moi, dit Giovanni que l'assurance de l'homme avait ébranlé et qui voulait en savoir p1us.

- En effet, j'ai fait preuve de beaucoup de maladresses. Je n'ai pas pu te rattrapper au col de l'Echelle et après j'ai senti que tu étais sur tes gardes. Tu te serais défendu si je t'avais seulement approché pendant ton voyage et Dieu seul sait ce qui se serait alors passé... J'ai préféré attendre le moment le plus propice pour te parler seul... Ensuite tu es parti de Gap avec Luigi et là il était hors de question que je t'aborde. Je soupçonne ton ami de n'être que modérément républicain et plutôt anarchiste et je ne pouvais risquer de lui dévoiler nos plans... En engageant fermement le combat contre les autrichiens Charles-Albert a mis fin, sans le savoir, à la mission. Le soulèvement devait attendre car la priorité de l'heure, c'est l'unité italienne.

- Mais qu'est ce qui te laisse penser, l'ami, que j'aurais

tous applaudi. Alors j'espère que vous avez retourné votre veste pour la dernière fois. Remarquez bien que j'attends avec impatience les élections présidentielles. Et je me prends à penser que vous les hommes, “les seuls électeurs responsables”, vous seriez encore foutus de voter pour Napoléon.

- Ah, là, tu exagères, avait rétorqué Pierre Arnoux, même si, au fond, tu as sans doute raison. Bon écoutez moi ! ajouta-t-il, si vous n'acceptez pas que Justine participe à la compétition avec vous, je n'offrirai pas les repas que j'ai promis. Ses raisons sont justes. La République nous enseigne l'égalité et la fraternité et ce n'est pas pour fouler aux pieds nos valeurs à la première occasion.

Il y eut des exclamations offusquées, des soupirs profonds mais un repas chez Arnoux valait bien un sacrifice. Justine de toute façon ne ferait que de la figuration. Et tous, de mauvaise grâce, acceptèrent que elle participe à l'épreuve.

Les ânes furent ensuite attribués aux participants. Depuis le matin Eugène Bossebas toisait ses adversaires. Il appuyait ses propos optimistes quant à l'issue de la course sur ses lauriers de l'année précédente. Il disait, à qui voulait l'entendre, qu'au vu du niveau des concurrents et de sa forme actuelle la victoire ne pouvait lui échapper. Lorsqu'il alla chercher le baudet que le sort lui avait attribué, son attitude changea radicalement. L'animal était fort peu sympathique. Quand Eugène l'attrapa par la bride, il baissa les oreilles et chercha à le mordre. Eugène lui assena deux coups de badine sur le museau qui rendirent l'animal plus calme mais tout à fait renseigné sur la personnalité de son cavalier. Les ânes c'est bien connu sont des rancuniers tenaces...

Lucien Clavier, de son côté, se propulsait par à coups, plus qu'il n'avançait vers sa monture. Son trajet était rectiligne, assurément, mais sa démarche saccadée.

- Oh ! Lulu ! tu devrais pas laisser ta femme pour aller monter des ânes. On ne sait pas ce qui peut arriver.

Mais Lucien concentrait tous ses efforts pour essayer de se jucher sur la bête qui paraissait douce et docile.

Joseph Marin hérita, lui, d'une belle bête, solide et calme. Si bien que Bossebas, sentant que le vent ne tournait pas en sa faveur, commençait à dire que le tirage au sort était pure magouille...

Quant au bûcheron, on lui confia un âne petit et nerveux mais qui avait l'air de se désintéresser de ce qui allait se passer. Son cavalier le réveilla sans ménagement, avec brutalité.

Pascal Porte et Pierre Legrand allèrent chercher des bêtes vigoureuses mais rétives. Ils eurent beaucoup de mal à les traîner jusqu'à la ligne de départ.

Enfin, Justine arriva avec le dernier âne du lot. Il avait l'air sage, plutôt endormi.

Le maire demanda au percepteur de faire respecter aux cavaliers la ligne de départ.

- Je vais me prendre un coup de sabot en pleine poire et ça va faire rigoler ces régicides. Ah, ils sont fiers, ils paradent mais rira bien qui rira le dernier...

Malheureusement pour le pauvre Bellon, ce qu'il craignait arriva. Pris par sa tâche de maintien de l'ordre, qui ne lui déplaisait pas vraiment, il tenta de faire reculer la ligne des concurrents. Et il regretta longtemps cette témérité. Il s'était laissé aller à lever la main sur le nez de la bête acariâtre de Bossebas et l'animal, en réaction, avait consciencieusement ajusté le percepteur. Bellon le souffle coupé s'était effondré. Mais la fête continuait... On l'avait évacué à la hâte vers "l'Aigle des Alpes" pendant que le maire donnait les dernières consignes.

- Vous aurez quatre tours de circuit à faire. Vous ne

devrez utiliser les cravaches que pour faire obéir vos montures, pas pour frapper les autres concurrents. Vous avez le droit, si ça vous chante, de descendre et de courir mais il ne faudra, en aucun cas, lâcher les rênes.

Germain Thévenot tira un coup de fusil en l'air et les bêtes affolées s'élancèrent dans un tourbillon de ruades, de poussière, de cris, de bras levés et de cravaches brandies. Les cavaliers s'insultèrent copieusement dès les premiers mètres, les uns pour décharger la tension accumulée depuis le matin, les autres pour impressionner leurs adversaires. Monter à cru exige d'avoir tous ses esprits. Lucien Clavier l'apprit à ses dépens. Sur le dos d'un âne et sans selle il ne put dépasser les deux cents premiers mètres. Et encore cela relevait-il du miracle, car son baudet, doux et docile, se révéla être en course un animal de caractère, plein de fougue ; vexé que le sort lui ait attribué un si piètre cavalier, il parcourut la distance fatale à Clavier en quelques bonds puissants...

Pendant que Clavier restait étendu sur le sol, entouré de spectateurs rigolards, le nuage de poussière remontait vers la place et repassait la ligne d'arrivée. Le peloton resta groupé jusqu'au dernier tour. Les badauds massés hurlaient à en perdre le souffle. Les animaux commençaient à peiner, leur pelage ruisselait d'une écume blanchâtre, les cavaliers agitaient leur badine. Tous s'étonnaient que Justine soit encore en course car chacun des six concurrents, pouvait prétendre à la victoire. Bossebas reprenait de l'assurance et cela causa sa perte. Il dut certainement relâcher son attention quand au dernier passage il leva le bras en signe de victoire, vers la foule... Son baudet doué d'une intelligence rare et d'une rancune persistante souleva brutalement sa croupe et l'ancien vainqueur fut propulsé parmi les spectateurs survoltés.

Bousculé, poussé, l'ancienne idole fut ridiculisée sur le champ. Bossebas, du rang d'étoile dégringola à celui de figurant. Il devint la risée publique. La course continuait toujours...

Joseph Marin, qui avait fait preuve de sagesse en économisant les forces de sa bête, se détacha facilement dans l'ultime ligne droite. Il jeta un coup d'oeil furtif derrière lui et vit Justine qui, à son tour, se dégageait du peloton avec une égale aisance. Pourquoi, à cet instant, s'arrêta-t-il de cravacher son baudet ? Toujours est-il que Justine revint à sa hauteur et qu'ils franchirent la ligne ensemble, en vainqueurs. Des hourras s'élevèrent. En vociférant, on se précipita, entourant, bousculant, les concurrents et leurs montures. Ils en étaient tout étourdis. Ce soir là, Joseph Marin et Justine dînèrent, côte à côte, à la table d'honneur de l'Aigle des Alpes avec le maire.

Emilie de Bardonnèche, Barberonne, Luigi, Chaix et Giovanni s'associèrent à leur gloire. Thomaso, Giuseppina et Madeleine se démenaient aux cuisines. Ils en profitaient pour parler de leur Piémont natal. Leur fils et Pierre servaient, ils n'avaient pas une seconde à eux.

Maître Charvier se retrouva attablé avec Bellon, Thévenot et Bossebas. Ils goûtèrent au repas du bout des lèvres. Leurs mines s'était allongées mais leur langue allait bon train. Au milieu de la soirée Giovanni sortit, s'approcha de l'estrade où les musiciens s'installaient, accordant leurs instruments. Un vielleux particulièrement habile, venu d'une vallée voisine et dont le coup de poignet était célèbre alentour, allait rythmer le bal du soir... Assis sur un tabouret, sa vielle sur les genoux, à l'écart des autres musiciens, il faisait vibrer les chanterelles avec application, sans lever les yeux. Un son grinçant déchirait l'air. Calmés par la fraîcheur du soir les villageois déambulaient formant un cercle attentif et silencieux en attendant les premières mesures.

Le ciel s'obscurcissait, les premières étoiles naissaient patiemment. La chaleur de la journée se diluait dans le soir.

CHAPITRE 32

Sur un parapet, à l'écart du village, l'esprit porté par les flots tumultueux du torrent, Giovanni goûtait à la légèreté de la nuit naissante. Tout à la douceur du moment, il se laissait aller à une mélancolie lancinante. Les yeux ouverts il rêvait à ce bonheur présent, déjà presque passé...

Il vit alors, distinctement, l'homme au long manteau qui le fixait. Son large chapeau laissait des pans entiers du visage dans l'ombre. Giovanni secoua sa torpeur et retrouva sa lucidité, pour s'élancer vers lui.

L'homme, comme par défi, n'avait pas bougé. En quelques enjambées Giovanni lui fit face. Ce chapeau qui cachait ses yeux, ce manteau sombre... Il s'apprêtait à affronter Viracocha ou l'un de ses gardiens, le passé contre le présent, le réel contre l'irréel. Il allait étreindre la mort, pour une lutte sans merci et son histoire, peut-être, allait s'arrêter là... Un pistolet, qui le mettait en joue, brisa son élan.

- Plus un geste ou je t'étends raide, en faisant gicler ta cervelle.

Giovanni obéit, l'acier froid contre le front. L'étranger fit tournoyer d'un mouvement ample, sa cape. Il devait avoir une cinquantaine d'années, les traits creusés par le soleil mais il ne ressemblait pas à la description effrayée que Pierre Jouve avait faite à Barberonne. S'il n'avait pas senti le canon que l'homme faisait maintenant glisser sur sa tempe, Giovanni aurait été soulagé. Il essaya de se détendre.

- Je ne suis pas armé, tu peux abaisser ton pistolet.

- Assieds-toi là et ne cherche pas à t'approcher. Je t'attendais, répondit l'homme. Cela fait des semaines que je suis sur le chemin de ta mémoire. J'ai franchi le col de l'Echelle avec toi...

Giovanni se souvint... le lynx, les craquements derrière lui et ce sifflet strident, au bout de la montagne. Il demanda :

- Pourquoi ?

L'autre ne répondit pas tout de suite. Il brandissait toujours son arme et laissa s'écouler de longues secondes avant de reprendre d'une voix atone :

- J'avais trois ans lorsque Napoléon a annexé le Piémont. Mon père s'est alors engagé dans la grande armée. Lorsque le roi est revenu, bien des années plus tard, il a été emprisonné parce qu'il était républicain. Et moi j'ai rejoint, dès que j'ai pu, les patriotes regroupés autour de Mazzini. Tu vois je ne suis pas policier, simplement, je crois en l'unité italienne.

Il ajouta avec un sourire :

- Je ne cherche pas de trésor non plus. Mon histoire est sans mystère. La "Vente" de Bardonecchia, où je compte mes compagnons les plus chers, m'a demandé de te suivre. Je devais te proposer de travailler avec nous, car tu avais l'avantage de ne pas être surveillé par la police, de voyager beaucoup et surtout de peindre des cadrans. Mais je dois commencer par le début. As-tu entendu parler de Solaro Della Margherita ?

Giovanni fit, de la tête, un signe négatif. L'homme

baissa enfin son arme.

- Della Margherita, c'était le ministre du Roi du Piémont. Un fieffé réactionnaire ennemi du peuple. Il a été renvoyé par Charles-Albert en octobre dernier. Pour nous c'était le signal d'une évolution du royaume. Nous devions être prêts. Tu pouvais nous y aider. Les événements ont été plus rapides que moi...

Giovanni l'interrompit :

- Qu'est-ce que mes cadrans viennent faire dans ton histoire ?

- Attends, tu vas comprendre. Hier au soir tu as entendu parler de Pierre Jouve, dit l'homme avec un sourire amusé. Eh bien ! Pierre Jouve n'était pas seulement herboriste, il cotoyait Mazzini et tous les révolutionnaires. Ses déplacements en Italie, en Suisse, en Angleterre et en France permettaient de maintenir le contact entre nos frères exilés. La police a-t-elle jamais eu idée de soupçonner un herboriste ?

Giovanni insista :

- Pierre Jouve, les cadrans, je ne comprends pas.

- Jouve n'était pas qu'un bonimenteur de foire. Il avait réellement voyagé au Pérou. Il connaissait bien Tonino, c'est lui qui a transmis à ton oncle ce goût pour les cadrans solaires. D'où crois-tu que sortent tes Toucans tes Jabirus, tes Gobe-mouches, tous ces oiseaux que tu n'as jamais vus ? Et puis Pierre Jouve était un admirateur passionné des Incas, il pouvait te parler pendant des heures de Pachacutec, de l'Inca Yupanqui ou de la vallée de l'Urubamba. Je crois même qu'il avait essayé d'apprendre le Quéchua... Mais surtout, comme les Incas, il plaçait le soleil au centre de toutes choses. Du soleil et des ombres il avait fait un langage qu'il a transmis à certains d'entre nous. Ton oncle en faisait partie.

- Je ne suis pas sûr d'avoir compris, répliqua le

cadranier en se détachant lentement du muret sur lequel il était assis.

La musique du bal, ponctuée de rire et de cris, semblait s'estomper. Giovanni regarda devant lui les murs lézardés des maisons trapues qui annonçaient la périphérie du village. Il allait s'échapper lorsque la volonté de savoir, dominant ses craintes, le rattrappa. Il fit de nouveau face à l'homme qui n'avait pas bougé, engourdi par ses souvenirs. Celui-ci avait l'air las.

- Tu peux partir, je ne vais pas te tirer dessus. D'ailleurs, je n'ai jamais su me servir de cette pétoire. J'étais libraire, place San-Carlo, à Turin. Tu me parlais de tes cadrans, j'y viens. Grâce aux idéogrammes imaginés par Jouve et que lui avaient inspirés 1es incas, on pouvait tout dire en quelques mots sans que personne ne les soupçonne d'être des messagers guidant l'action et venant en aide à ceux qui souhaitaient libérer l'Italie tout entière...

Giovanni était incrédule, cet homme essayait de brouiller les pistes, mais il était le seul à pouvoir étancher sa soif d'explications. Il le laissa continuer ce récit invraissemblable.

- Dès le début de l'année les Milanais avaient donné le signal et nous, nous ne voulions pas être en retard. L'insurrection devait avoir lieu en juillet. L'histoire cependant nous a enseigné la prudence et les exemples abondent de coups déjoués au dernier moment et dont les auteurs ont croupi des années derrière les barreaux. Nous voulions échapper à ce risque et pour cela il nous fallait absolument passer la frontière et rejoindre les français ralliés à notre cause si les choses venaient à mal tourner. Franchir des cols n'était pas le plus rude des obstacles, en revanche se déplacer dans un pays étranger, dont la police collaborerait à coup sûr avec les monarchistes, demandait accepté ? Tu as l'air bien sûr de toi ! rétorqua Giovanni.

- Ton père !

- Mon père ?

- Oui, ton père... C'était un carbonaro, un des tous premiers. C'est d'ailleurs ce qui l'a condamné en 1821, lors de la révolte en Piémont. C'était un ardent révolutionnaire, compagnon de Mazzini et de Santorre di Santarosa. Acquis aux idées républicaines, il se méfiait de Bonaparte. Il a été un des principaux artisans de l'organisation du carbonarisme en Piémont. Ton père était un "Monsieur". Il rêvait d'une grande Italie unifiée, d'un Piémont libéré du joug autrichien. Il a donné sa vie pour ça. Alors nous avons pensé que son fils ne pouvait refuser d'apporter sa pierre à ce mouvement qui, aujourd'hui, est en train d'aboutir. Mais il se peut que nous nous soyons trompés. De toutes façons cela ne m'intéresse plus et je te demande de m'oublier...

Il rajouta, après un court instant de silence :

- Ah, une dernière chose que le procureur Chaix a semblé croire. J'ai dit que je devais te protéger contre une vengeance personnelle, déchaînée par un mari jaloux... J'aurais pu tout aussi bien lui parler du Masten... Mais c'est une autre histoire, celle-là, elle te regarde...

Il éclata de rire. Giovanni essaya de le retenir par un pan de son manteau mais l'homme d'un geste sec lui fit lâcher prise et se perdit entre les ombres noires des arbres que la lune découpait. Son rire figea Giovanni. Il se tenait debout, déchiré entre l'immobilité de l'éternité et la mobilité du temps.

Sa tête se mit à lui faire mal, très mal. A tel point qu'il dut s'appuyer contre le muret à l'endroit même que l'homme au manteau sombre occupait, avant que la nuit ne l'absorbe. Il eut l'impression que ses yeux plongeaient en lui, à la rencontre d'un passé qui lui parvenait en ondes douloureuses, par images successives. Il entrevit, peu à peu, la silhouette d'un homme qui émergeait. Un homme grand, extraordinaire dans son uniforme à passementeries dorées. Giovanni en était paralysé d'émotion. Il se sentit enserré, soulevé par des bras puissants. Il avait encore la sensation d'une joue râpeuse et humide contre la sienne. Il avait, sur ses lèvres, le goût salé des larmes laissées par un baiser triste. Puis Antonnella entrait, accrochée aux pans des longues houppelandes que deux hommes sinistres portaient comme des linceuls. Elle hurlait, tandis qu'ils emmenaient son père. C'était la première image que Giovanni avait de lui. Nette, pure, sans tache. Une image qui lui apportait un sentiment de réconfort mêlé de tristesse, qui lui donnait une force qu'il ne connaissait pas.

Puis, se confondant avec la première, une seconde vision remonta en un long mouvement ascendant, claire et précise, le ramenant à Bardonecchia. Il était assis sur les genoux de Tonino en grande conversation avec des amis que Giovanni voyait pour la première fois. L'hiver était clair et ensoleillé. C'était un hiver où les enfants se livraient avec bonheur aux joies des glissades. Un hiver qui résonnait du crissement des "tarets". L'un des deux hommes avait un visage couturé. Il sentait les plantes et les herbes. Il le compara, dans sa tête d'enfant, à un bouquet de tisane. L'autre c'était Dalmas, qui disait :

- Tu te rends compte, ce démon de Charles-Albert, tout le mal qu'il a pu faire ! Soixante et onze... soixante et onze condamnés pour avoir eu des idées de justice... trois cent dix-huit... officiers destitués.

Puis, montrant Giovanni, il rajouta :

- Et son pauvre père, c'est vrai ce qu'on dit... qu'il s'est noyé en tentant d'échapper...

Giovanni revit parfaitement le geste de Tonino qui signifiait à Dalmas qu'il en disait trop. Ensuite, les trois hommes entrèrent à l'intérieur pour discuter. De l'autre personnage, il ne se souvenait que des récits fantastiques qui se passaient bien loin, au delà des océans, des foules compactes et bigarrées, des oiseaux merveilleux des forêts immenses et des richesses inombrables. Puis il entendit le bruit de sa luge sur laquelle maintenant il glissait. Le crissement aigu des patins sur la glace laissa peu à peu la place aux accords grinçants de la vielle...

A cet instant Justine jaillit de la nuit, le bloqua en l'enveloppant dans ses bras, le clouant d'un baiser frais. Il sentit ses lèvres sur les siennes qui murmuraient :

- Viens, Giovanni, allons danser.

Il la prit par la taille. En cet instant, où le bonheur extrême était proche, une image ancienne lui revint. Isabella. Il la tenait dans ses bras. Il murmura :

- Justine, j'ai besoin que tu me parles de toi...!

- Plus tard, mais tu seras déçu, mon histoire est toute simple, sans doute différente de la tienne, cadranier... Mes parents habitent Marseille. Mon père tient une échoppe. Je n'ai pas toujours eu de bons rapports avec eux et c'est pour ça que je suis ici. Gouvernante chez un notaire... Je rêvais d'autre chose. Mais, aujourd'hui, c'est la fête... Viens !

Il voulut la retenir, lui raconter ce que l'ombre venait de lui révéler mais elle l'entraîna vers les danseurs qui se bousculaient...

Sur la place chacun s'appliquait à paraître moins emprunté que ses voisins. Et les efforts d'Augustin Roux, au milieu de ses administrés, avaient quelque chose de pathétique. Le maire dansait une gavotte laborieuse dont le rythme binaire lui était étranger. Il avait l'impression désagréable qu'on l'observait, à la dérobée, en riant. C'est avec soulagement qu'il accueillit l'arrivée de Justine et

Giovanni. A défaut des quolibets ces deux-là détourneraient, à coup sûr, l'attention... Chaix fut plus empressé que lui. Il s'élança vers Justine :

- Bravo, j'ai apprécié votre défi. Les femmes doivent prendre leur place, toute leur place...

Il fit un signe en direction de la marquise au bras de laquelle il avait ouvert le bal. Jamais Giovanni ne l'avait vue aussi rayonnante, les yeux malicieux et le sourire éclatant. Elle s'adressa au cadranier.

- Quel symbole de vous voir ensemble, tous les deux. L'alliance de la volonté et de la poésie. J'espère, mon cher Giovanni, que vous n'oublierez pas pour autant mes cadrans...

La réponse de Giovanni se perdit dans les exclamations. Joseph Marin, qui essayait jusque-là de contenir les assauts de Jeanne Clavier dont les mouvements s'emballaient, venait de lâcher brusquement sa partenaire. Et celle-ci, en dérapant, avait entraîné dans sa chute, les infortunés cavaliers qui serraient de trop près le couple...

Giovanni profita de cette diversion pour retrouver Justine. Ils se faufilèrent entre les groupes, évitant la table où Barberonne et Luigi discutaient passionnément. La jeune fille se laissa guider mais lorsqu'ils furent seuls, à l'écart des danseurs, dans l'étroite ruelle qui longe la mairie, elle plaqua une main vigoureuse sur la bouche de Giovanni.

- Ne dis rien, cadranier, tu le regretterais plus tard. Nos vies se croisent aujourd'hui et ce n'est pas à toi qui traque le temps que j'apprendrai à cueillir l'instant qui passe. Peu importe demain, viens !

Elle l'entraîna dans la direction de "l'Aigle des Alpes". L'énergie de la jeune fille le submergeait et il en oublia l'ombre et ses révélations. Il repoussa à plus tard le projet de rattrapper l'inconnu...

Les bruits du bal s'éloignèrent d'un seul coup. Seul grondait le Guil qui se fracassait sur les rochers quelques mètres en contrebas...

Quand ils basculèrent sur le lit, il revit le chalet des alpages de la vallée étroite, des hommes en colère qui le regardaient mais il n'avait plus peur, il était parfaitement heureux...

Les auteurs :

Michel FLORO : Docteur es lettres et sciences humaines, mention Psychologie de l'Université de Provence. Enseignant à l'Institut Universitaire de Formation des Maîtres d'Aix-en-Provence.

Alain ROTA : Diplômé de l'Institut d'Etudes Politiques de l'Université des Sciences Sociales de Grenoble. Attaché Territorial au Conseil Général de l'Hérault.

Achevé d'imprimer
sur les presses
de l'imprimerie
TYPO 5 - Marseille
pour le compte des
ÉDITIONS DE HAUTE-PROVENCE
44, allée des Fontainiers
04 000 Digne-les-Bains

DEPOT LEGAL N° 68